Iain Pears
Die Bernini-Büste

Band 5627

Zu diesem Buch

Der dritte und bisher beste Roman der international erfolgreichen Serie um Generale Taddeo Bottando und seine Assistentin Flavia di Stefano vom italienischen Kunstraubdezernat sowie den englischen Kunstfachmann Jonathan Argyll, der auch in diesem Buch versucht, der rassigen, blonden Flavia näherzukommen.

Diesmal trifft man sich in Kalifornien, wo Argyll einen grotesk überteuerten Tizian an ein Museum losschlagen kann. Während er noch, umschmeichelt vom angenehmen Westküstenklima, auf seinen Scheck wartet, wird der milliardenschwere Museumsbesitzer umgebracht; ein fragwürdiger Kunsthändler verschwindet, und Spuren einer Papstbüste des Barockbildhauers Bernini, die angeblich aus Italien herausgeschmuggelt worden ist, tauchen auf.

Als der geheimnisvolle Killer auch Jonathan ins Visier nimmt, wird es höchste Zeit für den Einsatz von Bottando und Flavia, die auch ihrerseits vom Charme des Briten nicht ganz unberührt bleibt.

Iain Pears, geboren 1955 in England, ist Kunsthistoriker und arbeitete zunächst als Journalist. Seine so spannenden wie witzig-eleganten Kriminalromane spielen in der schillernden italienischen und internationalen Kunstszene mit ihren durchtriebenen Gaunern und Geschäftemachern. Nach jahrelangem Aufenthalt in Rom, Paris und den USA lebt Iain Pears heute in Oxford.

Iain Pears

Die Bernini-Büste

Kriminalroman

Aus dem Englischen
von Klaus Berr

Piper
München Zürich

SERIE PIPER
SPANNUNG
Herausgegeben von Friedrich Kur

Von Iain Pears liegen in der Serie Piper Spannung außerdem vor:
Der Raffael-Coup (5586)
Das Tizian-Komitee (5587)

Für Ruth

Die Originalausgabe erschien 1992 unter dem Titel
»The Bernini Bust«
bei Victor Gollancz Ltd, London.

ISBN 3-492-15627-4
Deutsche Erstausgabe
April 1994
© Iain Pears 1992
Deutsche Ausgabe:
© R. Piper GmbH & Co. KG, München 1994
Umschlag: Federico Luci,
unter Verwendung einer Zeichnung von Jörg Extra
Satz: Marino, München
Druck und Bindung: Clausen & Bosse, Leck
Printed in Germany

1

Jonathan Argyll lag auf einem großen Klotz aus Carrara-Marmor, blinzelte zufrieden in die Vormittagssonne, rauchte eine Zigarette und dachte über die unendliche Vielfalt des Lebens nach. Er war kein Sonnenanbeter, sondern im Gegenteil ziemlich stolz auf seine UV-freie Hautfarbe, aber was sein muß, muß sein. Auch wenn man dabei vorzeitige Falten riskiert, denn seine gegenwärtigen Kollegen betrachteten seine Zigarettenpackung mit der Begeisterung von Vampiren, denen man eine Knoblauchknolle vorhält, und zitierten aus unzähligen Bezirksluftreinhaltungsvorschriften von Los Angeles, um ihn ins Freie zu scheuchen, wenn seine Nerven Beruhigung brauchten und er Entspannung.

Es machte ihm nicht viel aus, obwohl natürlich so viel moralischer Eifer in so beengten Räumen bei ihm gelegentlich zu Klaustrophobie führte. Er wollte nur wenige Tage im Moresby-Museum verbringen, und so lange würde sein Vorrat an moralischem Relativismus reichen. »Wenn du in Rom bist« und so weiter. Allerdings, wenn er viel länger bliebe, würde er wahrscheinlich nur noch in Toiletten herumhängen und Rauch in die Lüftungsschlitze blasen. Aber die paar Tage würde er schon überleben.

So sah man ihn häufig die teure, mahagoniverkleidete Treppe hinunterschlendern und durch die riesige Messing- und Glastür hinaus in die liebliche Wärme des kalifornischen Frühsommers treten. Und draußen auf seinem Lieblingsmarmorklotz gab er sich dann einer komplexen Übung hin: Er rauchte, ließ die Welt an sich vorüberziehen und verdeckte gleichzeitig die Lettern, die dem Spaziergänger – in diesem Teil der Welt, in dem Beine vorwiegend dekorative Funktion haben, eine rare Spezies – verkündeten, daß es sich bei dem Gebäude hinter ihm um das Arthur M. Moresby Museum handelte (Mo - Fr 9 - 17, Sa/So 10 - 16).

Die Aussicht, die sich ihm bot, war typisch für Los Angeles: Ein breiter Streifen gepflegten, üppigen Rasens – grün gehalten von Wasser, das beinahe tausend Meilen hergepumpt und dann in einem feinen Nebel versprüht wurde – trennte den weißen Betonblock des Museums und das angrenzende Verwaltungsgebäude von der Straße. Überall wuchsen Palmen, die nichts anderes zu tun hatten, als sich leicht im Wind zu wiegen. Autos fuhren beinahe schmerzhaft langsam den breiten Boulevard entlang. Von seinem wohlplazierten Aussichtspunkt aus hatte Argyll die ganze Umgebung im Blick, aber außer ihm war nirgends ein menschliches Wesen zu sehen.

Nicht, daß er der Straße, dem Wetter oder wenigstens den Palmen viel Beachtung schenkte. Das Leben im allgemeinen beschäftigte ihn viel mehr und drückte allmählich ein wenig auf seine Stimmung. Seine Anwesenheit auf diesem Marmortrumm bedeutete Erfolg, aber der reine Segen schien dieser Erfolg nicht zu sein. Er gab sich Mühe, nur die Schokoladenseite zu sehen: Schließlich hatte er eben diesem Museum im Auftrag eines Kunden einen Tizian für eine unerhörte Summe verkauft, von der er (oder genauer, sein Arbeitgeber) 8,25 Prozent erhalten würde. Und noch besser, er hatte praktisch nichts geleistet, um dieses Geld zu verdienen. Ein Mann namens Langton war in Rom aufgetaucht und hatte gesagt, er wolle kaufen. Offensichtlich fand das Moresby, es sei mit venezianischer Malerei des sechzehnten Jahrhunderts zu dünn bestückt, und wollte einen Tizian, um seinen Ruf zu festigen.

Argyll, so reaktionsschnell wie noch nie in seiner Karriere, verlangte bei Eröffnung der Verhandlungen einen stark überhöhten Preis. Zu seiner enormen Verblüffung hatte dieser Langton nur kurz die Augen zusammengekniffen, genickt und gesagt: »Gut. Für den Preis ist es billig.« Mehr Geld als Verstand, dieser Kerl, aber Argyll konnte sich wohl kaum beklagen. Es wurde nicht einmal geschachert. Sosehr Argyll sich auch freute, ein bißchen enttäuscht war er schon. Die Leute mußten feilschen, das gehörte sich einfach.

Die ganze Transaktion ging so blitzschnell über die Bühne, daß es ihm beinahe den Atem nahm. Binnen zwei Tagen hatte er schon einen Vertrag auf dem Schreibtisch. Nichts von dem sonst üblichen Untersuchen und Prüfen und Rumdrucksen. Eine der Klauseln des Vertrags besagte allerdings, daß das Bild dem Museum frei Haus geliefert und Argyll persönlich anwesend sein müsse, um den Authentifikationsprozeß – Prüfung der Herkunftsnachweise, wissenschaftlich-technische Untersuchungen usw. – im Museum zu überwachen. Anders gesagt hieß das Zahlung bei Lieferung, oder genauer, bei Annahme.

Aus Prinzip hatte er dagegen protestiert – man sei ja schließlich unter Ehrenmännern. Aber da war nichts zu machen. Die Bedingungen waren unumstößlich und außerdem von einem Mann festgelegt, der in vierzig Jahren des Sammelns gelernt hatte, Kunsthändlern nicht über den Weg zu trauen. Tief in seinem Innern konnte Argyll das gut verstehen. Außerdem war für ihn nur wichtig, daß er den Scheck bekam. Dafür hätte er sich sogar griechische Tracht übergeworfen und in der Öffentlichkeit Seemannslieder gesungen, wenn man es von ihm verlangt hätte. Es waren eben schwere Zeiten für Kunsthändler.

Als er vor ein paar Tagen in Los Angeles angekommen war, hatte er das Museumspersonal in Alarmzustand versetzt, weil er das kleine Bild, das er im Flugzeug als Handgepäck mit sich führte, in einer Plastiktüte spazierentrug. Es wurde entschlossen seiner Obhut entrissen, in eine extra dafür angefertigte, mit Samt ausgeschlagene und außerordentlich schwere Holzkiste verpackt und in einem gepanzerten Wagen vom Flughafen zum Museum transportiert, wo sechs Fachleute es sofort untersuchten und drei weitere sich darüber Gedanken machten, wo man es am besten aufhängte. Argyll war beeindruckt. Er hatte geglaubt, daß dafür eine Person mit einem Hammer und einem Nagel ausreichen würde.

Aber es waren die Folgen des Verkaufs, die ihm Kummer bereiteten und die den warmen Schein wohlhabender Behaglichkeit, der ihn eigentlich hätte umgeben sollen, merklich abkühlten. Wenn es etwas Schlimmeres gab als einen unglücklichen Arbeitgeber, dann einen glücklichen Arbeitgeber, so sah es zumindest aus ... Seine Gedanken kehrten wieder einmal zurück zu der unwillkommenen Großzügigkeit von Sir Edward Byrnes, Eigentümer der auf seinen Namen lautenden

Galerie in der Bond Street und Jonathan Argylls Chef. Aber soviel er auch über Byrnes' Vorschlag, oder genauer, Anordnung, nach drei Jahren in Rom wieder nach London zurückzukehren, nachdachte, er würde keine befriedigende Entscheidung finden. Das wußte er, und deshalb war er auch nicht sehr enttäuscht, als seine Muße gestört wurde von einem Taxi, das langsam vom Boulevard in die penibel mit handverlesenen Terrakottakacheln gepflasterte Auffahrt einbog, durch den rasenerhaltenden Sprühnebel fuhr und schließlich vor dem Museumseingang anhielt.

Der Mann, der ausstieg, war groß und ausgesprochen dünn und präsentierte sich mit dem sorgsam gepflegten Gestus eines an höchste Ansprüche gewöhnten Aristokraten, der jedoch auch seine künstlerische Ader nicht verleugnet. Ersteres merkte man an dem tadellos sitzenden Maßanzug und der Uhrkette vor dem Bauch, letzteres an dem hübschen Ebenholzstöckchen mit Goldbeschlägen in der rechten Hand und dem lila Taschentuch in der Brusttasche.

Während das Taxi wegfuhr, stand der Mann bewegungslos da und sah sich gebieterisch um, anscheinend etwas überrascht darüber, nicht das komplette Begrüßungskomitee vorzufinden, das er eigentlich erwartet hatte. Er war unübersehbar verärgert, und Argyll seufzte schwer. Der Tag war ihm verdorben.

Für ein Entkommen war es zu spät. Da es sonst kaum etwas zu sehen gab, fiel der Blick des Mannes auf Argyll, und ein Ausdruck des Wiedererkennens breitete sich über das in die Jahre gekommene, aber immer noch wohlkonturierte Gesicht aus.

»Hallo, Hector«, sagte Argyll, der sich dem Unvermeidlichen fügte, sich allerdings die höfliche Geste des Aufstehens von seiner Marmorplatte versagte. »Sie hätte ich am allerwenigsten hier erwartet.«

Hector di Souza, ein spanischer Kunsthändler, der schon seit Menschengedenken in Rom residierte, ging auf den Engländer zu und begrüßte ihn mit einem wohlgeübten Schlenkern seines Spazierstocks.

»In diesem Fall bin ich im Vorteil«, sagte er verbindlich

lächelnd. »Ich habe nämlich sehr wohl erwartet, Sie hier zu sehen. Allerdings natürlich nicht in einer so müßiggängerischen Stellung. Ich hoffe, Ihnen gefällt es hier?«

Das war Hector, wie er leibte und lebte. Den konnte man zum Nordpol schicken, und er würde sich immer noch so aufführen, als gehörte ihm die Gegend. Argyll suchte nach einer angemessen bissigen Antwort, aber wie immer fiel ihm keine ein. So gähnte er nur, richtete sich auf und drückte seine Zigarette in einem abseitigen Winkel des Marmors aus.

Er hatte Glück, denn weder wollte di Souza eine Antwort, noch wartete er auf eine. Statt dessen sah er sich weiter um, und die leicht hochgezogene linke Augenbraue bekundete seine Geringschätzung für die amerikanische Stadtplanung. Schließlich blieb sein Blick auf dem Museumsgebäude selbst haften, und er schnaubte laut auf eine Art, die nur äußerste Verachtung bedeuten konnte.

»Das soll ein Museum sein?« fragte er und musterte mit zusammengekniffenen Augen das nichtssagende, anonyme Gebäude hinter Argylls linker Schulter.

»Im Augenblick schon, ja. Aber sie haben vor, ein größeres zu bauen.«

»Sagen Sie mal, mein lieber junger Freund, ist es wirklich so schlecht wie sein Ruf?«

Argyll zuckte die Achseln. »Kommt darauf an, was Sie meinen. Mit schlecht, meine ich. Wirklich Unvoreingenommene dürften es wohl für eine Nippessammlung halten. Aber es hat gerade eine ganze Stange Geld für eins meiner Bilder springen lassen, also bin ich wohl moralisch verpflichtet, es zu verteidigen. Aber ich glaube, daß sie das Geld besser hätten anlegen können.«

»Das haben sie gerade, mein Freund, das haben sie gerade«, erwiderte di Souza mit unerträglicher Selbstzufriedenheit. »Zwölf der besten Stücke gräkorömischer Skulptur auf dem Markt.«

»Die Sie ihnen geliefert haben, wie ich vermute. Wie alt sind sie? Fünfzig Jahre? Oder auf ihre Bestellung hin angefertigt?«

Argylls Sarkasmus war vielleicht ein wenig linkisch, aber

das war seiner Ansicht nach vollkommen verzeihlich. Gehörte di Souza auch nicht zu den größten Gaunern, die sich auf dem Kunstmarkt in Rom tummelten, so war er doch einer der beständigsten. Nicht, daß er unbeliebt gewesen wäre, ganz im Gegenteil. Zugegeben, einige hatten Schwierigkeiten mit der Art, wie er schon beim bloßen Anblick eines Aristokraten vor Ehrfurcht und Ergriffenheit erbebte, und andere fanden seine barocke Galanterie bei Frauen (je reicher, desto besser) ärgerlich. Aber im großen und ganzen, und wenn man sich erst einmal gewöhnt hatte an seine Arroganz, den affektierten Akzent und seine unglaubliche Unfähigkeit, den eigenen Geldbeutel zu finden, wenn es nach einem Essen ans Zahlen ging, war er recht angenehme Gesellschaft. Wenn man so etwas mochte.

Das einzige Problem war, daß er keiner Gelegenheit zum Geldverdienen widerstehen konnte, und einmal war ihm der damals noch naive und unerfahrene Argyll in die Fänge geraten. Keine große Sache, nur eine etruskische Statuette (fünftes Jahrhundert vor Christus), in Bronze gegossen, das allerdings erst einige Wochen bevor Argyll sich zum Kauf hatte überreden lassen. Es ist schwer, so etwas zu verzeihen. Di Souza hatte sie zurückgenommen – und das war mehr, als er je für einen echten Kunden getan hatte –, sich entschuldigt und Argyll als Entschädigung zum Essen eingeladen, aber Argyll war ihm wegen dieser Sache immer noch gram. Schließlich hatte der Mann wieder einmal seine Brieftasche vergessen.

Daher also Argylls Skepsis und di Souzas Bestreben, die Sache abzutun.

»Ihnen was zu verkaufen ist eine Sache, dem alten Moresby was zu verkaufen, eine ganz andere«, sagte er leichthin. »Seit Jahrzehnten versuche ich schon, an ihn heranzukommen. Und jetzt, da ich es geschafft habe, will ich ihn nicht wieder verlieren. Die Sachen, die ich hierher geschickt habe, sind hundertprozentig echt. Und ich würde es begrüßen, wenn Sie nicht anfangen würden, meine Integrität zu verunglimpfen. Vor allem nach dem, was ich für Sie getan habe.«

Argyll sah ihn zweifelnd an. »Und was haben Sie für mich getan?«

»Sie sind doch endlich diesen Tizian losgeworden, oder?

Na, und das haben Sie mir zu verdanken. Dieser Langton hat nach Ihnen gefragt, und ich habe Sie in den höchsten Tönen gelobt. Natürlich ist eine Empfehlung von mir in eingeweihten Kreisen von beträchtlichem Gewicht. Ich habe ihm gesagt, daß Ihr Tizian ganz ausgezeichnet und Sie ein Mann von höchster Integrität sind. Und jetzt sind Sie hier«, schloß di Souza und deutete mit weit ausholender Geste seines Stockes über die Museumsanlage, als hätte er persönlich sie geschaffen.

Insgeheim betrachtete Argyll eine Empfehlung von di Souza nicht gerade als Wohltat, aber er sagte nichts. Wenigstens wußte er jetzt, wie Langton gerade auf ihn gekommen war. Er hatte sich schon gewundert.

»Und das heißt«, fuhr di Souza fort, »daß Ihre Karriere in Italien jetzt auf erheblich sichereren Beinen steht. Sie können sich später dafür bedanken.«

Das nun bestimmt nicht, dachte Argyll. Außerdem sah es eher so aus, als würde seine Karriere in Italien sich dem Ende zuneigen, und er nahm es di Souza ziemlich übel, daß er ihn daran erinnerte.

Wie konnte er Byrnes' Angebot ablehnen? Der Kunstmarkt war zwar noch nicht ganz zusammengebrochen, aber er bröckelte an den Rändern, und da mußte sogar ein so etablierter Händler wie Byrnes kürzertreten. Er brauchte seine besten Leute um sich herum, damit sie ihn berieten, und das hieß, daß entweder Argyll oder sein Wiener Kollege nach London zurückgerufen werden würde. Nach dem Verkauf des Tizian war die Wahl auf Argyll gefallen. Es war eigentlich ein Vertrauensbeweis, eine Belohnung.

Aber – und das war ein großes Aber – Rom verlassen? Nach England zurückkehren? Allein schon die Vorstellung stimmte Argyll traurig.

Schon wieder diese Gedanken. Di Souzas Geschwätzigkeit erwies sich zum ersten Mal in ihrer Bekanntschaft als nützlich; sie lenkte ihn ab.

»Ziemlich neu, das Ding, hm?« sagte er eben, denn er schien gar nicht gemerkt zu haben, daß Argyll mit seinen Gedanken woanders war. »Nicht, daß ich beeindruckt wäre.«

»Das ist auch sonst niemand. Das ist ja gerade das Problem.

Arthur Moresby hat so viel Geld ausgegeben, und das hat er dafür bekommen.«

»Armer Kerl«, sagte di Souza mitfühlend.

»Wirklich. Das muß ganz schrecklich sein. Jetzt zeigt sich, daß es nicht großartig genug ist, um sich mit dem Getty messen zu können. Die stehen kurz vor einem ausgewachsenen Architekturkrieg. Sie wissen doch, daß das Getty-Museum eine genaue Kopie der Villa dei Papyri in Herculaneum ist?«

Di Souza nickte.

»Die Leute hier denken jetzt daran, eine maßstabsgetreue Nachbildung des Diokletianpalasts in Split zu bauen. Ungefähr so groß wie das Pentagon, soweit ich weiß, aber viel teurer. Wie's heißt, können die dann den ganzen Louvre in dem Ding unterbringen und haben immer noch genug Platz, um Olympische Spiele abzuhalten.«

Di Souza rieb sich die Hände. »Und dann müssen sie es ausstatten, mein Lieber. Ausgezeichnet! Da bin ich ja gerade im richtigen Augenblick hier. Wann fangen sie an zu bauen?«

Argyll versuchte, die Begeisterung des Spaniers etwas zu dämpfen. »Freuen Sie sich nicht zu früh. Soweit ich weiß, müssen sie Moresby erst noch zum Unterschreiben bringen. Und das ist keiner, der sich drängen läßt. Aber vielleicht lernen Sie den Architekten kennen. Der läuft die ganze Zeit mit fanatischem Blick durch die Gegend und führt Selbstgespräche. Er ist so was wie der Guru einer Bewegung, die er selbst die postmoderne Rückkehr zur klassischen Tradition nennt. Seine Dächer haben Löcher. Ein schrecklicher Scharlatan.«

Argyll hatte sich inzwischen mit di Souzas Gesellschaft abgefunden, und sie gingen gemeinsam über den Rasen, damit der Spanier sich den relevanten Persönlichkeiten des Museums vorstellen konnte. Er war immer noch ziemlich verärgert darüber, daß niemand ihn vom Flughafen abgeholt hatte.

»Und was ist mit diesen unschätzbaren Stücken, die Sie mitgebracht haben?« fragte Argyll, ohne die Pfiffe und Schreie eines Wärters zu beachten, der sie vom Rasen scheuchen wollte. »Wo sind sie?«

»Noch am Flughafen. Ich vermute, die sind schon vor ein paar Tagen angekommen. Aber Sie wissen doch, wie die Leute vom Zoll sind. Das ist auf der ganzen Welt das gleiche. Und alles nur wegen der anderen Objekte, die ich mit herübergeschickt habe.«

»Was für andere Objekte?«

»Langtons. Der hat groß eingekauft. Nichts Herausragendes, soweit ich weiß, aber einiges davon wollte er hierherbringen. Und so hat er mich gebeten, den Transport zu organisieren. Noch eine stattliche Provision und ein zufriedener Kunde. Einem Mann, der so viel Geld zur Verfügung hat, sollte man immer mit Vergnügen gefällig sein, finden Sie nicht auch?«

Hector plapperte und plapperte, und er sprang mit der Behendigkeit einer Bergziege von einem Thema zum anderen. Er schwadronierte über seine wichtigen Kunden – was alles Unsinn war, wie Argyll wußte, denn Hectors Karriere war immer mehr Schein als Sein gewesen –, doch dann brach er plötzlich ab und zeigte auf eine kleine Gestalt, die vom Verwaltungsgebäude auf sie zukam. »Wer ist denn dieser kleine Mann da drüben?«

»Der Museumsdirektor. Samuel Thanet. Ein freundlicher Mensch, aber eher von der ängstlichen Sorte. Hallo, Mr. Thanet«, fuhr er, nun auf englisch, fort, als der Mann in Hörweite kam. »Wie geht es Ihnen? Alles in Ordnung?« Es lohnt sich immer, zu einem Museumsdirektor freundlich zu sein, vor allem wenn dieser einen Akquisitionsetat hat, der größer ist als der aller italienischen Museen zusammengenommen. Zumindest in dieser Hinsicht war er mit di Souza einer Meinung.

Argylls Beschreibung des Mannes war zwar zutreffend, aber ein wenig ungerecht. Samuel Thanet hatte gute Gründe, besorgt zu sein. Es ist nie einfach, ein Museum zu leiten, aber wenn dieses Museum einem Mann gehört, der sich aufführt wie ein mittelalterlicher Herrscher und verlangt, daß man jede seiner Launen wie einen göttlichen Befehl hinnimmt, dann kann das Leben fast schon unerträglich werden.

Nicht, daß Thanet irgendeine Ähnlichkeit mit dem typischen, entspannt lässigen Kalifornier hatte – nicht einmal in seiner Freizeit. Im Gegensatz zu dem großen, schlanken, sonnengebräunten Joggertypen, den man eigentlich in Los Angeles erwartete, war Thanet klein und übergewichtig, ein ausgesprochener Freund höchst konservativer Kleidung und verklemmt bis zur Neurose. Er war keiner, der seine Kräfte mit Tennis oder Surfen vergeudete; er widmete sie zu gleichen Teilen seinen Sorgen und seiner beinahe fanatischen Hingabe an dieses Museum.

Für letztere Beschäftigung brauchte er Geld, und um dieses zu bekommen, mußte er auf beinahe abstoßende Weise bei dem Besitzer und Mäzen des Museums den Diener machen. Das ist nichts Ungewöhnliches; alle Museumsdirektoren müssen bei irgend jemandem den Diener machen, ob nun bei Mäzenen, Stiftern oder beim Aufsichtsrat. Und alle anderen im Museum müssen beim Direktor den Diener machen. Wenn man es also bis an die Spitze geschafft hat, beherrscht man die Technik sehr gut.

Aber sogar für den geübtesten Diener war Arthur M. Moresby ein hartes Stück Arbeit. Es ging nicht nur darum, ihm beständig zu versichern, wie wundervoll er sei; das wußte er bereits. Das war eine Selbstverständlichkeit, so wie jeden Morgen die Sonne aufgeht und einem jedes Jahr der Steuerbescheid ins Haus flattert. Schlimmer war, daß Moresby Marotten hatte. Erstens war er Geschäftsmann und verlangte, daß man ihm die Wirklichkeit in Form von Entwicklungskonzepten und Etatvorschlägen präsentierte. Zweitens hatte er die Leute in seiner Umgebung gern mager, gemein und hungrig. Welch ehrgeizige Ziele Thanet für sein Museum auch verfolgen mochte, mager war er auf keinen Fall und nur hin und wieder gemein, aber hungrig zu wirken, das gelang ihm einfach nicht. Das machte ihn nervös, und vor jeder Begegnung mit dem großen Mann quälte ihn wochenlange Schlaflosigkeit.

»Ich fürchte, ich muß mich im Augenblick um mehrere Krisen auf einmal kümmern«, sagte er als Antwort auf Argylls Frage, nieste laut und riß zu spät sein Taschentuch heraus. Er schneuzte sich und machte ein entschuldigendes Gesicht. Allergien, sagte er. Er leide entsetzlich darunter.

»Wirklich? Von Krisen habe ich gar nichts bemerkt. Übrigens, darf ich Ihnen Señor di Souza vorstellen? Er hat Ihnen Ihre neuen Skulpturen gebracht.«

Diese höchst unschuldige Bemerkung stürzte Samuel Thanet allem Anschein nach in eine weitere Krise. Er legte die Stirn in tiefe Falten und starrte di Souza mit beträchtlicher Bestürzung an.

»Welche neuen Skulpturen?« fragte er.

Das war mehr, als di Souzas Ego ertragen konnte. Demonstrativ übersehen zu werden war eine Sache, das hieß wenigstens, daß die Leute sich seiner Anwesenheit sehr wohl bewußt waren. Daß aber Thanet, so wie es aussah, von ihm und seiner Funktion wirklich nichts gewußt hatte, das war einfach zuviel. Mit knappen, strengen Worten, deren Wirkung nur durch seine beschränkten Englischkenntnisse abgeschwächt wurde, erklärte er den Grund für seine Anwesenheit.

Thanet sah nun noch verwirrter aus, obwohl offensichtlich der Inhalt der Botschaft und nicht ihr Ton ihn so bestürzte.

»Schon wieder dieser verdammte Langton. Er hat wirklich nicht das Recht, sich so über die übliche Verfahrensweise hinwegzusetzen«, murmelte er.

»Aber Sie müssen doch gewußt haben, daß ich komme...«, begann di Souza, doch Thanet schnitt ihm das Wort ab.

»Was genau haben Sie denn mitgebracht?« wollte er wissen.

»Drei Kisten mit römischen Statuetten, die von mir selbst stammen, und eine Kiste, die ich für Mr. Langton transportiert habe.«

»Und was ist da drin?«

»Keine Ahnung. Wissen Sie das denn nicht?«

»Wenn ich es wüßte, würde ich Sie kaum fragen, oder?«

Di Souza machte ein verblüfftes Gesicht. Er habe sich um den Transport gekümmert, sagte er. Er nehme an, daß es sich ebenfalls um Skulpturen handle.

»Ich komme mir beinahe vor wie der Direktor eines Irrenhauses«, sprach Thanet vor sich hin und schüttelte ungläubig den Kopf.

»Lassen Sie Ihren Agenten beim Ankauf wirklich freie Hand? Was ist mit meinem Tizian? Hat Langton auch den nur aus einer Laune heraus gekauft?«

Thanet trat eine Weile von einem Fuß auf den anderen, dann beschloß er, sein Herz auszuschütten. »Ich fürchte, das ist Mr. Moresby«, sagte er. »Er entscheidet häufig auf eigene Faust über Ankäufe, und schickt dazu Leute wie Langton los. Und die kommen dann mit diesem Zeug zu mir.«

Was er meinte, aber nicht zu sagen wagte, war, daß in der Vergangenheit das künstlerische Urteil seines Arbeitgebers und Mäzens sich nicht gerade als das sicherste erwiesen hatte. Eine beängstigende Anzahl von Bildern besaß das Museum zum einen deshalb, weil Mr. Moresby überzeugt war, er habe Meisterwerke entdeckt, die Händler, Kuratoren und Kunstgeschichtler einiger Dutzend Länder aus unerklärlichen Gründen übersehen hatten. Und es gab noch andere Gründe. Da war dieses eine Bild, und Thanet lief es kalt über den Rücken, wenn er nur daran dachte, das mit ziemlicher Sicherheit in den zwanziger Jahren dieses Jahrhunderts gemalt worden war, und zwar wahrscheinlich in London.

Aber Mr. Moresby hatte sich einreden lassen, es wäre von Frans Hals, als er es vor achtzehn Monaten kaufte, und als Frans Hals war es immer noch gekennzeichnet. Thanet konnte nicht daran denken, ohne sich zu erinnern, wie er einmal bei einem Rundgang durch die Ausstellungshalle an einer kleinen Besuchergruppe vorbeiging und einen der Leute beim Lesen der Bildbeschreibung kichern hörte. Und er konnte auch den entsetzlichen Streit nicht vergessen, der ausgebrochen war, weil einer der jüngeren Kuratoren Beweise dafür vorgelegt hatte, daß das Ding eine Fälschung war. Der Frans Hals war noch immer da, der junge Kurator nicht mehr.

»Ich fürchte«, sagte er und schob diese Gedanken wieder von sich, »daß in Ihren beiden Fällen nicht den Verfahrensweisen unseres Museums entsprochen wurde. Und wissen Sie, das ist nicht gut. Nicht professionell. Ich werde mit Mr. Moresby sprechen müssen – schon wieder –, wenn er heute abend kommt.«

Bei diesen Worten fuhren die Geschäftsinstinkte ihre sprichwörtlichen Antennen aus. Das war die erste Erwähnung eines bevorstehenden Besuchs von Mr. Moresby persönlich, eines Mannes, der legendär war wegen seines unerhörten Reichtums, seiner Verschwendungssucht als Kunstsammler und seines so außergewöhnlich unangenehmen Charakters.

»Er kommt hierher?« fragten sie beinahe gleichzeitig. Thanet sah sie an und wußte genau, welcher Gedanke ihnen mit Lichtgeschwindigkeit durch den Kopf schoß.

»Ja, wir müssen sehr kurzfristig einen Empfang vorbereiten. Sie sind wohl beide eingeladen. Der Vollständigkeit halber.«

Das war nicht gerade sehr charmant, aber der Mann stand unter Druck. Argyll ignorierte es.

»Ihre Leute rotieren, mh?«

Thanet nickte düster. »Leider ja. Er überrascht uns gern mit solchen Sachen. Ich habe gehört, daß er ständig unangekündigt in seinen Fabriken vorbeischaut, nur um zu sehen, wie alles läuft. Und dann feuert er immer jemand, *pour encourager les autres*. Deshalb können wir uns vermutlich glücklich schätzen, daß wir überhaupt eine Vorwarnung erhalten, auch wenn es nur ein paar Stunden sind.« Er rümpfte die Nase, und seine Besucher traten einen Schritt zurück, um seinem Niesen zu entgehen. Er druckste ein wenig herum, beschloß dann offensichtlich, doch nicht zu niesen, und wischte sich statt dessen die Tränen aus den Augen. Er seufzte verschnupft und schniefte. »Ich hasse diese Jahreszeit«, sagte er wie im Vertrauen.

»Es könnte noch schlimmer sein«, fuhr er dann fort. »Er wird nur einen Empfang bekommen und eine Besichtigungstour durch das Museum. Und ich glaube, danach wird irgend etwas Wichtiges bekanntgegeben, das unsere Anstrengungen rechtfertigt.« Als er das sagte, sah er plötzlich selbstgefällig drein, wie jemand, der ein höchst erfreuliches Geheimnis hütet.

»Ich komme sehr gerne, vielen Dank«, sagte Argyll. Er war zwar kein großer Freund solcher Veranstaltungen, aber wenn es im Museum von Milliardären nur so wimmelte, konnte er es sich nicht leisten, das zu verpassen. Auch ein popeliger Multimillionär würde schon reichen. Man darf da nicht so wählerisch sein.

Er wollte sich eben behutsam nach der Gästeliste erkundigen, als ein weiteres Schniefen von Thanet ihn unterbrach, der sein Taschentuch erneut herausriß und sehr überzeugend vorgab, sich dahinter verstecken zu wollen.

Der Grund dafür war ein kleine, braunhaarige Frau, deren perfekt inszenierte Eleganz nur gestört wurde von einem Gesicht, aus dem äußerste Härte und Entschlossenheit sprachen. Sie war in den späten Dreißigern, widersetzte sich aber dem Alter mit den besten Mitteln, die es für Geld zu kaufen gab. Sie war in einem riesigen Auto vor dem Museum vorgefahren und kam jetzt auf die kleine Gruppe zu.

»Verdammt«, sagte Thanet, sich für die Konfrontation wappnend.

»Samuel Thanet. Ich habe mit Ihnen zu reden«, rief sie, während sie über den Rasen stolzierte. Dem Gärtner, der glücklos ein zweites Mal zu protestieren versuchte, warf sie nur einen vernichtenden Blick zu.

Ihre Augen musterten die drei Männer mit all der Wärme und Herzlichkeit eines Hochdruckschlauchs. »Welche Schikane haben Sie sich denn diesmal wieder geleistet?«

»Oh, Mrs. Moresby...«, sagte Thanet verzweifelt, und das war die einzige Vorstellung, die den beiden zuteil wurde.

»Oh, Mrs. Moresby«, äffte sie ihn giftig nach. »Hören Sie auf zu jammern. Ich will jetzt sofort von Ihnen wissen«, sie hielt theatralisch inne und zeigte drohend mit dem Finger auf ihn, »was in Gottes Namen Sie jetzt schon wieder ausgeheckt haben?«

Thanet starrte sie verwirrt an. »Wie bitte?« fragte er überrascht. »Ich weiß nicht, was...«

»Das wissen Sie ganz genau. Sie haben meinen Gatten schon wieder beschissen.«

Di Souza, der sich von Unterhaltungen mit gutaussehenden und unermeßlich reichen Frauen nicht gern ausschließen ließ, sah nun seine Chance gekommen. »Was bedeutet beschissen?« fragte er und lächelte auf eine Art, die er für unwiderstehlich hielt.

Mrs. Moresby fügte ihn der langen Reihe von Leuten hinzu, die nichts anderes als verächtliche Blicke verdienten. »Beschissen«, sagte sie langsam, aber ziemlich gehässig. »Von bescheißen. Verb. Betrügen. Übervorteilen. Mit anderen

Worten, gestohlene oder anderweitig illegal erworbene Kunstwerke kaufen mit der Absicht der egoistischen Selbstbeweihräucherung. Das heißt bescheißen. Und dieser mickerige Schleimer da«, sagte sie und zeigte auf Thanet, um auch noch den letzten Zweifel auszuräumen, »ist der Erzbescheißer. Kapiert?«

Di Souza nickte langsam, doch er hatte kein Wort ihres Redeschwalls begriffen. »Ja, vollkommen, vielen Dank«, sagte er auf seine charmanteste Art – oder was er dafür hielt. Für gewöhnlich funktionierte diese Art recht gut, und auf ihr hatte er seinen alten, aber verdienten Ruf der Unwiderstehlichkeit aufgebaut. Doch bei Anne Moresby versagte sein Charme vollkommen.

»Gut«, sagte Mrs. Moresby. »Und jetzt halten Sie sich da raus.«

Di Souza warf sich entrüstet in die Brust. »Madam, ich muß doch bitten...«

»Ach, halten Sie die Klappe.« Und damit wandte sie ihre ganze Aufmerksamkeit wieder Thanet zu. »Ihre Habgier und Ihr Ehrgeiz, was dieses Museum betrifft, gehen allmählich zu weit. Ich warne Sie, wenn Sie heute abend erneut versuchen, meinen Gatten zu manipulieren, wird Sie das teuer zu stehen kommen. Also geben Sie acht.« Zur Bekräftigung tippte sie ihm mit dem Zeigefinger auf die Brust.

Dann machte sie auf dem Absatz kehrt und marschierte ohne ein Wort des Abschieds über den Rasen davon. Der Gärtner im Hintergrund schlug vor Verzweiflung die Hände über dem Kopf zusammen und kam, während die Limousine auf die Straße hinausfuhr, herbeigelaufen, um sich den Schaden anzusehen.

Thanet sah ihr gelassen nach. Er schien fast erfreut zu sein.

»Was um alles in der Welt hatte denn das zu bedeuten?« fragte Argyll erstaunt.

Thanet schüttelte den Kopf. Er hatte nicht vor, das Angebot zur Vertraulichkeit anzunehmen. »Ach, das ist eine lange Geschichte. Mrs. Moresby spielt gern die treusorgende Ehefrau, die ihren Mann vor der bösen Welt beschützt. Und die dabei ihre eigenen Schäfchen ins Trockene bringt. Ich fürchte, ich bin ihre bevorzugte Zielscheibe. Es kann aber durchaus ein Hinweis darauf sein, daß Mr. Moresby heute abend wirklich etwas sehr Wichtiges verkünden wird.«

Ganz offensichtlich wurde einiges zurückgehalten, aber Argyll bekam keine Gelegenheit, mehr zu erfahren. Thanet wehrte alle weiteren Fragen ab, entschuldigte sich umständlich bei di Souza für den etwas unorthodoxen Empfang, und schlurfte schniefend davon in die prunkvolle Einsamkeit seines Büros im Verwaltungsgebäude. Die beiden Europäer sahen ihm schweigend nach.

»Also, um seinen Job beneide ich ihn nicht«, sagte Argyll nach einer Weile.

»Ich weiß nicht«, erwiderte di Souza. »Welche Fehler Moresby auch haben mag, soweit ich gehört habe, zahlt er sehr gut. Gehen Sie heute abend da hin?«

»Höchstwahrscheinlich.«

Di Souza nickte beifällig. »Gut. Es wird da vermutlich von künstlerisch ausgehungerten Reichen nur so wimmeln. Die alle gierig sind nach echten Kunstwerken direkt aus Europa. Das könnte die Krönung Ihrer Karriere sein, wenn Sie sich bei den richtigen Leuten einschmeicheln. Und meiner auch, wenn ich mir das richtig überlege. Wenn ich meine Ware bei einigen von denen loswerde, kann ich mich als glücklicher Mann zur Ruhe setzen. Ich hoffe nur, daß diese schreckliche Frau nicht da sein wird.«

»Das Problem ist nur, mir liegen solche Parties nicht sehr...«

Di Souza schüttelte mißbilligend den Kopf. »Sie sind der einzige Kunsthändler, den ich kenne, dem es peinlich ist, Leuten etwas zu verkaufen. Sie sollten diese widerliche Zurückhaltung wirklich ablegen. Ich weiß ja, daß sie das Markenzeichen des englischen Gentlemans ist, aber hier ist sie fehl am Platz. Aggressive Verkaufstaktik, das ist hier vonnöten. Die Ärmel hochgekrempelt, die Segel in den Wind, die Augen fest auf den Ball...«

»Und ran an den Feind?«

»Und Geld verdienen.«

Argyll machte ein entsetztes Gesicht. »Ich bin sehr überrascht, Sie so unverblümt materialistisch reden zu hören. Wo Sie doch Ästhet sind.«

»Auch Ästheten müssen essen. Tatsache ist, wir geben ein Vermögen für Essen aus, weil wir so heikel sind. Deshalb sind wir ja so kostspielige Freunde. Ich sage Ihnen, das ist Ihre große Chance.«

»Aber ich habe doch gerade eben einen Tizian verkauft...«, protestierte Argyll, in seiner Berufsehre gekränkt.

Di Souza sah nicht sehr überzeugt aus. »Man soll den Tag nicht vor dem Abend loben«, gab er zu bedenken, und Argyll starrte ihn böse an. »Schließlich haben Sie den Scheck noch nicht eingelöst.«

»Ich habe den Scheck noch nicht mal bekommen.«

»Sehen Sie. Es ist erstaunlich, was alles schiefgehen kann. Nehmen Sie zum Beispiel Moresby. Ich weiß noch, es war kurz nach dem Krieg...«

Doch Argyll wollte nichts davon hören. »Der Tizian ist so sicher verkauft, wie es nur geht«, sagte er bestimmt. »Setzen Sie den Leuten heute abend bloß keine Flausen in den Kopf.«

»Ist ja gut«, erwiderte di Souza, verärgert darüber, daß man ihn mitten in der Anekdote unterbrochen hatte. »Wenn Sie sich ebenfalls zurückhalten, was meine Skulpturen angeht. Ich wollte doch nur sagen, daß ein guter Händler keine Gelegenheit auslassen sollte. Überlegen Sie nur, wie Ihre Aktien bei Byrnes steigen werden, wenn Sie während Ihres Aufenthalts hier noch etwas anderes verkaufen.«

»Meine Aktien stehen gut genug, vielen Dank«, sagte Argyll spitz. »Man hat mich gebeten, nach London zurückzukehren. Vielleicht, um als Partner ins Geschäft einzusteigen.«

Di Souza war beeindruckt, und warum auch nicht? Schließlich hatte Argyll unerwähnt gelassen, daß die Bitte mehr ein Befehl war, und eher die Folge von Ausgabenkürzungen als eine Beförderung.

»Sie verlassen Rom? Und ich dachte, Sie hätten sich für immer dort niedergelassen.«

Damit hatte er natürlich den Nagel auf den Kopf getroffen. Denn auch Argyll hatte geglaubt, er hätte sich für immer dort niedergelassen. Aber jetzt sah es so aus, als hätte er in dieser

Stadt keine Wurzeln geschlagen. Zumindest keine, die ihn dort hielten, wenn es hart auf hart ging.

Er zuckte betrübt die Achseln. Wie Thanet war auch er im Augenblick nicht in der Stimmung für ein vertrauliches Gespräch. Doch di Souza, unsensibel wie eh und je, glaubte, er dächte nur an das Geld.

2

Trotz Argylls Befürchtungen war der Empfang eine sehr eindrucksvolle Angelegenheit, vor allem, wenn man dachte, wie überstürzt er auf die Beine gestellt worden war. So unangenehm Moresby als Arbeitgeber auch sein mochte, bei seinen Parties schien der Blankoscheck zu regieren. Und welche Unzulänglichkeiten das Museum selbst auch haben mochte, so war doch seine Eingangshalle ein idealer Ort für ein Gelage. Im Mittelpunkt stand ein riesiger Tisch, beladen mit Unmengen eisgekühlter Meeresfrüchte, für die man wohl den halben Ozean leergefischt hatte. Es gab Häppchen im Überfluß, in einer Ecke dröhnte eine Jazzkapelle und in einer anderen fiedelte ein Streichquintett, quasi als Bekräftigung des Anspruchs des Museums, hohe und populäre Kunst miteinander zu versöhnen. Beide wurden kaum beachtet. Getränke gab es zwar nicht gerade im Überfluß, aber in ausreichender Menge, wenn man sich ihnen widmete.

Mangel allerdings herrschte an diesen Multi-Multimillionären, die sabbernd Schlange standen, um Argyll seinen kleinen (aber erlesenen) Bestand an Kunstwerken abzukaufen. Vielleicht waren sie aber auch vorhanden, und er erkannte sie bloß nicht. Schließlich konnte man sich doch nicht einfach an einen heranschleichen und ihn schnell mal nach seinem Kontoauszug fragen, obwohl einige Leute einen sechsten Sinn für derartiges zu haben schienen: Edward Byrnes zum Beispiel ging instinktiv auf Leute zu, die so viel überschüssiges Bargeld hatten, daß es ihnen Löcher in die Taschen brannte. Argyll hatte nie begriffen, wie er das anstellte. Und ebensowenig verstand er sich darauf, ein Gespräch unmerklich so zu steuern, daß es sich plötzlich um, sagen wir mal, die französische Landschaftsmalerei des neunzehnten Jahrhunderts drehte. Von der man zufällig ein sehr schönes Exemplar anbieten könne...

Seine eigenen Bemühungen in diesem höchst komplizierten Betätigungsfeld führten meistens zu dem Versuch, flämische Genremalerei an Kellner zu verkaufen. Und falls er sich einmal den richtigen Ansprechpartner ausgesucht hatte, endete es damit, daß er ihm ausführlich die Mittelmäßigkeit seiner eigenen Bilder darlegte und statt dessen etwas empfahl, das sich im Augenblick im Besitz eines Konkurrenten befand.

So war es auch an diesem Abend. Beinahe gegen seinen Willen gelang es ihm, den Eindruck zu erwecken, er finde den Gedanken, etwas zu verkaufen, leicht geschmacklos. Während Hector di Souza, so erschien es Argyll, jeder reichen Frau in der Umgebung seine Fälschungen aufschwatzte, schaffte er es nicht einmal, jemandem zu sagen, daß er etwas zu verkaufen hatte. Seine einzige längere Unterhaltung führte er mit dem Architekten, einem sich betont zwanglos gebenden Mittvierziger mit einer für seine Generation typischen Neigung zur Beleibtheit, der ihm einen Vortrag hielt über die Synthese des modernistischen Utilitarismus und der klassischen Ästhetik, wie sie in seinem Œuvre zum Ausdruck kam. Mit anderen Worten, er redete zwanzig Minuten lang ununterbrochen über sich selbst. Es machte ihn nicht gerade sympathisch, daß er die Gewohnheit hatte, einem pausenlos über die Schulter zu schauen, um nur ja nicht einen eventuell interessanteren Gesprächspartner zu verpassen.

Ganz uninteressant war die Unterhaltung dennoch nicht: In einem Anfall von Selbstzufriedenheit vertraute er Argyll an, daß dies ein großer Abend für ihn sei. Der alte Moresby habe sich nun endlich dazu durchgerungen, das Große Museum (GM, wie das Personal es nannte) zu bauen, und werde es heute abend bekanntgeben. Daher die Panik, daher der plötzliche Besuch, daher Thanets blasierte Unbestimmtheit, mit der er seine tiefergehende Besorgnis überspielte, und daher vermutlich auch Anne Moresbys Präventivschlag wenige Stunden zuvor.

»Der größte private Museumsauftrag seit Jahrzehnten«,

sagte er mit entschuldbarer Befriedigung. »Das Ding wird eine Stange kosten.«

»Wieviel ist eine Stange?« fragte Argyll, der Geschichten über die Verrücktheiten anderer Leute liebte.

»Allein das Gebäude ungefähr dreihundert Millionen.«

»Dollar?« krächzte Argyll entsetzt.

»Natürlich. Was glauben Sie denn? Lire?«

»O Gott. Er muß verrückt sein.«

Der Architekt machte ein entrüstetes Gesicht, als hätte Argyll in Zweifel gezogen, daß man ihm so viel Geld anvertrauen könnte. »Museen sind die Kirchen der modernen Zeit«, verkündete er mit sonorer Stimme. »Sie bergen alles in sich, was in unserer Kultur schön und erhaltenswert ist.«

Argyll sah ihn verwundert an und versuchte zu entscheiden, ob das als Witz gemeint war. Er kam zu dem deprimierenden Schluß, daß der Mann es ernst meinte. »Aber ziemlich teuer«, gab er zu bedenken.

»Das Beste kostet eben«, sagte der Architekt.

»Und das Beste sind Sie?«

»Natürlich. Ich bin bei weitem der bedeutendste Architekt meiner Generation. Vielleicht jeder Generation«, ergänzte er bescheiden.

»Aber kann er denn sein Geld nicht besser anlegen?«

Einen Augenblick lang dachte der Architekt über diese Möglichkeit nach – scheinbar zum ersten Mal. »Nein«, sagte er nach einer Weile bestimmt. »Wenn er das Museum nicht baut, geht alles an seinen entsetzlichen Sohn. Oder an seine entsetzliche Frau. Wenn die beiden nicht so schrecklich wären, wäre es zu diesem Projekt wahrscheinlich nie gekommen.«

Dann entdeckte er am anderen Ende der Halle eine wichtigere Persönlichkeit und machte sich davon. Argyll, den es zwar kränkte, daß man ihn stehengelassen hatte, der aber auch froh war, endlich seine Ruhe zu haben, schoß wie eine Pistolenkugel in Richtung Getränkeabteilung davon, um sich zu erfrischen.

Das Geschäft an der Theke war eher flau, der Kellner machte einen leicht unterbeschäftigten Eindruck. Einer allerdings – und Argyll fand ihn sofort sympathisch, als er sah, daß er mit zitterndem Finger auf den Whiskey zeigte – schien bemüht, dem armen Kerl das Gefühl zu geben, er werde gebraucht.

»Großartig«, sagte der Fremde, ein Mann Ende Dreißig mit langen braunen Haaren von ziemlich antiquiertem Schnitt. »Ich hab' schon geglaubt, ich bin der einzige, der was anderes trinkt als Perrier. Was trinken Sie?«

Das war weniger großzügig, als es klang, denn schließlich waren die Getränke umsonst, aber als Aufforderung zu einem Gespräch reichte es aus. Argyll ließ sich nachschenken, und dann lehnten sie sich kameradschaftlich nebeneinander an den Tisch und ließen die Welt an sich vorüberziehen.

»Und wer sind Sie?« fragte der Mann. Argyll stellte sich vor. »Ich glaube, ich hab' Sie hier noch nie gesehen«, sagte der andere. »Sind Sie hier, um meinem Alten Fälschungen und Nippes anzudrehen?«

Argyll war ebenso verstimmt wie neugierig. Dies war offensichtlich Arthur M. Moresby III, genannt Jack, obwohl Argyll nicht wußte, warum. Er fragte danach. Jack Moresby machte ein gequältes Gesicht.

»Um mich von meinem Vater zu unterscheiden. Ich sag's ja nicht gern, aber mein zweiter Vorname ist Melisser.«

»Melissa?«

»Melisser. Der Mädchenname meiner Mutter. Mein Vater war der Ansicht, daß ich als sein Sohn schon zu viele Vorteile habe, und da hat er wohl gedacht, er gibt mir ein paar Schwierigkeiten mit auf dem Weg. So nach dem Motto: Die Prügel, die ich in der Schule wegen meines weibischen Namens kriege, machen mich erst zum ganzen Mann.«

»Ach du meine Güte.«

»Ja. Arthur kann ich mich nicht nennen, weil ich nicht mit ihm verwechselt werden will, und als jemand, der am Tag 'nen halben Liter Whisky trinkt, kann ich mich schlecht Melisser rufen lassen. Jack klingt mehr nach Schriftsteller, denk' ich mir.«

»Sie schreiben Bücher?«

»Hab' ich doch grad gesagt, oder?«

Eine sehr unverblümte Art, knapp an der Grenze zur Unhöflichkeit. Argyll begann zu verstehen, warum er bei

Architekten und dergleichen nicht gerade in hohem Ansehen stand. Um das Thema zu wechseln, versicherte er ihm, daß er keine Fälschungen verkaufe. Er sei hier, um ein kleines, aber kostbares Stück von unanzweifelbarem Wert abzuliefern.

Jack war nicht überzeugt, schien aber nicht weiter darauf eingehen zu wollen. Argyll fragte ihn, ob er viel Zeit im Museum verbringe. Er wäre beinahe an seinem Whiskey erstickt und meinte, normalerweise würde er sich nicht einmal als Toter hier sehen lassen.

»Sehen Sie sich doch nur diese Meute an«, rief er und wies mit ausholender Geste in den Saal. »Haben Sie je eine solche Ansammlung von Widerlingen in einem Raum gesehen? Mh? Was meinen Sie?«

Juristisch betrachtet war das eine Suggestivfrage, also eine, auf die man sich die Antwort gut überlegen mußte. In seinem Geschäftszweig, versicherte ihm Argyll, sei ein Raum voller Widerlinge nichts Besonderes. Wem sollte er denn sonst seine Bilder verkaufen?

Jack gab ihm in diesem Punkt recht und schenkte nach. Argyll bot ihm im Gegenzug eine Schüssel mit Erdnüssen an. Jack schüttelte den Kopf. Er rühre die Dinger nicht an. Vom Salz bekomme er geschwollene Gelenke. Argyll betrachtete die Erdnüsse mit neuem Respekt. Welche Widerlinge er denn vor allem im Sinn habe? fragte er und gab zu bedenken, daß er sich als Fremder im Land in diesen Kreisen noch nicht so gut auskenne.

Also gewährte der Junior ihm eine kurze Einführung. Er wußte überraschend gut Bescheid, wenn man bedachte, daß er angeblich seiner Familie und deren Kreisen möglichst aus dem Weg ging.

Samuel Thanet, sagte er und zeigte mit dem Finger auf den Direktor, der seit Beginn der Party im Saal herumlief und den Gastgeber spielte. Er legte dabei eine sehr ausgeprägte Taktik an den Tag: präzise eine Minute pro Gesprächspartner und dann weiter zum nächsten. Einige Leute beherrschen das, aber nicht Thanet, bei dem es so aussah, als wäre es eine lästige Arbeit. Das sei auch gar nicht verwunderlich, bemerkte Jack, denn im Grunde genommen liege Thanet nichts an den

Leuten, er sei nur darauf aus, als Gründer des größten Privatmuseums in Nordamerika in die Geschichte einzugehen. Natürlich mit dem Geld anderer Leute. Unscheinbar, still, nervös, aber hochgiftig. Ein Mann, der nie etwas Böses tue – solange er jemand dazu bringen könne, es für ihn zu tun.

»Sehen Sie ihn sich doch an«, sagte er. »Hüpft herum wie ein aufgescheuchter Vogel und wartet nur darauf, daß mein Vater auftaucht, damit er ihm die Stiefel lecken kann.«

Die Beschreibung erschien Argyll ein wenig unfair. Was das Unscheinbare und Nervöse angehe, stimme er ja zu, aber Gift habe er an ihm bis jetzt noch nicht entdecken können. Andererseits müsse er natürlich zugeben, daß er den Mann nicht sehr gut kenne. Auf jeden Fall habe er mit seiner wie immer gearteten Taktik Erfolg, wenn Moresby bereit war, dreihundert Millionen Dollar für ein neues Museum hinzulegen.

Jack schien das nicht sehr zu beeindrucken. »Sie kennen meinen Vater nicht«, sagte er. »An dieses Museum glaube ich erst, wenn ich zur Eröffnungsfeier eingeladen werde.«

Dann hatte er genug vom Direktor und wandte sich dem nächsten zu. »James Langton«, sagte er und deutete auf den Endfünfziger im weißen Leinenanzug, der so erfreulich versessen auf den Tizian gewesen war. »Englischer Schleimbeutel.«

Argyll hob eine Augenbraue.

»Tschuldigung. Aber Sie wissen ja, was ich meine. Hochnäsig, verächtlich, höhnisch, unehrlich. Würden Sie nicht auch sagen, daß genau das der Nationalcharakter ist?«

»Eigentlich nicht«, erwiderte Argyll, dem sofort eine ganze Reihe von Engländern einfiel, auf die diese Beschreibung paßte.

»Na, ich schon. Der war der Oberschleimer, bis Thanet daherkam. Und seitdem spielt er den internationalen Parasiten. Paris, Rom, London, New York, wie's auf den Parfumflaschen heißt. Hat es sich zur Lebensaufgabe gemacht, in der ganzen Welt übertreuerte Fälschungen für die Sammlung meines Vaters aufzuspüren, sie zu kaufen und sich eine saftige Scheibe für seine Dienste abzuschneiden.«

Argyll fühlte sich betroffen und brachte seinen Tizian noch

einmal zur Sprache. Allmählich bekam er Komplexe wegen dem Ding.

»Wir machen doch alle mal Fehler«, bemerkte Jack ohne spürbares Interesse. »Sogar ein Mann von Langtons beachtlichem Talent hat keine hundertprozentige Erfolgsrate. Ab und zu muß er einfach danebengreifen und etwas Echtes kaufen.«

Und so ging es weiter. »Meine allerliebste Mama«, sagte er und zeigte auf die zierliche, geschmackvoll gekleidete Frau, die Argyll bereits am Nachmittag kennengelernt hatte. Sie war erst zwanzig Minuten zuvor eingetroffen. »Sie ist meine Stiefmutter, aber das hört sie nicht gerne. Strebt nach Höherem. Und zwar mit Macht. Sie hat einen schwachen Südstaatenakzent, kommt aber eigentlich aus Nebraska. Wissen Sie, wo Nebraska liegt?«

Argyll mußte zugeben, daß er es nicht wußte.

»Kein Mensch weiß das. Mit meinem Alten hat sie das große Los gezogen, und jetzt klebt sie an ihm dran, bis er den Löffel abgibt und sie sein Geld in die Finger bekommt. Außer das Museum kriegt es zuerst.« Er betrachtete die Frau einen Augenblick lang mit offensichtlicher Nachsicht, wandte sich dann ab und suchte sich ein neues Opfer.

»David Barclay«, sagte er bestimmt und deutete auf Anne Moresbys geschniegelten Gesprächspartner. »Seine Unterschrift werden Sie auf Ihrem Scheck finden, falls Sie den je bekommen. Der Anwalt meines Vaters und seine rechte Hand, eine Dauerleihgabe von irgendeiner Anwaltskanzlei. Die graue Eminenz der Familie. Attraktiver kleiner Saukerl, finden Sie nicht auch? Einer von denen, die Gewichte stemmen, bevor sie ins Büro gehen. Hat so viele Designeretiketten an seinem Körper, daß er aussieht wie der Anzeigenteil von *Vogue*. Stecken Sie den in eine Kläranlage, und Scheiße wird modern. Mein Vater«, flüsterte er deutlich vernehmbar und blies Argyll seinen Whiskeyatem aus nächster Nähe ins Gesicht, »steht auf solche aufstrebenden Karrieretypen. Einem wie Barclay kann er nicht widerstehen. Und meine Stiefmutter kann es auch nicht.«

»Wie bitte?« fragte Argyll ein wenig überrascht.

»Der kleine David ist meiner Familie aufs innigste verbunden«, sagte Jack noch ein bißchen lauter. »Stets zu Diensten, ob in juristischen oder anderen Dingen. Und natürlich zur allseitigen Zufriedenheit.«

Er kicherte, und Argyll betrachtete den Anwalt mit größerem Interesse. Er gab seiner Verwunderung darüber Ausdruck, daß der Mann seinen Job behielt.

»Diskretion ist etwas Wunderbares. Das Problem ist nur, es ist nicht ganz einfach, sie aufrechtzuerhalten. Auch das bestgehütete Geheimnis sickert irgendwann durch. Zumindest wenn jemand ein bißchen nachhilft. Das ist übrigens der Grund, warum ich heute hier bin«, fügte Jack geheimnisvoll hinzu. »Ich liebe nämlich Feuerwerke, und heute abend wird's eins geben.«

»Ach wirklich?« fragte Argyll und überlegte sich, ob diese Party nicht doch noch amüsanter als erwartet werden würde. »Von der Menschenkenntnis Ihres Vaters scheinen Sie ja nicht sehr viel zu halten.«

»Ich dankbarer Sohn soll keinen Respekt haben vor einem der reichsten Männer der Welt? Ich halte sogar sehr viel von seinem Urteilsvermögen. Schließlich hat er in mir sofort den disziplinlosen Säufer gesehen, dem nie etwas gelingt. Und ich kann Ihnen versichern, damit hat er recht. In der Hinsicht habe ich ihn noch nie enttäuscht.«

Inzwischen gab es deutliche Anzeichen, daß Jack kurz davor war, in Selbstmitleid zu versinken. Da Argyll keine Lust hatte auf eine detaillierte Vater-Sohn-Geschichte, winkte er di Souza zu sich, als der an ihnen vorbeischwebte. Doch er hatte kaum Zeit für die Vorstellungen, denn im Hintergrund versuchte Samuel Thanet die Aufmerksamkeit des Publikums auf sich zu ziehen. Nach einer Weile wurde es still, und Thanets hohe, schrille Stimme ließ sich vernehmen. Wie jeder wisse, sagte er, sei der Anlaß für diesen Empfang Mr. Moresbys Besuch im Museum.

Eine respektvolles Schweigen folgte, während dessen das Museumspersonal über seine Sünden nachgrübelte, als hätte Thanet eben das Jüngste Gericht angekündigt. Es folgte eine, zumindest Argylls Ansicht nach, ziemlich schmalzige Rede, in der Thanet seine Verehrung für den Großen Mann ein bißchen zu dick auftrug. Wäre besagter Großer Mann anwesend gewesen, hätte man das ja noch verstehen können. Aber Moresby war noch nicht einmal eingetroffen. Und hinter dem Rücken der Leute nett zu sein, ging zu weit.

Außer bedeutungsschwangeren Hinweisen auf das, was Moresby nach seiner Ankunft verkünden werde, lieferte die Rede wenig Erhellendes, bis auf die kleine Frage nach dem Inhalt der Kiste, die di Souza für Langton mitgebracht hatte. Argyll war viel zu sehr mit den Auswirkungen seines Umzugs nach London beschäftigt gewesen, um sich darüber viel Gedanken zu machen, doch jetzt spitzte er die Ohren, als Thanet sagte, er wolle ein paar einleitende Worte über die neueste Erwerbung des Museums verlieren.

Wie jeder sicherlich wisse, sagte er, bestehe die Wachstumspolitik des Moresby – ein abscheulicher Ausdruck für ein Museum, dachte Argyll, aber was soll's – darin, in ausgesuchten Gebieten der Europäischen Kunst zur weltweit führenden Institution zu werden. Impressionismus, Neoklassizismus und Barock stünden dabei ganz oben auf der Liste, und darin seien bereits große Erfolge erzielt worden.

Argyll trat von einem Fuß auf den anderen und beugte sich zu di Souza hinüber.

»Warum kaufen sie dann zwölf unbezahlbare Stücke römischer Skulptur?« fragte er sarkastisch. Di Souza warf ihm einen bösen Blick zu.

»Und warum kaufen sie einen Tizian?« entgegnete er.

Doch dann hob der Spanier Ruhe heischend die Hand, denn Thanet kam nun endlich zum interessanten Teil der Rede. Vor allem, sagte er, habe man das Augenmerk auf die Skulptur des Barock gerichtet, und mit Stolz könne er nun verkünden, daß die neueste Erwerbung, gemäß dem Motto des Museums, nur das Beste zu wollen – hier schnaubte di Souza –, ein Werk von unübertroffener Bedeutung sei. Obwohl es noch unausgepackt in seinem Büro stehe, freue er sich, bekanntgeben zu können, daß das Museum in Kürze eine Arbeit des herausragendsten Künstlers des römischen Barock, ein Meisterwerk von Gian Lorenzo Bernini, ausstellen werde. Das Museum sei nun im Besitz des lange verschollenen Porträts des Meisters von Papst Pius V.

Sowohl Argyll wie Jack standen mit den Gläsern in den Händen direkt neben di Souza, als diese Sätze fielen, und sie hörten deshalb das scharfe Einatmen und das Gurgeln in seiner Kehle, als er sich an seinem Martini verschluckte. Sie sahen auch das Mienenspiel – aus Überraschung wurde Besorgnis und dann Wut –, das über sein Gesicht zuckte, während er diese Ankündigung verdaute.

»Denken Sie sich nichts«, sagte Jack und klopfte ihm auf die Schulter. »In diesem Kasten hier passiert das jedem einmal.«

»Was ist denn los?« fragte Argyll. »Neidisch?«

Di Souza stürzte seinen Drink in einem Zug hinunter. »Nicht ganz«, erwiderte er. »Nur ein kleiner Herzanfall. Sie entschuldigen mich einen Augenblick.«

Und damit schoß er in Richtung Samuel Thanet davon. Argyll war neugierig geworden und schlich ihm deshalb so unauffällig wie möglich nach, um mitzubekommen, was sich da abspielte. Offensichtlich eine ganze Menge, obwohl di Souza den größten Teil des Gesprächs zu bestreiten schien. Trotz seiner deutlichen Erregung hatte er sich doch soweit unter Kontrolle, daß er mit gedämpfter Stimme sprechen konnte, denn ansonsten hätte die fröhliche Atmosphäre dieser Party möglicherweise ernsten Schaden genommen.

Argyll verstand nicht alles, aber die Worte »beängstigend« und »besorgniserregend« wehten zu ihm herüber, als er sich den beiden näherte. Di Souza schien eine Unterredung mit Mr. Moresby zu verlangen.

Einiges bekam er nicht mit, vor allem Thanets Beschwichtigungsversuche. Jack Moresby, der ebenfalls in Hörweite stand, schüttelte belustigt den Kopf. »Mein Gott, diese Leute. Wie halten Sie es nur mit denen aus?« fragte er. »Also mir reicht's. Ich geh' nach Hause. Es ist nicht weit von hier. Wollen Sie nicht mal auf einen Drink vorbeikommen?«

Er gab Argyll seine Adresse und spazierte hinaus in die klare Abendluft von Santa Monica.

Thanet unterdessen wippte zwar angesichts des unerwarteten Angriffs auf seinen Fußballen nach hinten, aber er wich nicht zurück. Anfangs sah es so aus, als versuchte er, den entrüsteten Spanier zu beruhigen, und als das nichts half, verlegte er sich auf die verläßliche Taktik des Mauerns. Er habe mit der Büste nichts zu tun, behauptete Thanet, und di Souza wisse das sehr genau.

Hector ließ sich davon zwar nicht beeindrucken, aber er konnte wenig ausrichten. Er zog sich formvollendet, aber wütend vor sich hin murmelnd zurück. Argyll war natürlich neugierig, was dieser Ausbruch zu bedeuten hatte, aber er konnte sich bei di Souzas Redseligkeit darauf verlassen, es rechtzeitig zu erfahren. Hector war berühmt dafür, nichts lange für sich behalten zu können.

»Wo starren Sie denn hin?«, fragte der Spanier ziemlich scharf auf Italienisch, als er zur Bar zurückkehrte.

»Nirgendwohin. Ich hab' mich nur gefragt, worüber Sie sich so aufregen.«

»Über eine ganze Menge.«

»Na, dann erzählen Sie«, forderte Argyll ihn auf.

Di Souza erwiderte nichts.

»Sie haben mal wieder geschmuggelt, was?« sagte Argyll in vertraulichem Ton. Es war ziemlich allgemein bekannt, daß di Souza sein Einkommen aufbesserte, indem er Kunstwerke außer Landes zauberte, bevor die italienischen Behörden die Ausfuhrgenehmigung verweigern konnten. Und einen Antrag zur Ausfuhr eines Bernini hätten sie auf jeden Fall abgelehnt: Sollten sie je herausfinden, daß einer außer Landes geschmuggelt worden war, würden einige Atombomben gezündet werden.

»Machen Sie sich doch nicht lächerlich«, keifte di Souza, doch in seiner Stimme schwang so viel Unsicherheit, daß Argyll sich auf der richtigen Spur wußte.

Er zog geräuschvoll den Atem ein und schüttelte genußvoll Mitleid heuchelnd den Kopf. »Also in Ihren Schuhen möchte ich nicht stecken, wenn die Leute vom *Belle Arte* Sie in die Mangel nehmen. Das wird ganz schön übel«, sagte er und konnte dabei ein Grinsen nicht unterdrücken. Di Souza warf ihm einen bösen Blick zu. »Ein schweres Verbrechen, das Schmuggeln...«

»Wegen Schmuggel mache ich mir keine Sorgen.«

»Ach kommen Sie, Hector, erzählen Sie.«

Aber di Souza ließ sich nicht überreden. Er hatte es mit der Angst bekommen und verlegte sich nun darauf, so wenig wie möglich zu sagen. Ich kann's ihm nicht verdenken, dachte Argyll. Eine öffentliche Ankündigung, und jede Menge Reporter im Museum. Wäre Thanet aufgestanden und hätte di Souza fürs Herausschmuggeln gedankt, es hätte kaum peinlicher für ihn sein können. Jetzt fehlten nur noch ein paar Gerüchte und ein paar neugierige Blicke, und Hector würde in Italien große Schwierigkeiten bekommen. Und vor Gericht würde ihm die Behauptung, er hätte den Inhalt der Kiste nicht gekannt, höchstens ein herzhaftes Lachen des Staatsanwalts einbringen. Argyll selbst hatte ja Schwierigkeiten, es zu glauben.

»Hm«, sagte er nachdenklich. »Sie können nur darauf hoffen, daß niemand der Sache allzu große Beachtung schenkt. Ich kann Ihnen sagen, Sie haben großes Glück, daß Flavia nicht hier ist. Die würde Hackfleisch aus Ihnen machen.«

Das hätte er nicht sagen sollen. Flavia di Stefano war ihm den ganzen Nachmittag, ja die ganze Woche nicht aus dem Kopf gegangen, und erst kurz zuvor hatte er es geschafft, an etwas anderes zu denken. Würde man ihn zwingen, die Hand aufs Herz zu legen und zu gestehen, was ihn am meisten in Rom hielt, dann müßte er wohl sagen, daß es, trotz der Großartigkeit der Gebäude, der Kunstwerke, der Straßen, des Essens, des Wetters und der Leute, Flavia di Stefano war, eine alte Freundin, Ermittlerin im Kunstdezernat der italienischen Polizia und eine Frau mit einer tiefsitzenden Abneigung gegen Leute, die italienisches Kunsterbe aus dem Land schmuggeln.

Doch Flavia erwiderte seine Zuneigung leider nicht. Sie war ein wunderbarer Kamerad und ein guter Freund, aber obwohl Argyll sich größte Mühe gegeben hatte, sie zu bewegen, mehr für ihn zu sein, hatte er erstaunlich wenig erreicht. Jetzt hatte er die Nase voll. Und deshalb konnte er sich auch mit der Rückkehr nach England abfinden.

Was konnte er denn noch tun? Er hatte ihr eines Abend nach dem Kino von Byrnes' Vorschlag erzählt – und was war dabei herausgekommen? Ach, geh nicht? Bitte bleib? Oder wenigstens: Ich werde dich vermissen? Aber nichts dergleichen. Sie hatte nur gesagt, wenn das seiner Karriere förderlich sei, dann müsse er gehen. Und hatte das Thema gewechselt. Seitdem hatte er sie kaum mehr gesehen.

»Wie bitte?«, sagte er, als er aus seinen Träumereien aufwachte und merkte, daß di Souza immer noch redete.

»Ich habe gesagt, wenn ich erst einmal alles mit Moresby geklärt habe, dann wird nicht einmal Ihre Flavia Interesse an mir haben.«

»Wenn Sie es klären können. Außerdem ist sie nicht meine Flavia.«

»Ich habe Ihnen doch gerade gesagt, daß ich es kann. Es ist ganz einfach zu beweisen.«

»Was ist einfach zu beweisen?« fragte Argyll verwirrt. Offensichtlich hatte er von di Souzas Erklärungen mehr verpaßt, als er gedacht hatte.

»Wenn Sie nicht zuhören können, werde ich es nicht wiederholen«, sagte er verstimmt. »Das ist heute schon das zweite Mal, daß Sie mir eine Geschichte kaputtgemacht haben. Außerdem, so wie die Leute hier begonnen haben, sich in Unterwerfung zu üben, dürfte Moresby gleich eintreffen, und ich muß ganz dringend mit ihm sprechen. Ich kann Sie ja dann später ins Bild setzen, falls Sie es schaffen, sich lange genug zu konzentrieren.«

Argyll folgte dem Strom der Gäste, die alle zu den Türen drängten, um nur ja nichts zu verpassen. Di Souza hatte recht. Moresby fuhr mit all dem Pomp eines mittelalterlichen Potentaten vor, der eine unbedeutende Provinz besucht. Was er in gewisser Weise ja auch tat. Verglichen mit der Vielzahl seiner übrigen Geschäfte – Argyll erinnerte sich schwach daran, daß sie von Öl über Elektronik und Waffen bis hin zu Finanzdienstleistungen und so ziemlich allem dazwischen reichten – war das Museum eine ziemlich geringfügige Angelegenheit. Es sei denn, Thanet würde es schaffen, dem alten Mann die fest geschlossene Faust zu öffnen und sie lange genug offenzuhalten, um sein großes Museum zu bauen.

Es war ein seltsames Schauspiel, und so beeindruckend wie lächerlich. Das Auto war eine dieser überlangen Limousinen, gute zehn Meter von Stoßstange zu Stoßstange, mit einer kleinen Funkantenne auf dem Dach, schwarzgetönten Fenstern und glänzendem Chrom. Es glitt zum Eingang, und sofort stürzte ein Schwarm nervöser Museumsleute herbei, die sich um die Ehre stritten, die Tür öffnen zu dürfen. Dann trat einer der reichsten Männer der westlichen Welt ins verlöschende Abendlicht, und alle starrten ihn ehrfurchtsvoll an.

Argyll allerdings sah wenig, das in ihm Ehrfurcht hervorgerufen hätte. In rein optischer, ästhetischer Hinsicht gab Arthur M. Moresby II nicht viel her. Ein winziger Kerl, der kurzsichtig hinter dicken, runden Gläsern hervorsah, in einem dicken, schweren Anzug, der nicht zum Wetter paßte und seinem Aussehen auch nicht gerade förderlich war. Er war beinahe völlig kahl und ging leicht über den großen Onkel. Ein dünner Mund, fleckige Gesichtshaut und Ohren, die sich oben zu einer mehr als ausgeprägten Spitze verjüngten, gaben ihm etwas das Aussehen eines böswilligen Gartenzwergs. Argyll verstand allmählich, was Anne Moresby an einer narzistischen Ausgeburt wie David Barclay fand.

Ohne sein Bankkonto würde sich wohl kaum jemand für diesen Mann erwärmen. Andererseits, überlegte Argyll, während er Moresby genauer betrachtete, ist dieses Urteil vielleicht ein bißchen ungerecht. Das Gesicht deutete darauf hin, daß man diesen Mann nicht unterschätzen durfte. Obwohl vollkommen ausdruckslos, strahlte es dennoch eine eisige Verachtung für die hechelnden Horden aus, die ihn umringten. Arthur Moresby wußte genau, warum die Leute so versessen darauf waren, ihn zu begrüßen, wußte, daß es nichts mit seiner liebenswerten Persönlichkeit oder seiner aufregenden Erscheinung zu tun hatte. Dann verschwand er im Museum, um sich geschäftlichen Dingen zu widmen, und der ganze Trubel war vorüber.

3

Im nachhinein konnte Argyll nur mit Beschämung auf die folgenden Stunden zurückblicken. Stets hatte er das Pech, gerade woanders zu sein, wenn etwas Interessantes passierte. Dabei war es ganz einfach: Er war hungrig, und welche Tugenden Austern auch besitzen mögen, sättigend sind sie nicht. Zumindest nicht so wie ein Hamburger und Pommes, und da er sich allmählich etwas blöd dabei vorkam, den ganzen Abend herumzuhängen, in der Hoffnung, Arthur Moresby die Hand schütteln zu dürfen, schlenderte er auf der Suche nach einem halbwegs anständigen Restaurant davon und saß dort mißmutig eine gute Stunde ab.

Er bedauerte, daß er sich nicht an Jack Moresby gehängt hatte, um sich mit ihm zu betrinken. Er bedauerte, daß er sich mit di Souza zum Frühstück verabredet hatte. Eigentlich hatte er von dem Mann bereits genug, hatte er doch den Großteil des Nachmittags damit zugebracht, ihn in seinem Hotel unterzubringen, sein Gepäck herumzuschleppen und ihm auf Parties zuzuhören. Und außerdem wußte er nur zu gut, wer für das Frühstück zahlen würde.

Nicht zuletzt bedauerte er die Wahl des Restaurants. Der Service war unglaublich langsam. Die Kellnerin (die sich als Nancy vorstellte und die sehr darauf bedacht war, daß er sein Essen auch genieße) gab sich zwar alle Mühe, aber es war offensichtlich eins dieser Lokale, in denen der Koch sich sein Vollkornmehl selber mahlt. Hätte er es nur sein lassen. Das Ergebnis war der Mühe nicht wert.

Es war beinahe elf, als Argyll sich zu seinem Hotel aufmachte, und hinter ihm lagen zwei einsame Stunden, in denen er ausführlich Gelegenheit zum Selbstmitleid gehabt hatte. Ansonsten war absolut nichts passiert, außer daß er beinahe von einem uralten Lieferwagen mit aufgemalten purpurroten Streifen überfahren worden wäre. Er war selbst schuld daran: Er wollte den breiten Boulevard, der am Moresby vorbei und zu seinem Hotel führte, auf die lässige Art überqueren, die er sich im römischen Verkehr angewöhnt hatte, und mußte dabei erfahren, daß Autofahrer in Kalifornien zwar langsamer, aber bei weitem nicht so präzise sind wie ihre italienischen Kollegen. Ein Römer zischt an Ihrem Bein vorbei, daß sich Ihre Hose im Luftzug bläht, verschwindet aber dann mit einem triumphierenden Hupen um die nächste Ecke, ohne wirklichen Schaden hinterlassen zu haben. Der Lenker dieses besonderen Fahrzeugs hatte entweder eindeutig mörderische Absichten oder wenig Geschick: Er rauschte heran, sah Argyll, drückte auf die Hupe und wich erst im allerletzten Augenblick aus, was Argyll beinahe eine Eintrittskarte ins Jenseits einbrachte.

Als er dann die andere Straßenseite erreicht und sein Herz – angetrieben vom Schreck und dem erstaunlichem Tempo, mit dem er sich in Sicherheit brachte – sich wieder beruhigt hatte, schien es ihm, daß sich dies gut in die neuesten Entwicklungen seines Lebens einfügte.

In regelmäßigen Abständen selbstmitleidig seufzend, schlurfte er mit gesenktem Kopf auf sein Hotel zu und ließ seine Gedanken schweifen. Er war in einer solchen Stimmung, daß er am Museum schon beinahe vorbei war, als ihm ins Bewußtsein kam, daß dort nicht alles so war, wie er es, Sättigung suchend, verlassen hatte. Die Scheinwerfer beleuchteten das Gebäude noch immer auf demonstrativ diskrete Art, und noch immer war der Parkplatz voller Autos. Aber die Anzahl der Leute, die sich damit beschäftigten, aus dem Rasen Brachland zu machen, war sprunghaft angestiegen, und Argyll war ziemlich sicher, daß bei seinem Weggang das Gelände noch nicht von fünfzehn Polizeiautos, vier Krankenwagen und einer Vielzahl von Hubschraubern umzingelt gewesen war.

Komisch, dachte er. Hauptsächlich wegen des pessimistischen Gedankens, daß bei seinem Pech wahrscheinlich etwas mit dem Tizian passiert war, machte er kehrt und ging die Auffahrt hinauf.

»Tut mir leid. Eintritt verboten. Erst morgen früh wieder.« Das sagte ein Polizist von eindrucksvollen Ausmaßen, der den Weg auf eine Art versperrte, die keinen Widerspruch zuließ. Auch wenn der Mann weniger schwer bewaffnet gewesen wäre, wäre es Argyll wohl kaum in den Sinn gekommen, seine Aussage in Zweifel zu ziehen. Andererseits hatte die Szenerie seine Neugier geweckt, und deshalb erklärte er mit fester

Stimme, daß der Direktor des Museums ihn gebeten habe, sofort vorbeizukommen. Samuel Thanet. Der Direktor. Ob der Polizist ihn kenne?

Der kannte ihn nicht, aber er wurde ein wenig unsicher. »Kleiner fetter Kerl? Ringt dauernd die Hände?«

Argyll nickte. Thanet bis aufs Haar.

»Er ist mit Detective Morelli ins Verwaltungsgebäude gegangen.«

»Genau dort soll ich ihn treffen«, sagte Argyll, voller Stolz, daß er das Blaue vom Himmel herunterlügen konnte, ohne dabei rot zu werden. Er war nämlich ansonsten kein sehr guter Lügner. Sogar bei kleinen Flunkereien bekam er schon heiße Ohren. Er strahlte den Polizisten an und bat höflich, er möge ihn durchlassen. Das tat er so überzeugend, daß er schon Sekunden später, schwachem Stimmengewirr folgend, die Treppe des Verwaltungstrakts hinaufstieg.

Die Stimmen kamen aus Thanets Büro, einem durchgestylten Beispiel erfolgsorientiert administrativer Eleganz. So gering die Verdienste des Architekten um das Äußere des Museums sein mochten, bei der Gestaltung der Büroräume hatte er Überstunden gemacht. Obwohl etwas anonym in Argylls Augen, der das gemütliche Chaos bevorzugte, zeugte das Zimmer doch von kostspielig gutem Geschmack. Weißgetünchte Wände, gedeckt weißes Sofa, beige-weißer Wollteppichboden, Stahlrohrsessel mit weißem Lederbezug, schwarzer Holztisch. Die Kreise und Striche zweier grell angestrahlter moderner Gemälde aus dem Fundus des Museums brachten als einzige Farbe ins Büro.

Abgesehen von dem Blut natürlich, das in bestürzend großer Menge vorhanden war. Aber das war offensichtlich erst kürzlich hinzugefügt worden und gehörte nicht zum Gestaltungskonzept des Dekorateurs.

Auf dem Teppich lag die bewegungslose Gestalt Samuel Thanets ausgestreckt. Argyll starrte ihn von der Tür aus entsetzt an.

»Ermordet?« fragte er entgeistert, ohne den Blick abwenden zu können.

Ein schmuddeliger, müde aussehender Mann in einem

Aufzug, mit dem er nicht einmal bei den italienischen Carabinieri, geschweige denn bei der Polizia durchgekommen wäre, sah an ihm hoch und fragte sich wohl, wer dieser Eindringling sei. Dann schnaubte er verächtlich.

»Natürlich wurde er nicht ermordet«, sagte er knapp. »Ist nur ohnmächtig geworden. Ist reingekommen, hat einen Blick darauf geworfen und ist umgekippt. In ein paar Minuten ist er wieder auf den Beinen.«

Mit »darauf« meinte er einen Haufen etwa von der Größe eines liegenden Mannes, schicklicherweise zugedeckt mit einem weißen Laken, das an einigen Stellen rot verfärbt war. Argyll sah nur kurz hin, und ihm wurde ein wenig flau im Magen.

»Wer zum Teufel sind Sie überhaupt?« fragte der Mann, offensichtlich Detective Morelli, mit unter den Umständen verzeihlicher Direktheit.

Argyll erklärte.

»Sie arbeiten für das Museum?«

Argyll erklärte noch einmal.

»Sie arbeiten nicht für das Museum?« fragte nun der Mann und bewegte sich damit unausweichlich auf die Wahrheit zu. Argyll mußte zugeben, daß er den Nagel mehr oder weniger auf den Kopf getroffen hatte.

»Dann verschwinden Sie!«

»Aber was ist denn überhaupt hier los?« wollte Argyll wissen, den die Neugier vollkommen übermannt hatte.

Der Detective antwortete nicht, sondern bückte sich und hob eine Ecke des weißen Lakens an. Argyll starrte auf das Gesicht darunter und rümpfte angewidert die Nase. Diese Ohren waren unverkennbar: Wer die einmal gesehen hatte, vergaß sie nicht mehr.

Das plötzliche und unerwartete Hinscheiden von Arthur M. Moresby, Präsident (unter anderem) der Moresby Industries, war allem Anschein nach verursacht worden durch einen Kopfschuß aus nächster Nähe, wie es in der emotionslosen Behördensprache so treffend hieß. Es war nicht gerade ein ansprechender Anblick, und Argyll war deshalb herzlich froh, als der Detective das Laken wieder über den Kopf des Toten zog und ihn so zu einem einigermaßen unauffälligen Ding unter einem Tuch machte.

Morelli war äußerst schlechter Stimmung. Er hatte eben erfahren, daß seine Beförderung abgelehnt worden war und spürte eine Sommergrippe im Anflug. Er war seit achtzehn Stunden im Dienst und brauchte dringend eine Rasur, eine Dusche, etwas Anständiges zu essen und ein bißchen Ruhe. Außerdem litt er an einer chronischen Zahnfleischentzündung und fürchtete sich vor dem Gang zum Zahnarzt. Nicht wegen des Schmerzes, den konnte er ertragen. Die nachfolgende Rechnung war es, die ihm Sorgen machte. Eine Zahnfleischbehandlung ist eine teure Angelegenheit, wie sein Zahnarzt immer zu sagen pflegte. Der Mann sammelte Oldtimer, also mußte sie auch ziemlich einträglich sein. Detective Morelli war sich nicht ganz sicher, ob sein Zahnfleisch in einem wirklich so bedrohlichen Zustand war, oder ob sein Zahnarzt einfach nur einen neuen Vergaser für seinen 1928er Bugatti brauchte.

»Kann ich Ihnen helfen?« fragte Argyll, weil er glaubte, dem Mann damit etwas Gutes zu tun. Schaden konnte ein solches Angebot nie.

Der Detective sah ihn geringschätzig an. »Sie? Machen Sie sich nicht die Mühe.«

»Aber es ist wirklich keine Mühe«, erwiderte Argyll freundlich lächelnd.

Morelli erklärte gerade, das Morddezernat der Polizei von Los Angeles sei ein halbes Jahrhundert lang ohne Jonathan Argyll zurechtgekommen und würde deshalb auch ohne ihn noch einige Zeit überstehen, da gab die zweite auf dem Boden liegende Gestalt ein schmerzverzerrtes Stöhnen von sich. Thanet war so rücksichtslos gewesen, gleich an der Tür zusammenzubrechen und stellte deshalb jetzt ein größeres Verkehrshindernis dar. Das Stöhnen war verursacht worden von einem Polizeistiefel, der unabsichtlich mit seinen Rippen in Berührung kam.

»Ach, die schlafende Schönheit«, sagte Morelli und wandte sich wieder Argyll zu. »Wollen Sie sich wirklich nützlich machen? Dann wecken Sie ihn auf und schaffen Sie ihn aus dem

Weg. Und Sie sich selbst gleich mit, wenn Sie schon dabei sind.«

Argyll gehorchte, bückte sich zu dem Direktor und half ihm auf die Beine. Etwas schwankend unter Thanets Last, rief er Morelli zu, sie seien in einem Zimmer am anderen Ende des Gangs, falls sie gebraucht würden. Dorthin brachte er Thanet, setzte ihn auf ein Sofa und mühte sich ab, ein Fenster zu öffnen und ein Glas Wasser aufzutreiben. Ersteres vergeblich, zweiteres mit Erfolg.

Eine ganze Weile war Thanet nicht sehr gesprächig. Es dauerte einige Minuten, bis er die Sprache wiederfand, und in dieser Zeit starrte er Argyll nur an wie eine aufgeschreckte Eule.

»Was ist passiert?« fragte er dann mit einem verblüffenden Mangel an Originalität.

Argyll zuckte die Achseln. »Ich hatte gehofft, daß Sie mir das sagen. Sie waren doch dabei. Ich bin nur ein neugieriger Passant.«

»Nein, nein. Überhaupt nicht«, erwiderte Thanet. »Ich habe erst davon erfahren, als Barclay ins Museum zurückgelaufen kam und den Leuten zurief, sie sollten die Polizei rufen. Er sagte, es habe einen Unfall gegeben.«

»Der muß ganz schön blöd sein, wenn er das für einen Unfall hält«, bemerkte Argyll.

»Ich glaube, der wollte nur den Zeitungsleuten nicht gleich alles auf die Nase binden. Die tauchen immer gleich auf. Vor denen kann man absolut nichts geheimhalten.«

»Hat er die Leiche gefunden?«

»Mr. Moresby sagte zu mir, er wolle mein Büro benutzen, um mit di Souza zu reden...«

»Warum?«

»Warum was?«

»Er hätte doch überall mit ihm reden können, oder?«

Thanet bezeugte mit einem Stirnrunzeln Mißfallen über die Beharrlichkeit des Engländers hinsichtlich solcher Nebensächlichkeiten. »Di Souza wollte mit ihm über diese Büste reden, und die steht in meinem Büro. Auf jeden Fall, etwas später...«

Argyll öffnete den Mund, um ihn zu fragen, wie viel später. Diese Detailversessenheit hatte er im Lauf der Jahre von Flavia übernommen. Da er aber fürchtete, damit Thanet aus dem Konzept zu bringen, schloß er ihn wieder.

»... etwas später rief Mr. Moresby über das Haustelefon Barclay zu sich. Und der fand dann ... das. Wir haben die Polizei gerufen.«

Argyll hatte etwa zwei Dutzend Fragen, die er ihm stellen wollte, aber er beging den Fehler, kurz innezuhalten, um sie ihrer Wichtigkeit nach zu sortieren. Worum ging es in der Unterhaltung mit di Souza? Wo war di Souza? Und zu welcher Zeit spielte sich das alles ab? Leider nutzte Thanet den kurzen Augenblick des Schweigens aus, um seinen eigenen Gedanken freien Lauf zu lassen.

Diese Gedanken erwiesen sich als sehr selbstsüchtig, obwohl das unter den gegebenen Umständen vielleicht sogar verzeihlich war. Samuel Thanet hatte Moresby nie gemocht, keiner hatte das. So schrecklich der Tod des Mannes auch war, in Thanets Augen war es viel entsetzlicher, daß man ihn in seinem Büro, in seinem Museum erschossen hatte. Und am schlimmsten – es war passiert, bevor Moresby den Bau des Großen Museums bekanntgegeben hatte. Waren alle wichtigen Papiere bereits unterzeichnet? Er würde durchdrehen vor Sorge, wenn er das nicht bald herausfand.

»Ich vermute, die Verträge wurden bereits im voraus aufgesetzt und unterzeichnet«, sagte er. »Aber es hätte wirklich zu keinem schlechteren Zeitpunkt passieren können.«

»Wollen Sie damit sagen, daß Moresby umgebracht wurde, kurz bevor er sich öffentlich auf dieses Projekt festlegen konnte? Kommt Ihnen das nicht seltsam vor?«

Thanet starrte ihn verständnislos an. Offensichtlich kam ihm im Augenblick alles seltsam vor. Aber bevor er noch etwas sagen konnte, ging die Tür auf, und ein noch zerzausterer, sich nachdenklich das entzündete Zahnfleisch reibender Detective Morelli kam herein.

»Die Kiste in Ihrem Büro«, fragte er wie nebenbei. »Was ist das?«

Thanet brauchte einen Augenblick, um seine Gedanken zusammenzunehmen. »Welche Kiste?« fragte er dann.

»Großes Holzding.«

»Ach das. Das ist der Bernini. Wurde nur noch nicht geöffnet.«

»Doch, wurde sie schon. Sie ist leer. Was ist eigentlich ein Bernini?«

Thanet klappte ein paarmal verstört den Mund auf und zu, stand dann auf und stürzte aus dem Zimmer. Die beiden anderen liefen ihm nach, und als sie ins Büro kamen, steckte er bereits mit dem Kopf in der Kiste und wühlte verzweifelt im Verpackungsmaterial.

»Hab's Ihnen doch gesagt«, bemerkte Morelli.

Thanet tauchte schreckensbleich und mit Styroporkügelchen in seinem schütteren Haar wieder auf.

»Das ist entsetzlich, einfach entsetzlich«, sagte er. »Die Büste ist verschwunden. Vier Millionen Dollar, und sie war nicht mal versichert.«

Morelli und Argyll fiel gleichzeitig auf, daß Thanet wegen des Berninis offensichtlich viel bestürzter war als über Moresbys Tod.

Argyll wagte die Bemerkung, daß es wohl ein wenig nachlässig sei, so etwas nicht zu versichern.

»Die Versicherung wäre morgen vormittag in Kraft getreten, sobald wir die Büste ins Museum geschafft hätten. Die Gesellschaft übernimmt keine Haftung für Sachen im Verwaltungsgebäude. Dort ist es ihnen nicht sicher genug. Langton hat sie nur kurzfristig hier reingestellt, damit Moresby sie sich ansehen konnte, falls er Lust dazu hatte. Wir waren der Ansicht, wir sollten ihm den Weg hinunter in die Lagerräume ersparen.«

»Wo ist Hector di Souza?« fragte Argyll, weil er glaubte, daß dies die zentrale Frage war, die am dringendsten einer Antwort bedurfte.

Thanet sah ihn verdutzt an. »Keine Ahnung«, sagte er und sah sich um, als erwartete er, daß der Spanier gleich aus einem Schrank klettern würde.

Es folgte ein kurzes Zwischenspiel, als Morelli fragte, wer di Souza sei, und Argyll es ihm erklärte.

»Señor di Souza hat die Büste aus Europa mitgebracht. Er war wegen irgend etwas sehr erregt und wollte mit Moresby reden. Die beiden kamen hierher in Thanets Büro, um die Sache zu besprechen. Etwas später entdeckt Barclay die Leiche, und zu dieser Zeit ist die Büste wahrscheinlich bereits verschwunden.«

Morelli nickte auf eine Art, die zugleich Verständnis und tiefste Verärgerung ausdrückte. »Und warum haben Sie di Souza zuvor nicht erwähnt?« fragte er Thanet. Es war eindeutig eine rhetorische Frage, denn er wartete die Antwort nicht ab. Statt dessen griff er zum Telefon und gab den Befehl, di Souza so schnell wie möglich aufzuspüren.

»Wenn Sie mich fragen...«, setzte Argyll an, im Glauben, Morelli könne von seiner Erfahrung nur profitieren.

»Tu ich aber nicht«, erwiderte der Detective freundlich.

»Ja, aber...«

»Raus«, sagte er und deutete hilfsbereit zur Tür, für den Fall, daß Argyll nicht ganz klar war, wo sich die Treppe befand.

»Ich wollte doch nur...«

»Raus«, wiederholte er. »Ich werde später mit Ihnen reden, und dann werden wir ja sehen, ob Sie mir was Wichtiges mitzuteilen haben. Aber jetzt verschwinden Sie.«

Argyll war verstimmt. Er bastelte gern an Theorien, und die Polizei war auch meistens für sie empfänglich. Zumindest Flavia war es hin und wieder. Aber die Polizei in Los Angeles bediente sich solch raffinierter Methoden offensichtlich nicht. Er warf Morelli einen letzten Blick zu, sah, daß der es ernst meinte, und ging.

Morelli atmete erleichtert auf und funkelte einen Kollegen böse an, der seine Versuche, die Ordnung wiederherzustellen, mit einem Kichern quittiert hatte.

»Also gut«, sagte er. »Fangen wir noch einmal an. Ganz von vorn. Können Sie diesen Mann identifizieren?« fragte er förmlich.

Thanet schwankte erneut, schaffte es aber diesmal, auf den Beinen zu bleiben. Dies, sagte er, sei Arthur M. Moresby III.

»Ohne jeden Zweifel?«

Absolut keinen.

Morelli war tief beeindruckt. Northern Los Angeles war zwar nicht gerade so ein Schlachtfeld wie manch andere

Stadtteile, wies aber doch einen stolzen Anteil an Gewalttaten auf. Im allgemeinen waren die Opfer allerdings nicht sehr berühmt. Nur selten ließ sich ein Mitglied der Gesellschaft den Bauch aufschlitzen. Hollywood-Regisseure, TV-Magnaten, berühmte Schriftsteller, Models und alle anderen Größen der örtlichen Industrie zeigten ein erstaunliches Geschick im Überleben.

Diese Geschichte machte Morelli ziemlich nervös. Er konnte sich zwar an die genauen Zahlen nicht erinnern, war aber bereit zu wetten, daß der Prozentsatz der Mordfälle, bei denen er einem Schuldigen erfolgreich Handschellen anlegen konnte, ziemlich gering war. Im allgemeinen war das zwar bedauerlich, hatte aber ansonsten kaum Konsequenzen. Die Leute – und das hieß seine Vorgesetzten – wußten, daß eine Überführung ziemlich unwahrscheinlich war und gaben ihm dafür keine Schuld. Er hatte schon oft genug Leute verhaftet, um in dem Ruf eines professionell operierenden Polizisten zu stehen. Er gab sein Bestes und damit basta. Vielleicht klappt's beim nächsten Mal.

Aber er wurde das Gefühl nicht los, daß ihm bei diesem Fall eine ganze Anzahl von Leuten genau auf die Finger schauen würden. Diesmal würde es wohl nicht reichen, nur sein Bestes zu geben.

»Ich habe mir über das Alarmsystem Gedanken gemacht«, fuhr er fort. »Sie haben doch eins, oder?«

Thanet schnaubte. »Natürlich. Das Gebäude hier ist verdrahtet wie Fort Knox.«

»Können wir also überprüfen, ob außer dem Haupteingang noch andere Türen benutzt worden sind?«

»Natürlich. Theoretisch sollte eine Kamera den Mörder im Korridor eingefangen haben. Obwohl ich persönlich da so meine Zweifel habe.«

Thanet erklärte, daß zu ihrem überaus komplexen Alarmsystem versteckte Kameras in jedem Raum des Museums gehörten. Obwohl der Verwaltungstrakt etwas weniger üppig ausgestattet sei, ähnelte er immer noch ein bißchen einem Hochsicherheitsgefängnis. Also machten die beiden sich auf zur Zentrale des Sicherheitsdienstes, einem Raum im zweiten

Stock, der mit genug Elektronik vollgestopft war, um damit ein kleines Filmstudio auszurüsten. Während sie die Geräte bestaunten und sich fragten, wo sie anfangen sollten, kam ein großer Mann Ende Dreißig und mit angehender Glatze ins Zimmer. Er verströmte nervöse Neugier.

»Wer sind Sie?« fragte Morelli.

Der Mann stellte sich als Robert Streeter, Chef des Sicherheitsdienstes vor, und aus seiner Neugier wurde Bestürzung, als ihm in knappen Worten mitgeteilt wurde, daß sein vielgerühmtes System, das sowohl für die Sicherheit des Museums wie für sein Gehalt verantwortlich war, bis jetzt die Polizei noch nicht sehr beeindruckt hatte.

»Mit anderen Worten«, teilte der Detective ihm mit, »das Ding ist eine absolute Niete. Wenn dieser Barclay die Leiche nicht entdeckt hätte, wüßte wahrscheinlich jetzt noch keiner, daß etwas passiert ist. Also was bringt das Ding dann?«

Streeter war ebenfalls besorgt, vielleicht sogar noch mehr als der Detective. Schließlich konnte sein Job von diesem Fall abhängen. Man hatte ihn, als das Museum zu expandieren begann, ursprünglich nur als Berater in Fragen des Objektschutzes hinzugezogen. Doch Streeter hatte bald bemerkt, daß die Beratertätigkeit nur eine etwas aufwendigere Form der Arbeitslosigkeit war, und sein Einkommen war damals eher sporadischer Natur gewesen. Doch diese Chance hier hatte er sofort ergriffen. Sein Abschlußbericht war verächtlich, ja vernichtend. Das Museum sei, so schloß er, etwa so sicher wie ein Puppenhaus. Er skizzierte in dem Bericht nicht nur eine verwirrende Vielzahl elektronischer Unabdingbarkeiten, er ergänzte ihn mit eindrucksvollen Flußdiagrammen von Zuständigkeitsstrukturen und integrierten Schnellreaktions-Netzwerken, um zu zeigen, wie im Fall eines Einbruchs das Verbrechen vereitelt und die Gefahr abgewehrt werden könnte.

Für die Museumsleute waren das natürlich spanische Dörfer, und deswegen folgerten sie , daß ein integriertes Schnellreaktions-Netzwerk ein absolutes Muß war für eine Einrichtung, die zur Crème der Museumswelt gehören wollte. Außerdem hatte Moresby den Mann empfohlen. Ein Studienkollege seiner Frau oder etwas in der Richtung. Also taten sie das einzig Mögliche, das heißt, sie stellten einen gigantischen Etat zur Verfügung, schufen eine neue Sicherheitsabteilung und überließen beides Streeter. Der das ganze Geld für Sekretärinnen, Verwaltungsassistenten und museumsinterne PR-Leute ausgab, die nichts anderes zu tun hatten, als mehr Geld zu fordern. Jetzt hatte er zwölf Angestellte unter sich, zuzüglich der sechs Wachmänner, die im Museum patrouillierten, besaß genügend elektronisches Spielzeug, um den CIA eifersüchtig zu machen, und verlangte, man müsse ihm die letzte Entscheidung überlassen, wo die Bilder aufgehängt wurden. Natürlich nur im Interesse der Sicherheit. Er hatte sogar, auf etwas soliderer Grundlage, seine Beratertätigkeit wiederaufgenommen und hielt im ganzen Land gegen stattliche Honorare Vorträge über »Museumssicherheit auf dem neuesten Stand«. Das hieß natürlich, daß seine Zeit in Los Angeles begrenzt war. Deshalb verlangte er im Augenblick Geld für einen Stellvertreter, der das Alltagsgeschäft übernehmen sollte.

Einigen Leuten gefiel Streeters selbstherrliche Art nicht, und zu diesen gehörte Thanet, der spürte, daß ihm im Kampf um die Macht im Museum ein Rivale erwachsen war. Sowohl Streeter wie auch die gigantische Bürokratie, die er aufgebaut hatte, seien absolut überflüssig, argumentierte er. Streeter protestierte verständlicherweise aufs heftigste gegen diese Ansicht, und die beiden Männer waren sich deshalb nicht grün. Nun sah es so aus, als würde die entscheidende Schlacht unmittelbar bevorstehen. Die jüngsten Entwicklungen würden entweder die absolute Nutzlosigkeit all dieser Sicherheitssysteme beweisen (Sieg für Thanet) oder aber den Schluß nahelegen, daß noch mehr getan werden mußte, um das Museum in eine Kreuzung aus Stalag Luft VI und einer Elektronikfabrik zu verwandeln (Sieg für Streeter). Natürlich konnte es auch passieren, daß das Museum vollkommen zusammenbrach. Dann würden beide auf der Straße stehen.

Der Sicherheitsmann ging natürlich sofort zum Angriff über und wies mit perversem Vergnügen in Stimme und Mimik darauf hin, daß er die geforderte Ausrüstung ja eigentlich gar nicht erhalten habe.

»Ich habe rechtzeitig klargestellt, wie gefährlich es ist, bei der Sicherheit zu sparen. Zur optimalen Überwachung...«

»Bitte. Deswegen sind wir nicht hier«, sagte ein zahnfleischreibender Morelli, der zu müde war, um sich auch noch mit internen Streitereien herumzuschlagen. »Warum zeigen Sie uns nicht einfach, was Sie haben, anstatt von dem zu reden, was Sie wollten.«

Doch zuerst mußte er einen einleitenden Wortschwall über sich ergehen lassen. Jeder Raum des Museums, so Streeter, werde mit einem Kamerasystem überwacht, dessen Objektive pro Minute ein Minimum von zweiundachtzig Prozent der Gesamtfläche abdecken. Darüber hinaus richteten sich diese Kameras automatisch auf bestimmte Stellen, wenn Drucktasten aktiviert oder Lichtschranken durchbrochen wurden. Das Zutrittskartensytem registriere automatisch, wann jeder Angestellte das Museum betrat oder verließ und vergleiche ihre persönlichen Codes mit dem Telefonsystem, so daß die Verwaltung überprüfen konnte, wer wo und wann telefonierte. Und da jeder Raum mit einem Codekartenschloß gesichert sei, könne für jede Person ein Bewegungsraster erstellt werden. Schließlich seien in jedem Ausstellungsraum Mikrofone installiert, die dort geführte Gespräche aufnahmen, für den Fall, daß Besucher einen Einbruch planten. Und natürlich gebe es in jedem Raum Rauch-, Metall- und Sprengstoffdetektoren.

»Mein Gott«, sagte ein überraschter Morelli, als diese Erklärung endlich beendet war. »Man könnte meinen, Sie erwarten den Weltuntergang. Aber die Überwachung des Personals scheint Ihnen wichtiger zu sein als alles andere.«

»Spotten Sie nur«, erwiderte Streeter beleidigt. »Aber weil viele meiner Empfehlungen ignoriert wurden, ist unser Arbeitgeber ermordet worden. Und jetzt wird Ihnen mein System zeigen, wer es getan hat.«

Sogar Thanet hatte den Eindruck, daß Streeters Stimme nicht so überzeugend klang wie sonst, aber Morelli achtete nicht darauf, denn er sah fasziniert zu, wie der Mann ein komplexes System von Reglern auf dem Steuerpult bediente. »Natürlich wird der Verwaltungstrakt weniger umfassend überwacht, aber wir haben ausreichende visuelle Kontrolle. Ich habe den Image-Output auf diese VDU gelegt«, sagte er und deutete mit dem Finger auf einen Monitor.

»Er meint, daß wir das Bild auf diesem Fernseher da sehen werden«, erläuterte Thanet hilfsbereit. Streeter starrte ihn böse an und wandte sich dann mit verächtlicher Miene dem Monitor zu. Der blieb absolut schwarz.

»Oh«, sagte er.

Direktor und Detective sahen ihn fragend an, als er noch einmal zu seinem Steuerpult stürzte und mit Knöpfen und Reglern hantierte.

»Verdammt«, fügte er hinzu.

»Sagen Sie nichts, lassen Sie mich raten. Sie haben vergessen, einen Film einzulegen?«

»Natürlich nicht«, sagte Streeter, und seine Hände huschten hektisch über das Pult. »Das System verwendet keinen Film. Eine VR-Schnittstelle scheint defekt zu sein.«

»Kamera kaputt«, flüsterte Thanet deutlich vernehmbar.

Streeter spulte ein Videoband zurück und erklärte dabei, daß der Monitor eigentlich Bilder von einer Kamera im Gang zu Thanets Büro zeigen sollte. Aber der Monitor blieb schwarz. Nach sorgfältiger Überprüfung stellte sich heraus, daß die Kamera kurz nach 20 Uhr 30 aufgehört hatte zu übertragen. Anschließende Ermittlungen zeigten, daß die Ursache des Problems alles andere als hochtechnologischer Natur war: ein Leberpastetensandwich klebte auf dem Objektiv.

Morelli, der ein tiefsitzendes Mißtrauen gegen technisches Gerät hatte, war kein bißchen erstaunt. Er wäre viel verblüffter gewesen – zugegebenermaßen positiv –, hätte das Video ihm einen Missetäter gezeigt, der, sich die blutigen Hände am Taschentuch abwischend, die Treppe hinunterlief. Doch fünfzehn Jahre bei der Polizei hatten ihn gelehrt, daß das Leben nur selten so entgegenkommend ist. Glücklicherweise gab es da immer noch die guten, altmodischen polizeilichen Verfahrensweisen, auf die man zurückgreifen konnte.

»Wer war es?« fragte er Thanet, den die Frage zu bestürzen schien.

»Ich habe nicht die geringste Ahnung«, antwortete der Direktor nach einem Augenblick des Nachdenkens.

»Was ist passiert?«

»Ich weiß es nicht.«

Soweit also der Erfolg besagter Verfahrensweise. Morelli hielt einen Augenblick inne und dachte nach.

»Berichten Sie mir, was passierte, nachdem die Leiche entdeckt wurde«, sagte er dann, weil er das für einen guten Ausgangspunkt hielt.

Thanet berichtete, hin und wieder unterbrochen von Streeter. Moresby habe sich nach seiner Ankunft bei der Party eine Weile unter die Leute gemischt und sei dann von di Souza angesprochen worden, der eine Unterredung mit ihm verlangte.

Streeter ergänzte, daß di Souza sehr erregt gewirkt und auf Vertraulichkeit bestanden habe.

»Und was genau hat er gesagt?«

»Also Wort für Wort habe ich es nicht mitbekommen. Er ist auf jeden Fall auf Mr. Moresby zumarschiert und hat etwas gesagt wie: ›Ich habe gehört, daß Sie Ihren Bernini bekommen haben.‹ Mr. Moresby hat genickt und gesagt: ›Endlich‹, und di Souza hat gefragt, ob er ganz sicher sei? Und dann hat Moresby gesagt, daß er – di Souza – eine ganze Menge zu erklären habe.«

»Was zu erklären?«

Streeter zuckte die Achseln und Thanet kurz darauf ebenfalls. »Keine Ahnung«, sagte ersterer. »Ich kann Ihnen nur erzählen, was ich gehört habe.«

»Wann war das?«

»Da bin ich mir nicht ganz sicher. Kurz nach neun, würde ich annehmen.«

Morelli wandte sich an Thanet. »Wissen Sie, worum es da gegangen sein könnte?«

Thanet schüttelte den Kopf. »Keine Ahnung. Ich selbst hatte davor schon eine Auseinandersetzung mit di Souza. Er war sehr aufgeregt wegen der Büste, wollte mir aber nicht sagen, warum. Meinte nur, er müsse deswegen sehr dringend vertraulich mit Mr. Moresby sprechen. Vielleicht gab es Unstimmigkeiten wegen des Preises.«

»Komischer Zeitpunkt, um über den Preis zu diskutieren.«
Thanet zuckte die Achseln. Kunsthändler seien unberechenbar.

»Sie haben nicht zufällig ein Mikrofon im Büro des Direktors?« fragte Morelli.

Im ersten Augenblick sah Streeter aus wie vom Blitz getroffen, verlegte sich dann aber aufs Entrüstetsein. »Nein«, sagte er knapp. »Ich habe zwar vorgeschlagen, auch die Büroräume umfassender zu überwachen, aber Mr. Thanet meinte, er würde bis vor den Obersten Gerichtshof gehen, um mich davon abzuhalten.«

»Ein monströser, verfassungswidriger und illegaler Gedanke«, schnaubte Thanet. »Wie kann man dermaßen die grundlegendsten Bürgerrechte...«

»Ach halten Sie doch den Mund, und zwar beide«, sagte Morelli. »Das interessiert mich nicht. Können Sie mit Ihren Gedanken denn nicht bei der Tatsache bleiben, daß Arthur Moresby ermordet wurde?«

Da sie das offensichtlich nicht konnten, sagte er ihnen, er werde ihre Aussagen später zu Papier bringen, und ließ sie von einem jüngeren Beamten hinausführen. Dann atmete er ein paarmal tief durch, um sich zu beruhigen, strich sich mit den Fingern durch die Haare und begann, seine Ermittlungen zu organisieren. Die Presse wartete auf eine Stellungnahme, Namen mußten notiert, Aussagen protokolliert, eine Leiche entfernt werden, und jemand mußte so schnell wie möglich di Souza finden. Unzählige Arbeitsstunden lagen vor ihm. Wie sollte er das nur durchstehen? Also setzte er sich erst einmal hin und sah sich das Video der Party an. Vielleicht lieferte es ihm wertvolle Hinweise.

Aber es half ihm nicht weiter, und es war auch nicht sehr erhellend für die professionellen Analytiker, die es sich später ansahen. Die multiple Interaktionsanalyse, wie die Experten das nannten, ergab, daß Thanet eine Affäre mit seiner Sekretärin hatte, daß nicht weniger als siebenundzwanzig Prozent der Gäste die Party mit mindestens einem Stück Museumsbesteck in der Tasche verließen, daß Jack Moresby zuviel trank, daß David Barclay, der Anwalt, und Hector di Souza, der

Kunsthändler, außergewöhnlich viel Zeit vor Spiegeln verbrachten, und daß Argyll fast die ganze Zeit ein wenig verloren und fehl am Platz wirkte. Darüber hinaus fiel auf, daß Mrs. Moresby mit David Barclay eintraf und den ganzen Abend kein Wort mit ihrem Gatten wechselte. Und schließlich mußten die Experten enttäuscht feststellen, daß die Leberpastetensandwiches sehr beliebt waren und niemand sichtbar eins für eine spätere unorthodoxe Verwendung auf die Seite schaffte.

Sie sahen ebenfalls, daß Moresby mit di Souza sprach und um 21 Uhr 09 mit dem Spanier wegging, daß Barclay etwas später zum Telefon gerufen wurde, hineinsprach und um 21 Uhr 58 das Gebäude verließ. Augenblicke später wurde die Leiche entdeckt, und Barclay kam um 22 Uhr 06 zurück, um die Polizei zu benachrichtigen. Danach standen alle abwartend herum, ausgenommen nur Langton, der um 22 Uhr 11 und dann noch einmal um 22 Uhr 16 das Telefon benutzte. Ganz einfach, erklärte er später, er habe Jack Moresby und dann Anne Moresby angerufen, um sie über die Katastrophe zu informieren. Offensichtlich war er der einzige, der daran gedacht hatte, es ihnen zu sagen. Alle anderen waren zu sehr mit Durchdrehen beschäftigt.

Davon abgesehen präsentierten die Experten eine Liste der Leute, die sich im Verlauf des Abends mit Moresby unterhalten hatten. Überraschenderweise waren das nicht besonders viele, denn obwohl ihn fast jeder auf die eine oder andere Weise grüßte, reagierte er so unterkühlt darauf, daß kaum einer den Mut hatte, ein Gespräch zu beginnen. Auch wenn die Party zu seinen Ehren stattgefunden hatte, schien Arthur Moresby nicht in Feierstimmung zu sein.

Mit anderen Worten, all die Arbeit der Experten und das ganze sozialwissenschaftliche Instrumentarium, das zur Analyse des Bandes aufgewendet worden war, hatten keinen einzigen verwertbaren Hinweis erbracht. Und Morelli hatte das gewußt, von Anfang an.

Jonathan Argyll warf sich in seinem Bett herum und grübelte mit beinahe schon manischer Besessenheit über die jüngsten

Ereignisse nach. Er hatte einen Tizian verkauft; er hatte noch kein Geld dafür bekommen; er mußte nach London zurückkehren; der voraussichtliche Käufer war ermordet worden; er würde kein Geld dafür erhalten; er würde seinen Job verlieren; er wäre beinahe überfahren worden; Hector di Souza war der wahrscheinlichste Kandidat für die Rolle des kunstliebenden Pistoleros; der Spanier hatte eine Büste aus Italien herausgeschmuggelt.

Und er, Argyll, hatte niemanden, mit dem er darüber reden konnte. Eine kurze Unterhaltung mit di Souza hätte ihn vielleicht soweit beruhigt, daß er hätte einschlafen können, aber der verdammte Kerl war nirgends zu finden, zumindest nicht in seinem Zimmer. Polizisten gab es dort zur Genüge, aber Hector war offensichtlich nur kurz ins Hotel gekommen und hatte es nach einem Telefonanruf gleich wieder verlassen. Der Schlüssel war bei der Rezeption. Vielleicht ließ er sich zum Frühstück wieder blicken, wenn ihn nicht die Polizei zuvor schnappte, denn dann hatte er vermutlich anderes zu tun.

Argyll drehte sich zum dreißigsten Mal im Bett um und sah zur Uhr mit Augen, die kein bißchen müde waren, sosehr er sie auch zu überzeugen versucht hatte, daß sie Schlaf brauchten.

Vier Uhr morgens. Das hieß, daß er seit dreieinhalb Stunden mit weit offenen Augen im Bett lag und sich das Hirn zermarterte.

Er schaltete das Licht an und tat, was er hatte tun wollen, seit er ins Hotel zurückgekehrt war. Er mußte mit jemandem sprechen. Er griff zum Hörer.

4

Während Argyll mitten in der Nacht hellwach war, saß Flavia di Stefano an ihrem Schreibtisch in der römischen Zentrale des italienischen Kunstraubdezernats und döste am hellichten Tag. Wie er war auch sie in sehr verwirrter Verfassung, was ihren Kollegen allmählich auffiel.

Für gewöhnlich war sie ein ausgesprochen gutgelaunter Mensch. Fröhlich, charmant, entspannt. Die perfekte Kollegin, mit der man sehr angenehm eine Stunde bei einer Tasse Espresso verplaudern konnte, wenn die Arbeit einmal nicht so drängte. In den vier Jahren, die sie nun schon für Taddeo Bottando als Ermittlerin arbeitete, hatte sie sich den Ruf allzeitiger Freundlichkeit erworben. Kurz, sie war bei allen sehr beliebt.

Aber nicht im Augenblick. In den letzten Wochen war sie mürrisch und unkooperativ gewesen und allen nur auf die Nerven gegangen. Einem sehr jungen, pickelgesichtigen Neuling hätte sie beinahe buchstäblich den Kopf abgerissen wegen eines belanglosen Fehlers, der ihr unter normalen Umständen nicht mehr entlockt hätte als die geduldige Erklärung, wie man es richtig machte. Ein Kollege, der sie um einen Schichttausch gebeten hatte, weil er sich ein langes Wochenende nehmen wollte, bekam zu hören, er solle das Wochenende vergessen. Und auf das Hilfeersuchen eines anderen, der unter einem Berg von Papieren von einer Razzia in einer Kunstgalerie fast erstickte, erwiderte sie, er müsse schon selber damit zurechtkommen.

Das paßte so ganz und gar nicht zu ihr. Generale Bottando erkundigte sich sogar behutsam nach ihrem Gesundheitszustand und fragte an, ob sie sich vielleicht etwas überarbeitet fühle. Auch er wurde kurzerhand abgefertigt und mußte sich in mehr oder weniger deutlichen Worten sagen lassen, er solle sich um seinen eigenen Kram kümmern. Zum Glück war er ein toleranter Mann und deshalb mehr besorgt als verärgert. Aber er begann, sie von diesem Zeitpunkt an genauer zu beobachten. Er leitete ein glückliches Dezernat, das glaubte er zumindest, und machte sich Sorgen wegen der Auswirkungen, die ihr Verhalten auf die Moral seiner Leute hatte.

Die ihr gestellten Aufgaben allerdings erledigte Flavia weiterhin mit zäher Beharrlichkeit: Formulare vom Eingangsstapel, Formulare bearbeitet, Formulare auf den Ausgangsstapel. Niemand konnte ihre Arbeit kritisieren oder die Zeit bemängeln, die sie dazu verwendete. Nur war sie kein erfreulicher Umgang mehr. Ihre schlechte Laune schien beinahe schon ein Dauerzustand zu sein und näherte sich gerade wieder einmal einem Höhepunkt, als um 17 Uhr 30 das Telefon klingelte.

»Di Stefano«, bellte sie in den Hörer, als wäre er ihr persönlicher Feind.

Nach der Lautstärke zu schließen, mit der die Stimme aus der Hörmuschel drang, mußte ihr Besitzer am anderen Ende in seinen Apparat hineinschreien. Und das tat er auch, denn Argyll hatte noch immer nicht ganz akzeptiert, daß die Verständlichkeit einer Telefonverbindung in reziprokem Verhältnis zu ihrer Länge steht. Seine Stimme kam hell und klar durch die Leitung, während Ortsgespräche innerhalb Roms oft unverständlich waren.

»Großartig, daß ich dich erwische. Hör zu, etwas Furchtbares ist passiert.«

»Was willst du?« erwiderte sie verärgert, als sie merkte, um wen es sich handelte. Typisch, dachte sie. Wochenlang läßt er sich nicht blicken, aber wenn er etwas braucht ...

»Hör zu«, wiederholte er. »Moresby ist ermordet worden.«

»Wer?«

»Moresby. Der Mann, der mein Bild gekauft hat.«

»Und?«

»Ich hab' mir gedacht, das würde dich interessieren.«

»Tut es aber nicht.«

»Und ein Bernini wurde gestohlen. Und aus Italien herausgeschmuggelt.«

Das fiel natürlich schon eher in ihre Zuständigkeit, hatte sie doch den Großteil der letzten Jahre damit zugebracht, Schmuggel zu unterbinden und wenigstens ein paar der geschmuggelten Kunstwerke wiederzubeschaffen. Eigentlich hätte sie deshalb, gleichgültig, in welcher Stimmung sie sich befand, Papier und Bleistift zur Hand nehmen und die Ohren spitzen müssen. Aber ...

»In diesem Fall kann man wohl nichts mehr dagegen machen, oder?« erwiderte sie knapp. »Was rufst du also an? Weißt du denn nicht, daß ich viel zu tun habe?«

Erst nach einer zwei Dollar achtundfünfzig Cent teuren Pause meldete sich aus Kalifornien eine leicht bekümmerte

Stimme wieder. »Natürlich weiß ich, daß du viel zu tun hast. Das hast du in letzter Zeit ja immer. Aber ich hab' mir gedacht, daß du das vielleicht wissen willst.«

»Ich versteh' nicht, was es mit mir zu tun haben soll«, sagte sie. »Das ist eine Angelegenheit der Amerikaner. Ich habe bei uns noch kein offizielles Hilfeersuchen gesehen. Es sei denn, du bist in die dortige Polizei eingetreten oder sonstwas.«

»Ach komm, Flavia. Du liebst doch Mord, Raub, Schmuggel und solche Sachen. Ich hab' dich nur angerufen, um es dir zu sagen. Du könntest wenigstens so tun, als würd's dich interessieren.«

Es interessierte sie natürlich auch, aber sie würde sich lieber die Zunge abbeißen, als ihn das merken zu lassen. Argyll und sie waren seit einigen Jahren gute Freunde. Die Hoffnung, daß sie je etwas anderes sein würden, hatte sie allerdings schon lange aufgegeben. Bis er auf der Bildfläche erschienen war, hatte sie sich gern als einen Menschen gesehen, der zwar nicht gerade unwiderstehlich – so eitel war sie nun auch wieder nicht –, aber doch einigermaßen attraktiv war. Aber Argyll schien das gar nicht zu bemerken. Er war umgänglich und freundlich und genoß offensichtlich Ausflüge, Abendessen und Kino- und Museumsbesuche mit ihr, aber damit hatte es sich. Gelegenheiten hatte sie ihm genug geboten, hätte er weitergehende Absichten gehabt, doch er ließ sie verstreichen. Er stand dann einfach immer nur da und machte ein verlegenes Gesicht.

Schließlich hatte sie sich daran gewöhnt und sich mit seiner bloßen Gesellschaft zufriedengegeben. Erst die vergnügte Art, mit der er ihr mitteilte, daß er Italien für immer verlassen werde, hatte bei ihr das Faß zum Überlaufen gebracht. Einfach so. Da winkte eine Karriere, und er machte sich aus dem Staub.

Und was solle aus ihr werden, hätte sie ihn am liebsten gefragt. Wollte er einfach verschwinden und sie vergessen? Mit wem sollte sie dann zum Essen gehen?

Doch wenn er das unbedingt wollte, dann konnte er ihretwegen ruhig verschwinden. Und das hatte sie ihm auch gesagt, mit eisiger, wütender Stimme. Wenn seine Karriere es verlange, dann müsse er wohl gehen. Und zwar je früher, je besser.

Dann könne sie sich wenigstens wieder auf ihre Arbeit konzentrieren.

Aber plötzlich meldete er sich wieder, und natürlich mit Problemen.

»Interessiert mich nicht«, sagte sie knapp. »Von mir aus können sie das ganze Museo Nazionale über die Pazifikküste verteilen. Auf jeden Fall hab' ich nicht die Zeit, mit dir über Belanglosigkeiten zu quasseln, du, du ... Engländer.«

Damit knallte sie den Hörer auf die Gabel und brabbelte leise vor sich hin, während sie vergeblich versuchte, sich daran zu erinnern, was sie vor seinem Anruf getan hatte.

»Jonathan Argyll, nehme ich an«, kam von der Tür in ihrem Rücken eine tiefe, sonore Stimme, und Generale Bottando trat mit einer Handvoll Unterlagen ins Zimmer. »Was treibt er denn in letzter Zeit? Ich habe gehört, er war in Amerika.«

»Ist er immer noch«, sagte sie und drehte sich um. Sie hoffte, daß ihr Chef nicht allzuviel von der Unterhaltung mitbekommen hatte. »Er hat mich eben angerufen, um mir von einem Mord zu erzählen.«

»Wirklich? An wem?«

Flavia berichtete es ihm, und er pfiff überrascht durch die Zähne. »Meine Güte«, sagte er. »Wundert mich nicht, daß er angerufen hat. Wie außerordentlich.«

»Ja, faszinierend«, erwiderte sie kurz. »Wollen Sie etwas Bestimmtes? Oder ist das nur ein Höflichkeitsbesuch?«

Bottando seufzte schwer und sah sie traurig an. Ihm war natürlich sonnenklar, was mit ihr nicht stimmte, aber es war wirklich nicht seine Aufgabe, ihr das zu sagen. Und auch wenn er es mit einem guten Rat versucht hätte, so wäre der nicht gut angekommen, dessen war er sich ziemlich sicher. Sie war in dieser Hinsicht ziemlich eigen und hatte keinen Respekt vor der Weisheit des Alters.

»Ich habe eine kleine Aufgabe für Sie«, sagte er, sich auf Geschäftliches beschränkend. »Ich fürchte, dazu sind Takt und Feingefühl nötig.« Er sah sie zweifelnd an, bevor er fortfuhr. »Können Sie sich noch an die Party erinnern, die wir vor ein paar Wochen hatten?«

Es war eine kleine Feier zu Bottandos neunundfünfzigstem

Geburtstag gewesen. Obwohl Datum wie Anzahl der Jahre ein wohlgehütetes Geheimnis gewesen waren, hatte doch geschicktes Spionieren in Personalunterlagen den Schleier lüften können. Das ganze Dezernat hatte zusammengelegt, um in seinem Büro eine Überraschungsparty veranstalten zu können, und sie hatten ihm einen kleinen Piranesi-Druck und eine große Pflanze geschenkt, als Ersatz für diejenige, die ihm eingegangen war, weil er sie zu gießen vergessen hatte.

»Also«, fuhr er ein wenig nervös fort. »Diese Pflanze. Jemand hat sie gegossen, um mir zu zeigen, wie es geht, und dabei ist Wasser auf den Tisch getropft, und ich habe nach einem Stückchen Papier gegriffen, um es aufzuwischen.«

Flavia nickte ungeduldig. Manchmal redete er wirklich um den heißen Brei herum.

Bottando zog ein fleckiges, zerdrücktes und kaum leserliches Dokument hervor und gab es ihr mit verschämter Miene. »Lag die ganze Zeit unter dem Topf«, sagte er. »Bericht der Carabinieri über einen Einbruch in Bracciano. Hätte dem schon vor Wochen nachgehen sollen. Sie wissen doch, wie die sich das Maul zerreißen, wenn sie es herausfinden. Könnten Sie in der Sache vielleicht etwas unternehmen?«

»Jetzt gleich?« fragte sie und sah auf die Uhr.

»Wenn es möglich wäre. Der Mann ist Kurator in einem Museum. Ziemlich einflußreich. Die Sorte, die sich beschwert. Ich weiß, daß es schon spät ist ...«

Mit ausgeprägter Leidensmiene stand sie auf und steckte sich den Bericht in die Tasche.

»Schon gut«, sagte sie. »Hab' ja sonst nichts zu tun. Wie ist die Adresse?«

Und damit rauschte sie, das Mißfallen über die Schlampigkeit ihres Chefs unübersehbar im Gesicht, aus dem Zimmer.

Die Familie Alberghi bewohnte ein Schloß – nur ein kleines, aber dennoch ein Schloß –, das recht hübsch auf einer Anhöhe über dem See lag. Die Gegend ist in den letzten Jahren etwas heruntergekommen, denn als einziger Frischwassertümpel in Roms nächster Umgebung ist der See natürlich überlaufen von Leuten, die der Hitze und dem Staub und der Umweltverschmutzung der Hauptstadt entfliehen wollen. Also kommen sie statt dessen in die Hitze und den Staub und die Umweltverschmutzung von Bracciano. Immerhin ist es eine Luftveränderung, aber es bedeutet auch, daß das Wasser nicht mehr ganz so frisch ist, wie es einmal war. Die Anwohner, die ihre Häuser schon vor einiger Zeit gekauft haben, sind nicht gerade erfreut über die Störungen, die Tausende lärmender Römer mit sich bringen; andere dagegen verdienen an ihnen ein kleines Vermögen und sind sehr zufrieden damit.

Die Alberghi gehörten eindeutig in erstere Kategorie. Ihr Schloß sah im wesentlichen mittelalterlich aus, mit einigen modernen Annehmlichkeiten, die im sechzehnten Jahrhundert hinzugefügt worden waren – Fenster zum Beispiel. Die Besitzer gehörten nicht zu der Sorte Menschen, die hinausstürzten, um den Touristen Cola und Popcorn zu verkaufen. Das Anwesen war mehr als ein wenig abgelegen. Daß es überhaupt existierte, sah man von der Straße aus nur an den Schildern am Tor, die vor bissigen Hunden warnten und verkündeten, daß man kurz davor sei, Privatbesitz zu betreten, und deshalb besser verschwinde.

War das Tor schon abweisend, so war der Besitzer noch unfreundlicher. Es dauerte einige Zeit, bis die Tür geöffnet wurde, und dann noch länger, bis besagter Herr persönlich erschien. Die Bewohner gehörten zu den Leuten, die noch Dienstpersonal hatten, ja, sie gehörten eindeutig zu jenen, die ohne Köchin verhungern würden. Flavia gab ihre Karte einer uralten Frau, die ihr die Tür geöffnet hatte, und wartete dann ab, was passieren würde.

»Wird ja auch langsam Zeit.« Die Stimme des Besitzers ging seinem persönlichen Erscheinen voraus. Er kam die Treppe heruntergehumpelt und schnaubte vor Entrüstung. »Ziemlich unverschämt würd' ich das nennen.«

Flavia lächelte ihn kalt an. Es schien ihr in dieser Situation das beste zu sein, so aufzutreten, als wäre Alberghi selbst schuld und könnte sich glücklich schätzen, daß man sich überhaupt um ihn kümmerte.

»Wie bitte?« sagte sie.

»Vier Wochen«, sagte er und starrte sie böse an. » Wie nennen Sie das? Also ich nenne das ungeheuerlich.«

»Wie bitte?« wiederholte sie eisig.

»Der Einbruch, junge Frau, der Einbruch. Mein Gott, bei uns im Haus gehen Diebe ein und aus, und was tut die Polizei? Nichts. Absolut nichts. Können Sie sich vorstellen, was meine liebe Gattin...«

Flavia hob die Hand. »Ja, ja«, sagte sie. »Aber da ich jetzt hier bin, sollten wir vielleicht gleich zur Sache kommen. Soweit ich weiß, sollten Sie eine Liste aller gestohlenen Gegenstände zusammenstellen. Haben Sie die?«

Immer noch murrend und verärgert den Schnurrbart zwirbelnd, führte er sie mit deutlichem Widerwillen ins Haus. »Ist wahrscheinlich reine Zeitverschwendung«, jammerte er, während sie durch ein staubiges Foyer in ein dunkles, holzgetäfeltes Arbeitszimmer gingen. »Kann mir nicht vorstellen, daß Sie jetzt noch irgendwas wiederbekommen.«

Er klappte den Deckel eines Schreibpults auf und zog ein Blatt Papier heraus. »Hier«, sagte er. »Besser ging's nicht.«

Flavia sah sich das Blatt an und schüttelte zweifelnd den Kopf. Die Chancen, etwas zurückzubekommen, waren immer ziemlich gering, auch wenn die Beschreibungen vollständig und Fotos beigefügt waren. Jeder Dieb mit nur einem Funken Verstand wußte, daß er das Diebesgut so schnell wie möglich über die Grenze schaffen mußte.

Aber in diesem Fall hätte der Dieb sich nicht zu beeilen brauchen. Die Liste war ungefähr so hilfreich wie ein altes Bonbonpapier. Andererseits war sie ein gutes Deckmäntelchen für die Säumigkeit des Dezernats. Niemand konnte ihnen die Schuld geben, wenn Alberghi seine Kunstwerke nie mehr wiedersah.

»›Eine alte Landschaft. Eine Silberkanne, eine alte Büste, zwei oder drei Porträts‹«, las sie. »Ist das alles, was Ihnen dazu eingefallen ist?«

Zum ersten Mal hatte sie ihn nun in die Defensive gedrängt, und aus dem zuvor aggressiven Schnurrbartzwirbeln wurde ein abwehrendes. »Besser konnte ich es nicht«, wiederholte er.

»Aber diese Liste ist vollkommen nutzlos. Was sollen wir

denn jetzt tun? In ganz Europa herumlaufen und uns jedes Porträt ansehen, in der schwachen Hoffnung, daß vielleicht ein paar davon die Ihren sind? Ach du meine Güte, und Sie wollen ein Experte sein?«

»Ich?« fragte er verächtlich. »Ich bin nichts dergleichen.«

Den Stolz, den er dabei an den Tag legte, hielt Flavia unter den gegebenen Umständen für unangebracht. Ein wenig mehr Fachwissen hätte die Chancen, seine Familienschätze wiederzufinden, beträchtlich erhöht. Allerdings sah der Mann bei genauerer Betrachtung wirklich nicht wie ein Museumskurator aus.

»Ich dachte, Sie arbeiten in einem Museum?«

»Mit Sicherheit nicht«, sagte er. »Das war mein Onkel Enrico. Er ist letztes Jahr gestorben. Ich bin Alberto. Soldat«, sagte er und riß dabei das Kinn hoch und streckte die Brust heraus.

»Gibt es denn keine Inventarliste oder ähnliches? Alles wäre besser als das.«

»Ich fürchte nicht. Der Onkel hatte alles im Kopf.« Er tippte sich an die Schläfe. »Hat's nie geschafft, es aufzuschreiben. Schade, aber so ist es nun mal. Wäre sicher besser gewesen.« Dann senkte er die Stimme, als würde er einen Familienskandal preisgeben. »In seinen letzten Jahren war er ein bißchen – Sie wissen schon«, sagte er vertraulich.

»Was?«

»Plemplem. Das Hirn. War einfach nicht mehr so wie früher. Sie wissen schon.« Er tippte sich wieder an die Schläfe, diesmal beinahe etwas traurig. »Trotzdem«, fuhr er fort. »Neunundachtzig. Nicht schlecht. Da kann man nicht klagen. Kann nur hoffen, daß ich's auch so lang mache, was?«

Flavia stimmte zu, obwohl sie insgeheim dachte, je früher dieser alte Trottel tot umfiele, desto besser. Dann fragte sie ihn, ob es irgendwelche Versicherungsunterlagen gebe, die weiterhelfen könnten.

Doch Colonello Alberghi schüttelte nur den Kopf. »Nichts«, sagte er. »Ich weiß das, weil ich alle Papiere durchgegangen bin, als er starb, und dann noch einmal nachgesehen habe, nachdem dieser Kerl hier war.«

»Was für ein Kerl?«

»Ist eines Tage aufgetaucht und wollte wissen, ob ich was verkaufen will. Verdammte Unverschämtheit. Aber dem hab' ich heimgeleuchtet, das kann ich Ihnen sagen.«

»Moment mal. Den Carabinieri haben Sie davon aber nichts gesagt.«

»Haben nicht danach gefragt.«

»Was für ein Mann war das?«

»Hab' ich Ihnen doch schon gesagt. Ist hier aufgetaucht und hat an der Tür geklopft. Hab' ihn aber wieder weggeschickt.«

»Hat er sich im Haus umgesehen?«

»Das dumme Dienstmädchen hat ihn hereingelassen.«

»Und wie sah er aus?«

»Hab' ihn nicht gesehen. Das Mädchen hat mich angerufen, und ich hab' ihr gesagt, sie soll ihn rauswerfen. Hat aber nicht aufgegeben, der Kerl. Ein paar Tage später hat er angerufen. Ich hab' ihm gesagt, daß ich keine Ahnung habe, was mein Onkel alles besessen hat, daß ich aber auf keinen Fall etwas verkaufen will – hab's nämlich nicht nötig.«

»Ich nehme stark an, daß Sie sich seinen Namen nicht haben geben lassen.«

»Leider nein.«

Flavia hatte es sich schon gedacht. »Und was wurde von hier gestohlen?«

»Ja, also. Warten Sie mal.«

»Ein Bild«, bemerkte sie und deutete auf den hellen Fleck auf der Wandtäfelung, wo vorher offensichtlich etwas gehangen hatte.

»Ja, ja. Vielleicht. Ein Porträt? Urgroßvater? Oder vielleicht dessen Vater? Vielleicht war es meine Urgroßmutter? Wissen Sie, ich habe nie sehr darauf geachtet.«

Offensichtlich. »Und was ist mit diesem leeren Sockel hier?«

»O ja. Eine Büste. Ein riesiges, verdammt häßliches Ding. Wollte eine Topfpflanze darüberhängen und es zuwachsen lassen.«

»Auf eine Beschreibung kann ich wohl nicht hoffen?«

»Hab' Ihnen doch gerade eine gegeben«, sagte er. »Ich würde sie wiedererkennen, wenn ich sie sehe.«

Höchst unwahrscheinlich, dachte sie. »Dann werde ich Nachforschungen nach einer großen, verdammt häßlichen Büste von unbestimmtem Geschlecht anstellen lassen«, bemerkte sie sarkastisch. »Könnte ich Ihr Dienstmädchen sprechen?«

»Warum?«

»Es ist nicht ungewöhnlich, daß Diebe ein Haus auskundschaften, bevor sie einbrechen. Und dabei treten sie oft als Kunsthändler auf.«

»Wollen Sie damit sagen, daß der hier rumspioniert hat? Was für eine Frechheit!« rief Alberghi zutiefst entrüstet. »Ich werde das Mädchen sofort rufen. Wer weiß, vielleicht steckt sie mit dieser Bande unter einer Decke.«

Flavia gab sich alle Mühe, ihn von seinem Gedanken an eine internationale Verschwörung abzubringen und erklärte ihm, daß zu dem Diebstahl – nicht mehr als ein Stein durch ein Fenster, als gerade niemand im Haus war – kaum Hilfe von innen notwendig gewesen sei.

Auch war das Dienstmädchen, ein Frau von mindestens achtzig, die vor Arthritis kaum mehr laufen konnte, nicht gerade die typische Gangsterbraut. Als Flavia die alte Perle sah, beschlich sie das Gefühl, daß sie vermutlich auch noch blind war wie ein Maulwurf. An manchen Tagen paßte eben alles.

Ein jüngerer Mann, sagte das Dienstmädchen, was immerhin ein Anfang war, doch dann deutete sie auf den Colonello, einen Mann Ende Fünfzig, und meinte, vielleicht etwa so alt wie ihr Herr. Taktisch war das allerdings sehr klug, denn Alberghi war hocherfreut.

Durch geduldiges Nachfragen fand Flavia schließlich heraus, daß der angebliche Kunsthändler zwischen dreißig und sechzig, mittelgroß und ohne besondere Merkmale gewesen war.

»Haare?« fragte Flavia.

Ja, antwortete sie, er habe welche gehabt.

»Ich meine, welche Farbe?«

Sie schüttelte den Kopf. Keine Ahnung.

Großartig. Flavia klappte ihr Notizbuch zu, steckte es in ihre Tasche und sagte, sie werde jetzt gehen.

»Offen gesagt, Colonello, ich glaube, Ihre Stücke können Sie abschreiben. Hin und wieder finden wir ja etwas, und falls wir das tun, rufen wir Sie an. Ansonsten kann ich Ihnen nur empfehlen, sich alle Auktionskataloge, die Sie in die Finger bekommen können, genau anzusehen. Vielleicht entdecken Sie etwas, das Sie wiedererkennen. Falls Sie etwas sehen, lassen Sie es uns wissen.«

Als Flavia sich zum Gehen wandte, schien Alberghi sich plötzlich der soldatischen Tugend der Höflichkeit zu erinnern, denn er stürzte voraus und öffnete ihr die Tür. Doch die Geste wurde verdorben von einem lärmenden Kläffen und einem Schwall militärischer Flüche, als ein winziger Hund hereingelaufen kam und den Colonello beinahe von den Füßen riß. Das war offenbar das bissige Tier, vor dem am Tor gewarnt wurde.

»Schaff den Köter hier raus«, befahl er dem Dienstmädchen. »Welcher ist es überhaupt?«

Die alte Frau stürzte sich mit erstaunlicher Behendigkeit auf das Tier, nahm es in den Arm und drückte es sich zärtlich an die Brust. »Na, na«, sagte sie und streichelte dem Hund den Kopf. »Das ist Brunelleschi, Signore. Der mit dem weißen Fleck und den trüben Augen.«

»Entsetzliche Dinger«, sagte er und sah den Hund an, als überlegte er sich, wie der sich wohl als Braten machen würde.

»Ist doch ganz reizend«, sagte Flavia, die sich nun eingestehen mußte, daß Augen und Ohren der alten Frau doch nicht so schlecht waren. »Aber ein komischer Name.«

»Die haben meinem Onkel gehört«, sagte er bedauernd. »Sonst hätte ich sie mir schon längst vom Hals geschafft. Und der hatte es mit der Kunst, wie Sie wissen, und hat deshalb seinen Hunden so blöde Namen gegeben. Der andere heißt Bernini.«

»Oh, gut«, sagte Bottando, als Flavia kurz nach neun ins Büro zurückkehrte. Eigentlich wollte sie nur kurz ihre Notizen auf den Tisch werfen, um sie am nächsten Morgen abzutippen;

dann nach Hause, ein langes Bad nehmen und sich den Rest des Abends vor dem Fernseher im Selbstmitleid suhlen. Da nie etwas Sehenswertes kam, war Fernsehen die angemessenste Form der Zeitverschwendung. »Ich hatte gehofft, daß Sie noch einmal hierherkommen. Ich habe etwas für Sie.«

Sie beäugte ihn mißtrauisch. Wenn er sie so freundlich wohlwollend anlächelte wie jetzt, bedeutete das fast immer, daß es etwas zu tun gab, dem sie lieber aus dem Weg gegangen wäre.

»Was ist denn jetzt schon wieder?«

»Wissen Sie, ich habe an Sie gedacht«, sagte er. »Wegen Ihres Freundes Argyll. Mal wieder typisch für ihn, habe ich mir gedacht.«

Wer im Augenblick Flavia verärgern wollte, der brauchte nur im Zusammenhang mit Jonathan Argyll an sie zu denken, und so rümpfte sie nur verächtlich die Nase, ordnete die Papiere auf ihrem Schreibtisch und versuchte, Bottando zu ignorieren.

»Dieser Mord und der Diebstahl. In Los Angeles. Die Sache wirbelt ganz schön Staub auf, müssen Sie wissen. Sogar in den Abendnachrichten haben sie es gebracht. Haben Sie sie gesehen?«

Flavia gab zu bedenken, daß sie die letzten Stunden mit militärischen Trotteln in der Provinz vergeudet hatte und nicht untätig, mit den Füßen auf dem Tisch, in ihrem Büro gesessen habe. Bottando ging nicht weiter auf die Bemerkung ein.

»Nun gut. Auf jeden Fall hat die dortige Polizei bei uns angerufen. Ein Mann namens Morelli. Spricht überraschenderweise Italienisch. Aber das war nur gut, denn sonst hätte ich enorme Verständnisschwierigkeiten gehabt...«

»Und?«

»Sie wollen, daß wir uns ihren Hauptverdächtigen schnappen. Ein Mann namens di Souza. Kennen Sie den?«

So geduldig wie möglich sagte Flavia, daß sie ihn nicht kenne.

»Das überrascht mich. Ist schon seit Jahren in Rom. Ein alter Gauner. Auf jeden Fall sieht es so aus, als hätte er sich mit Moresby wegen eines Berninis gestritten, den di Souza aus dem Land geschmuggelt hatte. Moresby ist tot, der Bernini verschwunden, und di Souza, das vermuten sie zumindest, im Flugzeug nach Italien. Landet ungefähr in einer Stunde in Rom, und sie wollen, daß wir ihn abfangen und zurückschicken.«

»Dafür sind wir nicht zuständig«, erwiderte Flavia knapp. »Warum wenden die sich nicht an die Carabinieri?«

»Der ganze Papierkram. Bis der erledigt ist, ist das Flugzeug schon längst verschrottet. Deshalb hat Ihr Freund Argyll uns empfohlen. Gute Idee. Sehr reaktionsschnell. Könnten Sie, äh...«

»Das Abendessen ausfallen lassen und mir die Nacht in Fiumicino um die Ohren schlagen? Nein.«

Bottando runzelte die Stirn und warf ihr einen strengen Blick zu. »Ich weiß wirklich nicht, was in Sie gefahren ist«, sagte er. »Was ist denn nur los in letzter Zeit? Das paßt doch gar nicht zu Ihnen, diese schlechte Laune und die unkooperative Haltung. Früher haben Sie mich um Jobs wie diesen richtiggehend angefleht. Aber wenn Sie darauf bestehen, können Sie ab morgen wieder eine einfache Ermittlerin sein. Vollzeit im Büro. Und ich besorge mir einen richtigen Polizisten, der das erledigt.«

Flavia setzte sich auf den Schreibtisch und sah ihn traurig an. »Es tut mir leid«, sagte sie. »Ich weiß, daß ich in letzter Zeit unmöglich war. Irgendwie kann ich für nichts mehr Begeisterung aufbringen. Ich fahre für Sie zum Flughafen. Vielleicht heitert mich ja eine Verhaftung ein bißchen auf.«

»Sie brauchen einfach Urlaub«, sagte Bottando bestimmt. Das war sein Allheilmittel gegen alle Beschwerden, und er griff so oft darauf zurück, wie es die Schicklichkeit erlaubte. »Eine Luft- und Ortsveränderung.«

Sie schüttelte den Kopf. Einen Urlaub konnte sie im Augenblick am allerwenigsten brauchen.

Bottando sah sie einen Augenblick lang mitfühlend an und klopfte ihr dann sanft auf die Schulter. »Keine Angst«, sagte er. »Das geht schon wieder vorüber.«

Sie sah zu ihm hoch. »Was geht vorüber?«

Er zuckte die Achseln und hob die Hände. »Na, eben das, was Ihnen die Laune so vermiest.« Dann sah er auf die Uhr. »Aber so gerne ich mich mit Ihnen unterhalte...«

Sie stand müde auf und strich sich mit der Hand durch die Haare. »Schon gut. Was soll ich mit ihm tun, wenn ich ihn habe?«

»Übergeben Sie ihn der Flughafenpolizei. Die halten ihn fest, bis der Papierkram erledigt ist. Sie müssen ihn nur identifizieren und sich um die Formalitäten kümmern. Ich habe alle Unterlagen, die Sie brauchen, und ein Foto. Es sollte eigentlich kein Problem sein.«

In dieser Hinsicht täuschte Bottando sich sehr, doch dafür konnte er nichts. Schon die Fahrt zum Flughafen war ein Problem, und schuld daran war eine Massenkarambolage auf der Autobahn, die von der Stadt zu dem Fleckchen trockengelegten Sumpfes führte, das sich größte Mühe gab, ein internationaler Flughafen zu sein. Es war ein absolut unsinniger Platz für einen solchen Komplex, aber man munkelte über ein Geschäft mit dem Vatikan, dem all dieses nutzlose Land gehört hatte und der einen Freund in der Planungsabteilung...

Flavia erreichte das Terminal um zehn, parkte in einer absoluten Halteverbotszone – sie hatte Glück, dort überhaupt einen Platz zu finden, aber es war ja schon später Abend – und machte sich sofort auf die Suche nach der Flughafenpolizei. Dann gingen sie und die Beamten in Stellung und warteten, bis jemand den brillanten Einfall hatte, auf die Anzeigentafel zu sehen, und deshalb feststellte, daß die Maschine wegen eines unplanmäßig langen Zwischenstopps in Madrid eine halbe Stunde Verspätung hatte.

Madrid? dachte sie. Von Madrid hatte kein Mensch etwas gesagt. Der Tag hatte schlecht angefangen, war immer schlimmer geworden, und jetzt schien er auch in angemessener Form zu Ende zu gehen.

Es blieb ihr nichts anderes übrig, als zu warten, obwohl sie doch mit der absoluten Sicherheit, die einen manchmal überkommt, wußte, daß es reine Zeitverschwendung war.

Und das war es wirklich. Die Maschine landete um 22 Uhr 45, der erste Passagier ging um 23 Uhr 15 durch die Sperre und der letzte fünf Minuten vor Mitternacht.

Kein Hector di Souza. Flavia hatte ihren Abend geopfert,

aber eingebracht hatte ihr das nicht mehr als einen rebellierenden Magen und eine üble Laune.

Das Schlimmste daran war, daß sie jetzt nicht einfach nach Hause fahren und die ganze Sache vergessen konnte. Die internationale Etikette verlangte, daß man zumindest so tat, als wäre man kooperativ, vor allem wenn man, aus welchem Grund auch immer, etwas vermasselt hatte.

Also kehrte sie noch einmal ins Büro zurück und setzte sich ans Telefon. Anrufe bei der Fluggesellschaft, beim Flughafen Rom und beim Flughafen Madrid. Sie mußte auf die Rückrufe warten. Konnte nicht einmal kurz weggehen und sich ein Sandwich besorgen, aber um diese Zeit hatte sowieso kaum noch etwas geöffnet.

Der letzte Rückruf kam kurz vor drei Uhr morgens. Der Flughafen Madrid bestätigte wie der Flughafen Rom und die Flugesellschaft, was sie eigentlich bereits schon wußte. Kein di Souza. War nicht in Madrid ausgestiegen, nicht in Rom, ja war, soweit man das feststellen konnte, nicht einmal in der Maschine gewesen.

Und schließlich noch ein allerletzter Anruf. Glücklicherweise – und das war eins der wenigen guten Dinge, die an diesem Tag passiert waren, obwohl es natürlich auch daran liegen konnte, daß bereits ein neuer Tag angebrochen war – saß Detective Morelli in seinem Büro. Bottando hatte gesagt, er spreche Italienisch, und bis zu einem gewissen Grad stimmte das auch. Aber Flavias Englisch war besser.

»Na schön. Ich meine, wir haben uns das ja gleich gedacht«, sagte er, als sie von ihrem Fehlschlag berichtete. »Wir haben uns nämlich hier erkundigt. Er hat zwar den Flug gebucht und das Hotel verlassen, ist aber nicht mehr aufgetaucht. Tut mir leid, wenn wir Ihnen unnötig Arbeit gemacht haben.«

Noch vor ein paar Stunden hätte Flavia eine eindrucksvolle Rede vom Stapel gelassen, wie wichtig doch Rücksichtnahme bei der internationalen Zusammenarbeit sei und daß man den Wert einfacher Höflichkeit in zwischenmenschlichen Beziehungen gar nicht hoch genug schätzen könne. Aber jetzt war sie einfach zu müde dazu und erwiderte nur noch, das sei halb so schlimm, und er solle sich deswegen keine Gedanken machen.

»Ich wollte ja noch anrufen«, fuhr er fort. »Ja, ich hätt's wirklich tun sollen. Tut mir leid. Aber Sie können sich nicht vorstellen, was hier los ist. Ein Riesenzirkus. Ich hab' noch nie so viele Kameras und Reporter auf einem Haufen gesehen. Nicht mal bei 'nem Football-Endspiel. Und dann noch dieser Engländer, der sich beinahe umgebracht hätte ...«

»Was?« fragte sie, hellwach. »Welcher Engländer?«

»Ein Mann namens Jonathan Argyll. Der mir den Tip mit Ihrem Bottando gegeben hat. Kennen Sie ihn? Hat dieses uralte Auto gemietet und damit einen Unfall gebaut. Kommt davon, wenn man Schrott mietet. Da wird nämlich bei der Instandhaltung gespart. Nur so können sie die so billig hergeben. Ich vermute...«

»Was ist passiert?«

»Mh? Ach, ganz einfach. Hat eine rote Ampel überfahren und ist in eine Designer-Boutique gekracht. Hat ein ganz schönes Chaos angerichtet...«

»Aber wie geht es ihm?« rief sie in den Hörer und merkte dabei, daß ihr Herz wie wild hämmerte. »Ist er in Ordnung?«

»Aber sicher. Der wird schon wieder. Einige Schnittwunden. Paar blaue Flecken. Gebrochenes Bein. Ich hab' im Krankenhaus angerufen. Der Arzt sagt, er schläft wie ein Baby.«

»Aber was ist passiert?«

»Keine Ahnung. Gestern abend wäre er auch noch beinahe überfahren worden. Scheint mir ein bißchen unfallgefährdet zu sein.«

Da mußte Flavia ihm zustimmen. Jonathan war genau der Mensch, der in eine Designer-Boutique krachte, sich überfahren ließ, in einen Kanal fiel oder ähnliches. So etwas passierte ihm die ganze Zeit. Sie ließ sich von Morelli die Nummer des Krankenhauses geben und legte auf. Dann saß sie etwa eine halbe Stunde lang nur da und starrte das Telefon an. Es ging ihr nicht mehr aus dem Kopf, wie sehr die Nachricht von Argylls Unfall sie bestürzt hatte, und wie erleichtert sie gewesen war, als sie von Morelli erfuhr, daß er überleben würde.

Und seine eigene Schuld war es außerdem noch. Wenigstens das war sicher.

5

Argylls Unfall mochte Flavia nicht überrascht haben, Argyll selbst dagegen sehr wohl. Wie die meisten Leute sah er sich selbst ganz anders, als die anderen ihn sahen. Während Flavia, bei guter Laune, ihn als liebenswerten Menschen beschreiben würde, der dazu neigt, über die eigenen Schnürsenkel zu stolpern, hatte er von sich ein männlicheres, weltgewandteres Bild, in dem das gelegentliche Mißgeschick eher Ausnahme als Regel war. Deshalb verletzte es ihn, daß Flavia immer zu kichern anfing, sooft er – was in seinen Augen höchst selten vorkam – gegen einen Begrenzungspfosten oder ähnliches stieß.

Bis zu seinem Unfall hatte er einen recht guten Tag gehabt, obwohl er wegen des Schlafmangels weniger aufmerksam war als gewöhnlich. Aber seine Schlaflosigkeit hatte ihm eine zweite Begegnung mit Detective Morelli beschert. Als der Amerikaner früh am Morgen im Hotel erschien und an die Tür des Nachbarzimmers klopfte, war Argyll bereits hellwach.

»Ach Sie sind das«, sagte er, den Kopf zur Tür herausgestreckt. »Ich hatte gehofft, daß es Hector ist. Wir hatten uns nämlich zum Frühstück verabredet. Und ich möchte unbedingt wissen, was er alles angestellt hat.«

»Was Sie nicht sagen. Ich vermute, daß es da einer ganzen Menge Leute ähnlich geht.« Morelli starrte die Tür zu di Souzas Zimmer an, als erwartete er, daß sie gleich aufgehen und der vielgesuchte Bewohner sich zeigen würde. Doch nach einer Weile gab er es auf, rieb sich die Augen und gähnte.

»Sie sehen schrecklich müde aus«, sagte Argyll mitfühlend. »Warum trinken Sie nicht eine Tasse Kaffee mit mir? Die hilft Ihnen sicher über den Berg.«

Morelli nahm dankbar an, denn er hatte in der vergangenen Nacht ebenfalls nicht viel geschlafen, wenn auch aus anderen Gründen, und er war froh um die Gelegenheit, sich ein paar Minuten setzen zu können. Außerdem konnte er so ein wenig Museumsklatsch erfahren, und, da er sowieso irgendwann mit Argyll reden mußte, zwei Fliegen mit einer Klappe schlagen. Man wußte ja nie, wann man solche Informationen einmal brauchen konnte.

Argyll berichtete vom vergangenen Abend und ließ dabei auch die Qualität seines Cheeseburgers und seine Beinahebegegnung mit dem Jenseits nicht aus. Morelli revanchierte sich mit einer Warnung vor den Gefahren, die dem unachtsamen Fußgänger in Los Angeles drohten. Danach erzählte ihm der Engländer das Wenige an Klatsch, was er in seiner kurzen Zeit bei der Party aufgeschnappt hatte. Von großem Nutzen war das nicht, aber immerhin hatte Argyll herausgefunden, daß keiner im Museum einen anderen leiden konnte. »Ist alles in Ordnung mit Ihnen? Sie sehen aus, als hätten Sie Schmerzen«, sagte Argyll plötzlich und sah Morelli besorgt an.

Morelli hörte einen Augenblick lang auf, sein Zahnfleisch zu massieren, und hob den Kopf. »Gingivitis«, sagte er.

»Was?«

»Das Zahnfleisch. Es ist entzündet.«

»Ah, das ist unangenehm«, bemerkte Argyll mitfühlend. Er betrachtete sich selbst als Experten auf diesem Gebiet, hatte er doch viele Stunden seines Leben auf den Stühlen von Zahnärzten verbracht, die ihm in den Mund sahen und dabei betrübt den Kopf schüttelten.

»Nelken«, fügte er nun hinzu.

»Was?«

»Nelken. Und Brandy. Sie mixen daraus eine Lösung und reiben sich die aufs Zahnfleisch. Sehr wirksam. Sagt meine Mutter.«

»Und das hilft?«

»Keine Ahnung. Aber der Brandy schmeckt gut.«

»Ich habe keine Nelken bei mir«, sagte Morelli bedauernd und klopfte sich zur Sicherheit auf die Taschen.

»Überlassen Sie das mir«, sagte Argyll fröhlich. »Trinken Sie nur Ihren Kaffee. Ich bin in einer Minute wieder zurück.«

Genaugenommen waren es zehn Minuten. Er ging hinunter in die Halle, doch dabei dämmerte es ihm, daß amerikanische Hotels, so sehr sie sich auch um einen Service bemühten, wie man ihn in der Alten Welt fand, wohl kaum Nelken für medizinische Zwecke vorrätig hielten.

Aber dann fiel ihm ein, daß Hector di Souza in ganz Italien als beinahe schon professionell dokternder Hypochonder verschrien war. Argyll hatte ihn zwar noch nie über Zahnfleischbeschwerden jammern hören, aber das hatte nichts zu bedeuten. Außerdem war gerade niemand an der Rezeption, und Hectors Zimmerschlüssel baumelte einladend an einem kleinen Haken...

Als er in sein Zimmer zurückkehrte, bediente Morelli sich gerade seines Telefons. Ob der wohl wußte, wieviel Zuschlag Hotels für Anrufe verlangten?

»Haben Sie Hector di Souzas Zimmer durchsucht?« fragte er in unüberhörbar kritischem Tonfall.

»Ich nicht, nein. Aber ich habe Leute hierhergeschickt, um ihn abzuholen, und die werden sich sicher ein wenig umgesehen haben. Aber durchsucht haben sie das Zimmer bestimmt nicht. Das tun wir später. Warum?

»Weil in dem Zimmer das reinste Chaos herrscht. Es sieht aus, als hätte eine Bombe eingeschlagen.«

Morelli war nicht beeindruckt. »Woher wissen Sie das?« fragte er.

Argyll legte ihm den Gedankengang dar, der ihn zu di Souzas Medizinschränkchen geführt hatte.

Morelli wurde blaß. »Sie sind in das Zimmer eines Verdächtigen eingebrochen?« fragte er entsetzt, denn ihm kamen alle möglichen unangenehmen Konsequenzen in den Sinn.

»Natürlich nicht«, entrüstete sich Argyll. »Ich habe einen Schlüssel benutzt. Ich habe ihn mir von der Rezeption geholt. Es war gerade niemand da, und ich konnte mir nicht vorstellen, daß jemand was dagegen hätte. Aber was ich eigentlich sagen wollte...«

Morelli hob die Hand und schloß die Augen. »Bitte«, unterbrach er ihn flehend. »Kein Wort mehr. Das ist wahrscheinlich schon ein Verbrechen. Und schlimmer noch, falls es in diesem Zimmer irgendwelche verwertbaren Beweismittel gab, haben Sie die vernichtet. Können Sie sich vorstellen, was ein Verteidiger daraus ....«

Argyll machte ein tief beleidigtes Gesicht. »Ich wollte doch nur helfen«, unterbrach er den Detective. »Und dem Chaos nach zu urteilen, das Ihre Leute angerichtet haben, findet da drin kein Mensch mehr was. Sie haben viel mehr durcheinandergebracht als ich.«

»Was reden Sie denn da? Die haben nichts angerührt« sagte Morelli bestimmt. »Wie di Souzas Zimmer auch aussehen mag, es ist nicht anders, als er es verlassen hat. Jetzt geben Sie mir endlich diese Lösung.«

Argyll gab sie ihm und sah zu, wie er sie vorsichtig auftrug.

»Das glaube ich nicht so recht«, bemerkte Argyll, nachdem Morelli aufgehört hatte, wegen des abscheulichen Geschmacks das Gesicht zu verziehen. »Es ist nämlich so, daß Hector, na, sagen wir mal, ein Ästhet ist.«

»Was?«

»Heikel. Ordentlich und reinlich bis zur Pedanterie. Ein Fanatiker, was seine äußere Erscheinung betrifft. Dem wird schon flau im Magen, wenn er nur eine zerknitterte Krawatte oder ein Staubkorn auf einem Anzug sieht. Ich war einmal mit ihm zum Abendessen in einem Restaurant, und er bekam seinen Kaffee in einer Tasse mit einem Sprung serviert. Er mußte sich sofort ins Bett legen, um sich wieder zu fangen, und hat danach eine Stunde lang mit Desinfektionsmittel gegurgelt, für den Fall, daß er irgendwelche Bazillen aufgeschnappt hat.«

»Und?«

»Deshalb läßt Hector sein Zimmer nicht unordentlich zurück. Er macht sogar jeden Morgen selbst das Bett, weil er den Zimmermädchen nicht zutraut, daß sie es richtig glattstreichen können.«

Morelli wurde blaß, als ihm dämmerte, was das zu bedeuten hatte. »Sie waren im falschen Zimmer«, sagte er tonlos.

»Natürlich nicht. Ich will damit sagen, daß entweder Ihre Leute das Chaos angerichtet haben oder ein anderer. Es kann natürlich auch sein, daß Hector so überstürzt aufgebrochen ist, daß er die Unordnung gemacht hat. Aber dann muß er wirklich sehr in Eile gewesen sein.«

»Ich persönlich würde ja die letzte Möglichkeit für die wahrscheinlichste halten«, erwiderte Morelli. »Vor allem, weil ich eben erfahren habe, daß er heute nacht mit der Zwei-Uhr-Maschine nach Italien zurückgeflogen ist. Das hat man mir gerade am Telefon gesagt. Was glauben Sie denn, warum ich hier noch herumsitze und nicht schon längst hinter ihm herjage?«

Plötzlich schien ihm etwas einzufallen, denn er sah auf die Uhr und rechnete heftig. »Verdammt«, sagte er dann. »Wir haben nicht genug Zeit, um ihn drüben abzufangen.«

Argyll war davon nicht beeindruckt, denn er wußte aus jüngster, schmerzhafter Erfahrung, wie lange es dauerte, von Rom nach Los Angeles zu fliegen. Wochen, soweit er sich erinnern konnte. Also beruhigte er Morelli, daß ihm mindestens sechs Stunden Zeit blieben. Er müsse doch nur jemand dazu bringen, kurz zum Flughafen zu fahren...

So einfach sei das nicht, versicherte ihm dieser. Es gebe Verfahrensweisen, an die man sich halten müsse. Ganz abgesehen von dem Problem, einen Auslieferungsbefehl zu bekommen.

»Aber wozu brauchen Sie denn einen Auslieferungsbefehl? Daß Sie mit ihm reden wollen, ist ja verständlich, aber das geht doch ein bißchen weit.«

Morelli starrte ihn an. »Was glauben Sie wohl, wozu wir einen brauchen. Ich will ihn wegen Mordes verhaften, deswegen. Ich dachte, das sei offensichtlich.«

Argyll überlegte ausgiebig und schüttelte dann den Kopf. »Hector würde nie jemanden töten. Auf keinen Fall mit einem Schuß aus nächster Nähe. Da könnte ja Blut auf sein Jackett kommen. Wenn, dann würde er eher Gift benutzen. Aber er ist eigentlich kein Typ, der Leute umbringt, Kunden schon gar nicht.«

Morelli fand diese Argumentation nicht sehr überzeugend. »Es tut mir leid, ich weiß, daß er Ihr Freund ist oder Ihr Kollege oder was immer, aber wir wollen ihn haben. Die Indizien sind bisher ziemlich überzeugend.«

»Und die wären?« fragte Argyll.

»Erstens, er war auf der Party wütend wegen dieser Büste, zweitens, die Büste wurde etwas später gestohlen, drittens, er ging mit Moresby wenige Augenblicke vor dem Mord weg, viertens, er war zum Tatzeitpunkt als einziger bei Moresby, fünftens, er hat sofort danach versucht, das Land zu verlassen. Für mich – und vergessen Sie nicht, ich bin erst seit fünfzehn Jahren beim Morddezernat – sieht das verdächtig aus. Aber das geht Sie ja eigentlich nichts an.«

Es ging Argyll wirklich nichts an, außer vielleicht indirekt, und ganz allmählich nahm in seinem Kopf eine Idee Gestalt an. Im großen und ganzen verabscheute er Verbrechen: Seine gelegentlichen Verwicklungen in Ungesetzliches schienen immer dazu zu führen, daß Polizisten insgeheim an seinen Handgelenken Maß nahmen und sich überlegten, wie die sich wohl in Handschellen machen würden. Und außerdem, wenn er nur seinen Scheck für den Tizian erhielt, waren ihm Moresby, Hector di Souza und gestohlene Berninis ziemlich egal.

Worauf es ihm hauptsächlich ankam, war die Wiederherstellung seiner zerbröselnden Freundschaft mit Flavia, deren feindseliger Ton mitten in der Nacht ihn zutiefst beunruhigt hatte.

Und vielleicht bot ihm dieser überarbeitete und zerknautschte Polizist, der jetzt vor ihm saß, Gelegenheit dazu. Flavia mied ihn wie die Pest. Sie mußte zum Kontakt gezwungen werden, denn dann würde sie ihre Fehler einsehen oder es würde ihm wenigstens klarwerden, was sie so aufregte.

Ganz einfach. Deshalb machte er den Vorschlag, wegen dessen sich Flavia die halbe Nacht in Fiumicino um die Ohren schlagen mußte, und empfahl eine formlose Kontaktaufnahme mit dem römischen Kunstdezernat, das sehr kooperativ sein würde, wenn Morelli nur versprach, jede Information über den Bernini, die er in die Finger bekam, weiterzugeben. Rufen Sie Generale Bottando an und berufen Sie sich auf Jonathan Argyll.

Morelli dachte über den Vorschlag nach. Er hatte vor allem den Vorteil, daß sie so di Souza wirklich fangen konnten. Den offiziell vorgeschriebenen Weg einzuhalten, wäre absolut sinnlos.

»Wie heißt der Mann?« fragte er.

»Bottando«, antwortete Argyll und suchte in seinem Adreßbuch nach der Nummer. »Es wäre sicher von Vorteil, wenn Sie die Bedeutung dieser Büste ein wenig hochspielen könnten. Wenn sie aus Italien herausgeschmuggelt wurde – und das wurde sie vermutlich –, wird er sehr gerne helfen.«

»Aber wir wissen doch nicht, ob sie geschmuggelt wurde.«

»Ein Grund mehr für ihn, der Sache nachzugehen.«

Morelli nickte. Es war wirklich eine gute Idee.

»Natürlich könnte auch ein anderer außer di Souza sie

gestohlen haben«, fuhr Argyll fort. »Schließlich gibt es verschiedene Gründe für den Diebstahl von Büsten. Es wäre eine Schande, denen nicht nachzugehen.«

Morelli, im Grunde seines Herzens ein einfacher Mensch und der gedanklichen Gewundenheit, die einem wahren Gelehrten zur zweiten Natur geworden ist, nicht gewachsen, konnte sich keine anderen Gründe vorstellen. Argyll zählte sie ihm auf.

»Erstens wegen der Versicherung, obwohl Thanet davon ausgeht, daß sie nicht versichert war. Zweitens, um Lösegeld zu fordern. Warten Sie eventuelle Forderungen ab. Wenn mit der Post ein großes Stück Marmorohr ankommt, begleitet von dem Versprechen, daß in Kürze eine Nase folgen wird, dann wissen Sie, woran Sie sind. Dritte Möglichkeit, um Leute davon abzuhalten, zu genau hinzusehen.«

»Warum?«

»Fälschungen.«

Morelli schnaubte. Er hatte keine Zeit für müßige Spekulationen, und das sagte er Argyll auch.

»Das ist nicht müßig. Das ist Hintergrundsrekonstruktion. Das Ergebnis jahrelanger Erfahrungen in der Halbwelt der Kunst und ihrer Kenner. Ich versuche nur zu helfen.«

»Aber das bringt uns nicht weiter. Ein Anruf bei diesem Bottando schon eher, also danke für diesen Vorschlag. Ich glaube, ich gehe jetzt besser und mache mich an die Arbeit. Muß ja auch noch mit der Presse reden. Die schwirren herum wie die Fliegen um den Honigtopf.«

»Gute Idee«, sagte Argyll. »Und ich werde mich auch auf den Weg machen und einige Leute besuchen.«

Morelli sah ihn wieder einmal zweifelnd an. »Sie tun nichts dergleichen«, sagte er. »Sie haben Ihren Beitrag bereits geleistet. Und jetzt halten Sie sich raus.«

»Aber ich brauche doch gewiß keine Erlaubnis von Ihnen, um einem trauernden Sohn, der mich auf einen Drink eingeladen hat, einen Kondolenzbesuch abzustatten? Und brauche ich vielleicht eine polizeiliche Genehmigung, um mit Thanet die letzten Einzelheiten des Verkaufs meines Bildes zu besprechen?«

Widerstrebend gab Morelli zu, daß ein solcher bürokratischer Aufwand nicht nötig sei. Aber er wiederholte, daß Argyll sich seines Erachtens besser darauf beschränke, Bilder zu verkaufen, oder was er sonst für seinen Lebensunterhalt tue.

Naiv, wie Argyll in diesen Dingen war, hatte er geglaubt, er könnte sich in Los Angeles mit öffentlichen Verkehrsmitteln fortbewegen. Für ihn waren Züge der Gipfel der Zivilisation, und er zog dieses Transportmittel allen anderen vor. Im Notfall gab er sich allerdings auch mit Bussen zufrieden. Doch beide glänzten in Los Angeles durch Abwesenheit. Busse waren etwa so rar wie Fußgänger. Und Züge so ausgestorben wie der Brontosaurus. Deshalb hatte er sich, nach ängstlichem Nachfragen, nervöser Unentschlossenheit und ausgedehntem Suchen nach einem günstigen Angebot, ein Auto gemietet. Die Verleihfirma ähnelte einem Schrottplatz, voller alter, rostiger Vehikel, die aussahen, als würden sie es gerade noch schaffen, nicht auseinanderzufallen. Die Auswahl war nicht sehr groß, aber der Verkäufer – er schüttelte Argyll herzlich die Hand und meinte, Johnny solle ihn doch einfach Chuck nennen – wies darauf hin, daß auch die Preise sich in Grenzen hielten. Argyll haßte es, Johnny genannt zu werden.

Wenigstens gab es ein Auto, in das er sich sofort verliebte. Es war ein Cadillac aus den Zeiten vor der Ölkrise. 1971. Hellblau. Cabrio. Ungefähr so groß wie die *Queen Mary* und mit etwa dem gleichen Spritverbrauch.

Warum eigentlich nicht, dachte Argyll, als er es sah. So etwas würde er nie wieder fahren können. Das Ding war ein Stück Kulturgeschichte auf vier Rädern. Und deshalb ließ er sich gleich nach seiner Rückkehr zum Hotel vom Portier fotografieren, mit einer Sonnenbrille auf der Nase an das Ungetüm gelehnt. Das konnte er später einmal seinen Enkeln zeigen, die sonst wahrscheinlich gar nicht glauben würden, daß es solche Maschinen je gegeben hatte.

Argyll ging also, gleich nachdem Morelli ihn verlassen hatte, hinunter zum Parkplatz hinter dem Hotel. Nach einer Weile sprang das Auto an, und er fuhr in einer wabernden Wolke bleiversetzter Benzindämpfe hinaus. Es besaß in etwa die Beschleunigung und die Wendigkeit eines Supertankers, war aber ansonsten in einem befriedigenden Zustand, wenn man von den Rostflecken absah. Hauptsache, es fuhr vorwärts und hielt wieder an, und das auf Befehl. Bei den Verkehrsbeschränkungen in Kalifornien ist eine Beschleunigung von null auf hundert in weniger als fünf Minuten sowieso überflüssig.

Wenn nicht gerade von einer roten Ampel angehalten, was alle hundertfünfzig Meter geschah, brauste das Vehikel regelmäßig fehlzündend dahin. Argyll versuchte, die Gegend zu genießen, wunderte sich aber ständig, wie sich in einer Stadt nur so viele Autohändler halten konnten.

Er brauchte etwa eine halbe Stunde für die sechs Meilen bis nach Venice, wo Jack Moresby wohnte, obwohl es wahrscheinlich schneller gegangen wäre, hätte er sich ausgekannt. Dort angekommen, brauchte er ein beträchtliches Maß an Phantasie, um zu verstehen, warum dieses Viertel Venice hieß. Nur ein ziemlich brackiger Tümpel und etwas Piazzaähnliches, das in fertiggestelltem Zustand vielleicht eindrucksvoll gewesen wäre, deuteten auf die ursprünglichen Absichten der Gründer hin, hier ein zweites Venedig entstehen zu lassen.

Trotzdem war es ein viel ansprechenderer Teil der Welt als das ziemlich neurotische Viertel, in dem das Museum sich befand. Die Hauptbeschäftigung der Einwohner von Venice schien der Müßiggang zu sein, und Argyll war um den Anblick froh. Obwohl die Einwohner der Stadt eigentlich für ihre Ruhe und Gelassenheit berühmt waren, schienen sie beständig in Eile zu sein. Und wenn sie, was selten genug vorkam, einmal nicht arbeiteten, dann verbreiteten sie anderweitig Hektik. Sogar am Strand mußten sie ohne ersichtlichen Grund herumrennen, sich gegenseitig mit Sachen bewerfen und beständig in den Ozean springen. Da war es angenehm, Leute zu sehen, die einfach nur herumlagen und offensichtlich immun waren gegen das hektische Bestreben ihrer Mitbürger, ewig zu leben. Das Viertel war schmuddelig, schlampig und charmant, so schien es. Vielleicht hatte es deshalb seinen Namen bekommen.

Aber die Orientierung war fast genauso schwierig wie in in

der italienischen Lagunenstadt. Die Suche nach Jack Moresbys Wohnung gestaltete sich schwieriger, als Argyll erwartet hatte, und er war sehr überrascht, als er sie nach einer Weile tatsächlich fand. Denn auch sie entsprach ganz und gar nicht dem, was er erwartet hatte. Er wußte zwar, daß Moresby sich aus der Konsumgesellschaft zurückgezogen hatte, um den Großen Amerikanischen Roman zu schreiben – ein in diesem Teil der Stadt weitverbreitetes Laster, wie man ihm gesagt hatte –, aber er hatte erwartet, daß der Sohn eines Multimilliardärs sich wenigstens einen Rest des guten Lebens bewahrt hätte. In Italien kannte er sehr viele Alternative, bei denen sich maßgeschneiderte Versace-Anzüge, Rolex-Uhren und Neunzimmerwohnungen mit Blick auf die Piazza Navona durchaus mit ihrer prinzipiellen Ablehnung des Konsumterrors vertrugen.

Der junge Moresby allerdings schien entschlossen, es richtig zu machen. Seine Unterkunft war nicht gerade eine typische Millionärsresidenz und zeigte wenig Ähnlichkeit mit einer Villa in Beverly Hills. Millionärshäuser haben Dächer, und in den Mauern Fenster. Und wenn Fenster zerbrechen, lassen Millionäre neue einsetzen und flicken die Löcher nicht mit alten Zeitungen. Wenn ein Ziegel vom Dach fällt, ersetzen sie ihn und lassen nicht den zugegebenermaßen seltenen Regen ins Haus. Millionäre haben Gärten, von Gärtnern umsorgt, Jack Moresbys Hinterhof dagegen sah eher aus wie der Schrottplatz, wo Argyll sein Auto gemietet hatte. Im allgemeinen räkeln sich Millionäre auch nicht auf dem Boden einer kleinen Dachterrasse, rauchen Zigaretten mit einem höchst ungewöhnlichen Aroma und trinken aus einer halbleeren Flasche.

Moresby betrachtete seinen Gast mit gleichgültiger Miene und hob dann lahm und wenig begeistert die Hand zum Gruß.

»Hey«, sagte er, ein ortsüblicher Allzweckausdruck, der, wie Argyll erfahren hatte, »Guten Tag« und »Auf Wiedersehen« bedeuten konnte, aber auch Überraschung, Besorgnis, Warnung, Interesse oder Desinteresse sowie »Wollen Sie einen Drink«. Der Amerikaner warf einen Blick auf den Sessel neben ihm, scheuchte einen alten, räudigen Hund herunter und bedeutete Argyll, er solle sich setzen. Argyll betrachtete argwöhnisch die Büschel Hundehaare und ließ sich dann mit deutlichem Widerwillen nieder.

»Ich vermute, Sie sind hier, um mich wegen meines Alten zu bedauern«, sagte Moresby abwesend und blinzelte zur Sonne hoch, die schwach durch die Wolken schien.

»Wann haben Sie es erfahren?«

»Langton hat mich gestern abend angerufen. Und alles andere weiß ich von der Polizei, die mich heute im Morgengrauen geweckt hat, um mich zu fragen, was ich gestern abend getrieben habe. Von meiner Stiefmutter war ja kaum zu erwarten, daß sie extra die zwanzig Meilen hierherkommt, nur um es mir zu sagen. Die war vermutlich viel zu sehr mit Feiern beschäftigt. Was wollen Sie?«

Eine gute Frage. Sachdienlich und exakt. Das Problem war nur, daß Argyll keine Antwort wußte. Er konnte ja kaum sagen, er wolle etwas über die Büste herausfinden, um sich bei Flavia wieder lieb Kind zu machen. Das würde nicht gut klingen. Genaugenommen sogar ziemlich herzlos. Außerdem war schon bei ihrer ersten Begegnung deutlich geworden, daß Moresby nichts über den Bernini wußte – ebensowenig wie über andere Büsten. Und es schien auch nicht angemessen zu fragen, warum er sich nicht die Mühe gemacht hatte, die wenigen Meilen bis zum Museum zu fahren, um selbst herauszufinden, was passiert war. Jede Familie hatte ihre eigene Art, mit gewissen Dingen umzugehen.

»Ich habe mir gedacht, daß Sie vielleicht ein wenig Gesellschaft gut gebrauchen könnten«, erwiderte er ziemlich lahm. »Mir ist nämlich aufgefallen, daß Sie von allen Leuten, die mit dem Museum zu tun haben, der einzige einigermaßen Vernünftige und Normale sind.«

Das war zwar alles andere als eine Antwort auf Moresbys Frage, aber der schien sich damit zu begnügen. Er warf ihm einen komischen Blick zu, doch wohl eher aus Überraschung darüber, daß jemand sich menschlich verhalten konnte, denn aus Zweifel an Argylls Motiven. Quasi zur Begrüßung streckte er ihm die Flasche hin. Bourbon war das letzte, was Argyll zu dieser Tageszeit brauchen konnte, aber er wollte nicht so unhöflich sein, abzulehnen. Er trank einen guten Schluck, und während er sich dann bemühte, wieder zu Atem zu kommen und die Tränen zum Versiegen zu bringen, erzählte Moresby von seinem Vater.

Die beiden hatten sich nicht sehr nahegestanden, das wurde aus seinen Worten klar. Offensichtlich hatte der alte Moresby vor etwa einem Jahr den aufstrebenden Autor aus seinem Testament ausgeschlossen, und wenn ein Vater dem Sohn einige Milliarden entzieht, kann es schon passieren, daß die Beziehung sich ein wenig abkühlt.

»Warum hat er das getan?«

»Sagen wir, er hatte einen ziemlich eigenartigen Humor. Er wollte, daß ich seinem Beispiel folge und noch mehr Geld mache. Ich war der Ansicht, daß er schon genug gemacht hat. Also hat er gesagt, wenn Geld mir so unwichtig ist, dann hinterläßt er es jemanden, der es mehr zu schätzen weiß.«

»Zum Beispiel seiner Frau?«

»Die liebt es heiß und innig.«

»Und dem Museum?«

»Die reinste Sparbüchse.«

»Und damit wollte er Sie wieder auf den rechten Weg zurückführen?«

»Vermutlich. Aber jetzt stehe ich da, ohne einen Cent. Und das wird wahrscheinlich auch so bleiben. Jetzt kann er seine Meinung nicht mehr ändern.«

»Aber er hat Sie doch nicht wirklich ausgeschlossen?«

»Nicht ausdrücklich, nein. Hat mir einfach nichts hinterlassen. Das läuft auf dasselbe hinaus. ›Meinem lieben Sohn hinterlasse ich meine besten Wünsche.‹ Oder so ähnlich. Unbeständigkeit kann man ihm nicht vorwerfen.«

»In gewisser Weise ist das aber ein Glück für Sie«, gab Argyll zu bedenken.

»Wie das?«

»Na ja, die Polizei sucht seinen Mörder. Aber Sie hatten allen Grund, ihn am Leben zu halten.«

»Ja. Und außerdem ein Alibi, denn als Langton nach Entdeckung der Leiche bei mir angerufen hat, war ich zu Hause.«

Argyll rechnete schnell nach. Das stimmte. Moresby konnte unmöglich so schnell in seine Wohnung zurückgekehrt sein. Was für ein argwöhnischer Mensch du doch bist, dachte er.

»Und wo waren Sie?« fragte Moresby.

»Ich?«

»Ja, Sie. Wenn Sie schon mich überprüfen, ist es doch nur fair, daß ich Sie auch überprüfe.«

»Stimmt. Ich war bis eine Stunde nach dem Mord in einem Restaurant. Jede Menge Zeugen. Das ist wasserdicht.«

»Hm. Okay, ich glaube Ihnen. Damit sind wir aus dem Schneider. Bleibt noch der Spanier, nicht?«

Argyll rümpfte die Nase, um seine Abneigung gegen polizeiliche Denkmuster auszudrücken. »Das scheint die Polizei auch zu glauben, aber ich halte ihn nicht für einen Mörder. Dafür wollte er Ihrem Vater zu viel verkaufen. Die Gans zu töten, ist ja eine Sache, aber ein vernünftiger Mensch wartet damit, bis sie ein paar goldene Eier gelegt hat. Außerdem ist Hector immer so entsetzlich höflich zu seinen Kunden. Sie zu erschießen paßt nicht zu seinen Umgangsformen. Andererseits muß ich natürlich zugeben, daß er, solange er verschwunden bleibt, ganz oben auf der Liste steht.«

»Glauben Sie?«

»Ja. Aber ich bin sicher, daß er wieder auftaucht. Er wirkte nicht sehr mordlustig, als ich kurz vor der Tat mit ihm sprach. Oder?«

Moresby gab zu bedenken, daß er nicht so recht wisse, wie sich Mordlust in Smalltalk bemerkbar mache.

»Ich persönlich habe ja eher Ihre Stiefmutter in Verdacht«, gestand Argyll, obwohl er nicht so recht wußte, ob das vernünftig war. Doch Jack schien es nichts auszumachen. »Aber Morelli sagte mir, daß sie die Party bereits vor dem Mord verlassen hatte, und ihr Chauffeur verschafft ihr ein Alibi. Sind Sie sicher, daß sie eine Affäre hat?«

»Ja, ganz sicher. Häufige Abwesenheiten, ausgedehnte Einkaufsbummel, Urlaubswochenenden mit Freundinnen. Da braucht man nur zwei und zwei zusammenzuzählen.«

»Und Ihr Vater wußte es?«

»Nachdem ich ihn im Büro angerufen und es ihm gesagt hatte, ja.« Jack sah Argyll neugierig an. »Ich vermute, Sie halten das für ziemlich abscheulich, was? Sie haben ja auch recht. Aber diese Schlampe hat so lange auf ihn eingeredet, bis er mich aus dem Testament ausgeschlossen hat. Ich habe mich nur gewehrt. Gerechtigkeit muß sein.

Irgendwie ist es traurig, daß ich den Alten nicht mehr gesehen habe, bevor er starb«, fuhr er dann nachdenklich fort. »Ich hätte nicht so früh gehen sollen. Nennen Sie mich ruhig einen sentimentalen Trottel, aber ich hätte viel darum gegeben, ihn ein letztes Mal einen gemeinen alten Saukerl schimpfen zu können. So zum Abschied. Sie wissen schon.«

Argyll nickte verständnisvoll. »Also ich bin froh, daß Sie es nicht zu schwer nehmen. Bin nur vorbeigekommen, um zu sehen, wie's Ihnen geht.«

»Vielen Dank. Kommen Sie doch mal auf einen anständigen Drink vorbei.«

Argyll dachte über das Angebot nach. »Vielen Dank. Vielleicht komm' ich wirklich mal. Aber ich glaube, ich fliege in ein paar Tagen nach Rom zurück. Wenn ich länger hierbleibe, komme ich wahrscheinlich noch unter ein Auto.«

»Aber wir Kalifornier sind doch die sichersten Fahrer auf der ganzen Welt.«

»Sagen Sie das dem Fahrer des purpurroten Lieferwagens, der mir beinahe die Kniescheiben abgesäbelt hätte.«

Moresby machte ein mitfühlendes Gesicht.

»Kann natürlich auch meine Schuld gewesen sein«, sagte Argyll der Gerechtigkeit halber. »Zumindest teilweise.«

»Sagen Sie nur das nicht«, riet ihm Moresby. »Ja nie Schuld zugeben. So können Sie den Fahrer verklagen, wenn Sie ihn finden.«

»Aber ich will ihn gar nicht verklagen.«

»Aber wenn er Sie findet, verklagt er vielleicht Sie.«

»Aber wegen was denn?«

»Wegen Verlust des seelischen Gleichgewichts, verursacht durch die Beinahebeschädigung seiner Stoßstange. So etwas nehmen die Gerichte bei uns sehr ernst.«

Nicht hundertprozentig überzeugt, daß Moresby nur einen

Witz gemacht hatte, verabschiedete sich Argyll, nicht ohne zuvor nach dem Weg zu seinem Hotel gefragt zu haben. Bei seinem Orientierungssinn wäre er ohne Hilfestellung in den Rocky Mountains gelandet. Rechts, rechts, und an der Bar dann links, sagte Moresby. Und dann immer der Nase nach. Ja, dort könne man auch essen. Argyll hatte eigentlich gar keinen Hunger, hielt es aber für eine gute Idee, dort anzuhalten, um weiter nach dem Weg zu fragen und etwas in den Magen zu bekommen, das den Whiskey aufsaugte.

Das tat er dann auch. Er aß einen vegetarischen Hamburger von umwerfender Entsetzlichkeit, trank einen Kaffee, der so dünn war, daß man den Boden der Tasse sehen konnte, und machte sich daran, einen wunderbaren Tag mit gebrochenem Bein im Krankenhaus zu beenden.

Es war ganz einfach. Er fuhr ins Hotel zurück, ohne ein einziges Mal falsch abzubiegen, duschte und brauste dann über den Freeway, um Mrs. Moresby einen Beileidsbesuch abzustatten. Dabei hätte er den Freeway gar nicht zu nehmen brauchen, aber irgendwann steckte er auf einer Zufahrt fest und hatte keine andere Wahl. Doch Wunder über Wunder, er fand sogar die richtige Ausfahrt. Zumindest mehr oder weniger. Jetzt nur noch die Straße hinunter und an der Ampel rechts abbiegen. Er stieg auf die Bremse, um vorschriftsmäßig an der Ampel anzuhalten, doch es passierte nichts.

Oder genauer, alles passierte. Sein riesiger, schwerfälliger Cadillac rauschte majestätisch bei Rot über die Kreuzung und entging dabei nur knapp einer ganzen Reihe von querenden Pkws, Bussen und Lieferwagen. Holperte dann, mit schicklichen fünfundzwanzig Meilen pro Stunde, auf den Bürgersteig, wobei der Stoß dank der beachtlichen Federung kaum zu spüren war, und landete schließlich mit unerbittlicher Geradlinigkeit in der gut fünfunddreißig Quadratmeter großen Schaufensterscheibe einer, wie Morelli ihm mitteilte, Designer-Boutique, wo er beträchtlichen Schaden anrichtete.

Zum Glück war es ein sehr teurer Laden, in dem nur die wirklich Reichen einkauften, und im Augenblick von Argylls Eindringen war kein Kunde anwesend. Genaugenommen hatte sich den ganzen Tag über noch kein einziger Kunde gezeigt. Das Geschäft ging so schlecht, daß die einzige Verkäuferin keine Bedenken hatte, kurz auf eine Zigarette hinters Haus zu gehen. Denn in dem Gebäude war das Rauchen verboten, und weder der Besitzer noch die wenigen Kunden sahen es gerne.

Sie hatte auch gut daran getan, denn als sie zurückkam, war der Laden nicht mehr in dem Zustand, in dem sie ihn verlassen hatte. Argyll drückte mit dem linken Bein die Bremse bis zum Anschlag durch, doch der Mechanismus zeigte absolut keine Reaktion. Und wie er es in Rom gelernt hatte, demonstrierte er neugierigen Zuschauern seine Verärgerung über die Entwicklungen, indem er beide Hände über dem Kopf zusammenschlug, eine typische italienische Geste, die kosmische Verzweiflung über die bizarre Absurdität und Ungerechtigkeit des Lebens ausdrückt.

In dieser Haltung befand er sich noch, als die Schnauze des Autos, die glücklicherweise einige Meter von ihm entfernt war, gegen die Ziegelwand im rückwärtigen Teil des Ladens stieß. Argyll wurde nach vorne geworfen, aber sein linkes Bein, das noch immer auf die Bremse drückte, versuchte seinen Körper im Sitz zu halten, und gab unter der Belastung nach. Ein nicht unbeträchtlicher Teil von ihm krachte gegen das Lenkrad, da er sich mit seinen Händen, die noch nicht zu Ende gestikuliert hatten, nicht abstützte. Entgegenfliegende Glassplitter vervollständigten den Schaden.

Verdammt, dachte er kurz bevor er das Bewußtsein verlor, jetzt werde ich nie mehr Flavias Fahrkünste kritisieren können.

6

Als Flavia am nächsten Morgen um zehn ins Büro kam, wirkte sie ziemlich angeschlagen. Immerhin war sie bis in die frühen Morgenstunden aufgewesen, um ein Kunsthändlerphantom zu jagen, und danach im Bett hatte sie keine Ruhe gefunden, weil sie sich über Argylls Zustand Sorgen machte. Ein teurer Anruf im Krankenhaus hatte ihr nur Allgemeinplätze und die glatte Weigerung eingebracht, mit ihm sprechen zu dürfen.

Ihm gehe es den Umständen entsprechend gut, er schlafe gerade, und wer sei sie denn überhaupt?

Eine gute Freundin, erwiderte sie. Ob man sie anrufen könnte, falls eine Veränderung seines Zustands eintrete? Zu Überseegesprächen seien sie nicht berechtigt, hieß es. Ob sie dann wenigstens Detective Morelli anrufen könnten? Zumindest das versprachen sie.

Ins Büro ging sie gewohnheitshalber und weil es sonst nichts zu tun gab. Gleich bei ihrer Ankunft wurde sie in Bottandos Büro gerufen.

»Mein Gott, Sie sehen ja schrecklich aus«, sagte er, als sie hereintaumelte. »Man könnte meinen, Sie wären die ganze Nacht aufgewesen.«

Sie versuchte vergeblich, ein Gähnen zu unterdrücken, und blinzelte ihn an. »Sie werden wissen wollen, was gestern mit di Souza war«, sagte sie. »Er war nicht in der Maschine.«

»Ich weiß«, erwiderte er. »Ich habe mich heute schon ausführlich mit Morelli unterhalten. Er hat ein – diesmal offizielles – Hilfeersuchen an uns gerichtet.«

»Wenn sein Mörder nicht hier ist, sehe ich nicht, was wir für ihn tun können. Was für eine Art von Hilfe will er denn?«

»Wegen dieser Büste. Die stammt womöglich von hier, wurde vermutlich geschmuggelt und mit Sicherheit aus einer Transportkiste, die neben der Leiche stand, gestohlen. Es gibt da vielleicht eine Verbindung, und sie wollen wissen, welche. Und ich auch. Da Sie sich bereits mit dem Fall beschäftigt haben, halte ich es für das beste, wenn Sie auch weitermachen. Falls Sie dazu in der Lage sind.«

Sie wollte schon einwenden, daß sie wegen dieses Falles bereits genug Zeit vergeudet habe, aber Bottandos dezenter Hinweis auf die weibliche Schwäche stimmte sie um. Natürlich sei sie dazu in der Lage. Nur ein bißchen wackelig auf den Beinen, sonst nichts.

Bottando, der sie nun schon einige Jahre kannte, hatte natürlich gewußt, daß die kleine Bemerkung genau das Zünglein an der Waage sein würde. Er persönlich war zwar eher der Ansicht, daß die Sache warten konnte, zumindest bis die Amerikaner das Ding wiedergefunden hatten, und sie dann entscheiden konnten, ob es sich überhaupt lohne, es zurückzuholen. Aber internationale Zusammenarbeit war immer sehr prestigeträchtig, und es freute ihn, daß sein Dezernat mit dem Fall zu tun bekam und nicht die Carabinieri. So etwas machte sich gut im Jahresbericht, und seine Stellung war zu wacklig, als daß er es sich hätte leisten können, über ansehensfördernde Aktivitäten die Nase zu rümpfen, wie vergeblich sie sich auch nachträglich erweisen mochten.

Außerdem hatte Morelli erwähnt, daß Argyll den Kontakt vorgeschlagen hatte, und deshalb schuldete er ihm etwas. Indem er Flavia den Fall übergab, so dachte er, bezahlte er die Schuld prompt und großzügig. Nach dem zu urteilen, was Morelli gesagt hatte – daß der Engländer mit einem gebrochenen Bein im Krankenhaus lag und höchstwahrscheinlich Schadensersatz für einen ganzen Laden voller französischer Damenwäsche leisten mußte, ganz abgesehen von den Krankenhausrechnungen –, hatte Argyll im Augenblick alle Hilfe nötig, die er bekommen konnte.

»Also«, sagte sie, gähnte noch einmal und kämpfte gegen ihren Widerwillen an, sich mit irgend etwas zu beschäftigen, das mit Argyll zu tun hatte, einen Widerwillen, den sie trotz ihres Mitleids für ihn empfand, »was soll ich tun?«

»Erstens«, entgegnete er und zählte die Punkte an den Fingern seiner fleischigen kleinen Hand ab, »bestellen Sie sich ein paar Tassen des stärksten Kaffees, den Sie finden können. Zweitens, trinken Sie die. Drittens, besorgen Sie sich eine Zeitung – am besten den *Herald Tribune* – und lesen Sie nach, was dort über diese Geschichte berichtet wird. Dann erkundigen Sie sich nach dieser Büste. Und schließlich, besuchen Sie den Mann, der sie gekauft hat. Er heißt Langton. Er wohnt in Rom und kommt heute zurück.«

»Das ist der, der Argylls Tizian gekauft hat«, bemerkte sie abwesend.

»Hm. Finden Sie heraus, woher er den Bernini hat, wieviel er dafür bezahlt hat, wie die Büste das Land verlassen hat und was di Souza damit zu tun hat. Sie suchen sich wohl besser auch di Souzas Akte heraus. Die muß hier irgendwo sein. Irgendwann muß ich wirklich mal unser Ablagesystem in Ordnung bringen. Besuchen Sie seine Freunde, sehen Sie sich seine Wohnung an. Das Übliche eben.«

»Und dann?«

»Dann«, sagte er und lächelte leicht, denn er bemerkte, daß langsam wieder Leben ins sie kam. Hab' ich dich, dachte er. Phase eins abgeschlossen. »Dann können Sie Mittag machen.«

Natürlich dauerte die ganze Sache um einiges länger. Kaffeetrinken und Zeitunglesen darf man nicht überstürzen. Zwei Stunden später wußte Flavia alles über den Fall, was die marktschreierischen Zeitungsberichte hergaben, hatte gut einen Liter Kaffee getrunken und beschloß nun, gleich zum Mittagessen überzugehen, um die ganze Sache zu durchdenken.

Ihr ging es schon viel besser. Trotz allen Widerwillens hatte der Fall sie neugierig gemacht, und Argylls Mißgeschick hatte ihre feindseligen Gedanken etwas gemildert. Er war natürlich immer noch ein Idiot, aber offensichtlich war er für sich selbst eine viel größere Gefahr als für andere.

Was den Fall anging, fand sie keine eindeutige Erklärung für das Geschehene. Das war auch nicht überraschend – wenn sie eine gefunden hätte, wäre vor ihr wohl auch die Polizei von Los Angeles darauf gekommen. Es sah allerdings so aus, als wären Moresby und di Souza in dieses Büro gegangen, um über di Souzas Beteiligung an der Beschaffung der Büste zu sprechen, und das mußte so wichtig gewesen sein, daß ein Mann wie Moresby sich die Zeit nahm, mit einem einfachen Kunsthändler zu reden.

Wenn man nun aber über etwas spricht, ist es von Vorteil, den Gesprächsgegenstand auch zu sehen. Deshalb war es nur vernünftig anzunehmen, daß sie zuerst einen Blick in die Kiste warfen, in der die Büste sich befand. Moresby rief dann seinen Anwalt oder Assistenten oder was immer der war zu sich, und Augenblicke später war er tot und di Souza verschwunden.

Ihrer Ansicht nach deutete das auf die zentrale Bedeutung der Büste hin.

Nach einigem Suchen fand sie die Akte über Hector di Souza – aus einem unerfindlichen Grund war sie unter »H« abgelegt – und las sie sorgfältig durch. Ein gerissenes Bürschchen, unser Hector, dachte sie. Obwohl es eine ziemlich dünne Akte war – das Dezernat gab es erst seit ein paar Jahren, und Material über frühere Fälle war aus den eher unzureichenden Archiven der Carabinieri erbettelt, geborgt oder gestohlen worden –, wurde doch deutlich, daß di Souza zu der Sorte gehörte, die keiner Gelegenheit widerstehen kann, einen gutgläubigen Kunden über den Tisch zu ziehen. Er war nach dem Krieg in Rom hängengeblieben und betätigte sich seit etwa 1948 auf dem Kunstmarkt. Zu dieser Zeit tummelten sich eine Menge Leute auf diesem Gebiet, denn über ganz Europa waren Tausende von Kunstwerken verstreut, deren Besitzer tot, verschwunden oder vergessen waren. Da war viel Geld zu machen, wenn man nur wußte, wie, und nichts gegen ein paar Schleichwege hatte.

Di Souza war ein Meister der Schleichwege. Aus unerfindlichen Gründen war zwar nie gegen ihn vorgegangen worden, aber er hatte einige sehr zweifelhafte Sachen verkauft und mit an Sicherheit grenzender Wahrscheinlichkeit Arglosen für viel Geld frisch hergestellte Fälschungen angedreht. Es gab da sogar den Namen eines Bildhauers in Gubbio, der gelegentlich für ihn gearbeitet hatte. Das war zwar viele Jahre her, aber alte Gewohnheiten...

Sie schrieb sich das nachdenklich auf. Schade, daß die Informationen so dürftig waren. Natürlich, wenn man eine Kiste öffnet und feststellt, daß man vier Millionen Dollar für eine Fälschung ausgegeben hat, dann kann es schon passieren, daß man in Wut gerät. Und das Geld zurückverlangt.

James Langton, Moresbys Agent in Rom, der emsig Galerien und Sammlungen im Lande geplündert hatte, um das Museum auszurüsten, war offensichtlich der Mann, mit dem sie als erstes reden mußte. Flavia sah auf die Uhr und rechnete sich aus, daß er inzwischen zurück sein mußte. Sie griff zum Telefonbuch, schrieb sich die Adresse heraus und rief ein Taxi.

Aber Langton war nicht leicht zu fassen; er war gleich nach der Ankunft ins Bett gegangen und nun offensichtlich wenig geneigt, es wieder zu verlassen. Flavia mußte sich eine ganze Weile gegen seinen Klingelknopf lehnen, bis er zerzaust, mürrisch und ziemlich angeschlagen an der Tür erschien. Das war sein Problem, sie hatte ihre Arbeit zu erledigen. Also quälte sie ihn solange mit Paragraphen, bis er bereit war, sich anzuziehen. Aber dann verspürte sie Mitleid mit ihm und schleifte ihn ins nächste Café.

»Schrecklich, diese Geschichte«, sagte er auf dem Weg zu einer kleinen Piazza, an der sich eine etwas heruntergekommene Bar befand. »Ich kannte Moresby schon seit Jahren. Das muß man sich einmal vorstellen, so umzukommen. Gibt es schon etwas Neues? Hat man di Souza schon verhaftet?«

Flavia verneinte und fragte ihn, wie er darauf komme. Er könne sich nicht vorstellen, wer es sonst getan haben konnte, antwortete er.

Langton hielt inne, um einen Kaffee zu bestellen. Aber koffeinfrei, betonte er. Vom Koffein bekomme er Herzrasen. »Aber das liegt doch nicht gerade in Ihrem Zuständigkeitsbereich, oder?« fragte er dann. »Ich dachte, Sie beschäftigen sich mit Kunstdiebstahl?«

»Das tun wir auch. Und hier hat es ja einen gegeben. Ihre Bernini-Büste«, entgegnete sie. »Ganz abgesehen davon, daß sie eine wichtige Rolle beim Mord spielt, haben wir Grund zu der Annahme, daß sie das Land illegal verlassen hat. Wenn das so ist, wollen wir sie zurückhaben. Ich nehme an, Sie kennen die Gesetze bezüglich des Exports von Kunstwerken so gut wie ich.«

»Und was wollen Sie von mir wissen?«

»Zuerst ein paar Routineangaben, wenn Sie nichts dagegen haben. Ich lese vor, unterbrechen Sie mich, wenn etwas nicht stimmt. James Robert Langton, britischer Staatsbürger, geboren 1941, Studium an der London University, freiberuflicher Kunsthändler bis zur Festanstellung durch Arthur Moresby im Jahr 1972. Bis hierher alles in Ordnung?«

Er nickte.

»Bis vor drei Jahren Kurator der Moresby-Sammlung in Los Angeles, danach Chefeinkäufer in Europa mit Sitz in Rom.«

Er nickte noch einmal.

»Vor einigen Wochen haben Sie eine Büste gekauft, die angeblich von Bernini stammt...«

»Nicht nur angeblich.«

»Und angeblich ein Porträt von Pius V. ist.«
»Dito.«
»Wo haben Sie sie her? Wie sieht sie aus?«
»Sie ist vollkommen«, antwortete er. »Unbestreitbar echt. Hervorragender Zustand. Ich kann Ihnen mein schriftliches Gutachten geben, wenn Sie wollen.«
»Vielen Dank, das würde ich gern sehen. Woher stammt sie?«
»Nun ja«, sagte er. »Das ist ein bißchen kompliziert.«
»Warum das?«
Langton setzte eine Miene auf, als sähe er seine berufliche Integrität in Gefahr. »Das ist vertraulich«, sagte er schließlich. Sie wartete, daß er weitersprach. »Die Besitzer haben ausdrücklich darauf bestanden. Ich vermute, es handelt sich um familiäre Angelegenheiten.«
Flavia versicherte ihm, daß sie zwar für gewöhnlich großes Verständnis für familiäre Probleme habe, aber dennoch wissen wolle, woher die Büste stammte. Natürlich könne sie ihm absolute Diskretion zusichern. Da ihn das nicht zu überzeugen schien, gab sie zu bedenken, daß er, wenn er seine Karriere in Italien fortsetzen wollte, in wenigen Monaten seine Aufenthaltsgenehmigung verlängern lassen mußte. Und lächelte ihn dabei an, wie nur jemand lächelt, der den Innenminister dazu bringen kann, unangenehm zu werden. Das konnte sie aber nicht, und das Argument schien keinen großen Eindruck auf ihn zu machen. Er werde Italien in Kürze verlassen, um wieder in Amerika zu leben, sagte er. Mit einer Ausweisung könne man ihm deshalb nicht drohen. Also versuchte sie es auf die kumpelhaft verschwörerische Art.
»Hören Sie, Mr. Langton«, sagte sie mit ihrer freundlichsten Stimme. »Sie wissen doch so gut wie ich, daß ein unbekannter Verkäufer die älteste Ausrede ist, um Schmuggel zu vertuschen. Wenn Sie nicht wollen, daß wir die Geschichte zurückverfolgen bis zum Marmorstaub unter Berninis Fingernägeln, erzählen Sie uns besser, woher das Ding stammt. Weil wir Ihnen nämlich im Nacken sitzen werden, bis wir es wiederhaben.«
Eigenartigerweise funktionierte auch das nicht. Sie war mit

ihrem Latein am Ende. Er lächelte nur und schüttelte langsam den Kopf. Je heftiger sie versuchte, ihn unter Druck zu setzen, desto entspannter schien er zu werden. Merkwürdig.

»Ich kann Sie natürlich von Ihren Ermittlungen nicht abhalten«, sagte er blasiert. »Aber ich bin mir sicher, daß Sie nichts finden werden, das Sie mir zur Last legen könnten. Ich habe die Büste ordnungsgemäß gekauft, und das Museum hat nach ihrem Eintreffen in Amerika bezahlt. Was das Schmuggeln angeht – nun, da haben Sie recht, geschmuggelt wurde sie wirklich. Das kann ich ruhig zugeben. Di Souza hat sie außer Landes geschafft, und sie blieb im Besitz der früheren Eigentümer, bis sie im Museum ankam. Di Souza und eben diese Eigentümer tragen dafür die Verantwortung, nicht ich. Das ist auch der Grund, warum ich Ihnen nicht sagen werde, wer sie sind. Und Sie müssen zugeben, daß Sie jetzt kaum noch etwas dagegen tun können.«

Flavia kochte innerlich vor Wut. Denn Langton hatte im wesentlichen recht. Jetzt konnten sie höchstens noch die Vorbesitzer – falls sie herausfanden, wer sie waren – wegen Schmuggels mit einer Geldstrafe belegen und vielleicht auch di Souza wegen Mittäterschaft, falls der je wieder auftauchte. Da die Büste erst nach ihrer Ankunft in Amerika bezahlt worden war, war sie bis dahin im Eigentum der Vorbesitzer geblieben. Das Museum hatte also nichts Ungesetzliches getan. Das war so gemein, daß Flavia hoffte, sie würden sie nie wiederfinden.

»Aber bestätigen Sie mir wenigstens, daß Hector sie transportiert hat?«

Langton tat das gerne.

»Aber er hat nicht gewußt, was es war. Ihm können Sie keine Schuld gegen«, gab Flavia zu bedenken.

»Ein Vertrag ist ein Vertrag«, entgegnete er. »Außerdem glauben Sie doch nicht wirklich, daß Hector ein solches Unschuldslamm ist, oder?«

Flavia trommelte frustriert mit den Fingern auf die Tischplatte und versuchte es ein letztes Mal. »Hören Sie«, sagte sie. »Sie wissen sehr gut, daß wir weder an Ihnen noch an dieser Familie noch an sonst jemandem interessiert sind. Wir wollen diese Büste wiederhaben, vor allem aber wollen wir der Polizei in Los Angeles helfen, Moresbys Mörder zu finden. Das war immerhin Ihr Arbeitgeber. Sein Tod hatte etwas mit dieser Büste zu tun. Also warum sagen Sie uns nicht einfach, woher Sie sie haben?«

Langton schüttelte langsam den Kopf. »Tut mir leid«, sagte er und auch diesmal lächelte er wieder kaum merklich. »Das kann ich nicht. Und Sie verschwenden nur Ihre Zeit, wenn Sie versuchen, mich unter Druck zu setzen.«

»Ihre Angaben sind nicht sehr hilfreich, wissen Sie das?«

»Warum sollten sie denn hilfreich sein? Wenn ich glauben würde, daß eine Preisgabe dieser Familie von Nutzen sein könnte, würde ich alles tun, um Ihnen zu helfen. Aber es gibt nichts, was ich tun oder sagen könnte. Das ist auch der Grund, warum ich wieder hier bin. Die Polizei dort wollte nichts von mir. Ich habe ihnen gesagt, daß ich die Büste gekauft habe, daß di Souza sie transportiert hat und daß ich auf der Party nichts Ungewöhnliches bemerkt habe. Die Videoaufnahmen bestätigen, daß ich im kritischen Augenblick auf einem Marmorblock gesessen und eine Zigarette geraucht habe, und deshalb niemand getötet haben konnte. Mehr habe ich auch Ihnen nicht zu sagen. Woher die Büste stammt, ist vollkommen irrelevant, und ich würde meinen guten Ruf aufs Spiel setzen, wenn ich es Ihnen sagen würde.«

»Haben Sie denn einen?«

Er grinste sie an. »Den habe ich sehr wohl. Und ich habe vor, ihn zu behalten. Also kümmern Sie sich um Ihre eigenen Angelegenheiten.«

Er wischte sich ein Ascheflöckchen von der Jacke und stand auf. »Hat mich gefreut, Ihre Bekanntschaft gemacht zu haben.« Mit dieser sarkastischen Bemerkung ging er davon und ließ Flavia mit der Rechnung sitzen.

Jetzt reicht's, dachte sie, zählte das Geld auf den Tisch und stapfte hinaus. Den schnappe ich mir. Und die Büste auch.

Zurück zu den Grundlagen der Polizeiarbeit. Flavia fuhr schnurstracks wieder ins Büro und fing an, alte Freunde anzurufen, Leute, die ihr noch einen Gefallen schuldig waren, und solche, bei denen sie bereit war, einen schuldig zu bleiben.

Was sie suchte, waren amtliche Hinweise auf Moresby oder Langton. Es gab allerdings kaum etwas über die beiden, abgesehen von einer Akte über Moresby beim Geheimdienst, und dort war man wie immer nicht sehr erpicht darauf, sich von Außenstehenden in die Karten schauen zu lassen. Da sie allein nicht weiterkam, bat sie Bottando um Hilfe. Und der erinnerte sich, daß ein ranghoher Beamter mit guten Verbindungen zum Geheimdienst vor Jahren über ein Londoner Auktionshaus einen Guardi verkauft hatte, und daß das Dezernat die Affäre unter einem Stapel Akten begraben hatte.

»Rufen Sie ihn an und erinnern Sie ihn daran«, sagte er selbstzufrieden, als er sah, daß ein wenige Farbe auf ihre Wangen zurückgekehrt war und sie ihre Zielstrebigkeit wiedergefunden hatte. »Sie sind doch immer so kritisch, wenn ich solche Sachen mache. Jetzt sehen Sie mal, wie nützlich das sein kann.«

Hm. Flavia glaubte zwar immer noch, daß man den Beamten hätte bestrafen sollen, aber im Augenblick durfte sie sich wohl nicht beschweren.

Beim zweiten Versuch versprach der Geheimdienst ihr die Akte für den Nachmittag.

Nachdem dies erledigt war, lehnte sie sich zurück und dachte nach. Bernini? Wie findet man etwas über Bernini heraus? Antwort: Frag einen Bernini-Experten. Und wo findet man einen solchen Experten? Antwort: In dem Museum, das jede Menge Berninis besitzt.

Flavia packte ihre Jacke, lief hinaus auf die sonnenüberflutete Piazza und winkte sich ein Taxi.

»Zur Villa Borghese, bitte«, sagte sie.

Die Galleria Borghese, eins der schönsten Museen der Welt, nicht übervoll mit Exponaten, aber jedes einzelne davon ein Wunderwerk, geht zurück auf die Sammlung der Familie Borghese, deren Sproß Scipione Berninis wichtigster und begeistertster Mäzen war. Er war so versessen auf ihn, daß dem Museum die Berninis beinahe schon aus den Ohren herauskommen. Es ist fast ein Schock, feststellen zu müssen, daß das

Besteck in der Cafeteria nicht von diesem Mann geschaffen wurde.

Wie alle Museen bringt auch das Borghese seine Angestellten in weniger prunkvollen Räumlichkeiten unter als seine Kunstwerke. Stuck, Vergoldung und bemalte Decken sind marmornen Statuen vorbehalten, das Personal dagegen haust in schmuddeligen Schuhkartons, in denen einst das Hauspersonal wohnte. Und deshalb landete Flavia mit ihren Fragen in einem winzigen, dunklen und verstaubten Büro.

Wie nicht anders zu erwarten, befand sich der eigentliche Bernini-Experte des Museums gerade auf einem einjährigen Studienurlaub in Hamburg, obwohl keiner so recht wußte, was er da eigentlich studierte. Sein Stellvertreter war auf einem Seminar in Mailand, und dessen Stellvertreter war um elf verschwunden und seitdem nicht wiedergekommen. Es mußte deshalb ein junger ausländischer Assistent namens Collins als Experte herhalten, der sich hier ein Jahr lang seine Sporen verdiente, bevor er die gewonnene Erfahrung (und die Beziehungen) als Sprungbrett in einen Job benutzen konnte, bei dem er wirklich Geld verdiente.

Und der gestand gleich nach der Begrüßung, daß er eigentlich mehr auf holländische Malerei des siebzehnten Jahrhunderts spezialisiert sei und von Bildhauerei wenig Ahnung habe. Er halte hier nur die Stellung, während alle anderen durch Abwesenheit glänzten. Aber er sei gern bereit zu helfen, solange es nur nicht zu kompliziert sei.

»Bernini«, seufzte Flavia resigniert.

»Oh«, erwiderte er.

»Ich vermute, daß eine Büste von Pius V. aus dem Land geschmuggelt wurde. Ich möchte so viel wie möglich über sie herausfinden. Besitzer. Wo sie überall war. Ein Foto wäre auch nicht schlecht.«

»Pius V?« fragte er, plötzlich sehr interessiert. »Hat das etwas mit diesem Moresby-Mord zu tun, der in allen Zeitungen steht?«

Sie nickte. Natürlich hatte es damit zu tun.

Diese Information ließ Collins schlagartig aktiv werden. Er sprang auf und lief zur Tür hinaus. Eine Schlacht mit dem

Ablagesystem des Museums stand ihm bevor und er wollte so schnell wie möglich wieder zurück sein.

»Eine Zeitlang kann es allerdings schon dauern«, sagte er, als er verschwand. »Es gibt hier so viele Berninis. Und diese Akten ... na ja, sagen wir einfach, sie könnten ein bißchen besser organisiert sein. Der Mann, der sie angelegt hat, behielt lieber alles im Kopf. Und letztes Jahr ist er gestorben, ohne jemanden in sein System einzuweihen.«

So saß Flavia da und bewunderte die Aussicht, nachdem sie zu der Einsicht gelangt war, daß noch eine Tasse Kaffee vielleicht doch keine so gute Idee war. Sie hatte zwar einen widerstandsfähigen Magen, aber man konnte alles zu weit treiben.

Collins kehrte überraschend schnell wieder zurück und schwenkte triumphierend einen braunen Umschlag. »Ein Glückstreffer. Ich hab' hier was für Sie«, sagte er. »Sogar mehr, als ich erwartet habe. Es ist zwar schon ein bißchen veraltet, aber mehr ist nicht da.«

Flavia platzte vor Neugier. »Macht nichts«, sagte sie. »Besser als nichts. Lassen Sie mal sehen.«

Er öffnete den Umschlag, und Flavia sah, daß er nur einige alte, vergilbte Blätter enthielt, die mit einer winzigen krakeligen, kaum entzifferbaren Handschrift bedeckt waren. »Sehen Sie mal. Das ist ja ziemlich eigenartig. Die Büste scheint im Jahr 1951 für einen sehr kurzen Zeitraum im Museum gewesen zu sein. Dieses Blatt hier ist ein Gutachten über eine Büste, angeblich ein Porträt von Papst Pius V. von Bernini. Überstellt von der Zollpolizei für eine Untersuchung.«

Er sah zu Flavia hoch, die ihn nur verständnislos anstarrte. »Datiert auf den 3. September 1951«, fuhr er fort. »Große Begeisterung, ausführliche Beschreibung. Schlußfolgerung, daß die Arbeit vom großen Mann persönlich stammt und ein Kunstwerk von nationaler Bedeutung ist. Okay?«

Flavia riß ihm das Blatt aus der Hand und studierte es ungläubig.

»Und dann folgt, wie Sie gleich sehen werden, diese merkwürdige Notiz am Ende.«

Collins drehte das Blatt um und deutete auf eine Zeile in derselben krakeligen Handschrift. Flavia las sie.

»›Aus dem Gewahrsam des Museums freigegeben durch E. Alberghi. 9. September 1951.‹ Unterschrift. Was hat das zu bedeuten?«

»Genau das, was da steht. Das Museum wollte das Ding nicht behalten, und Alberghi erteilte die Genehmigung zum Abtransport.«

»Aber wer ist Alberghi?«

»Enrico Alberghi – der war lange Jahre hier Kurator für Skulptur. Der Mann, der die Akten angelegt hat. Eine wirklich große Autorität auf seinem Gebiet. Ein unangenehmer Zeitgenosse, wie es heißt, aber der Beste. Hat nie einen Fehler gemacht und alle anderen terrorisiert. Einer von der alten Schule, sowohl Kenner wie Sammler. Heutzutage sind wir ja alle arm, aber...«

»Moment mal. Was hat er gesammelt?«

Der junge Mann zuckte die Achseln. »Keine Ahnung. Das war vor meiner Zeit. Aber er war Experte für Skulptur des Barock.«

»Dann erklären Sie mir dieses Gutachten. Was hat es zu bedeuten?«

Er zuckte noch einmal die Achseln. »Keinen blassen Schimmer. Das ist wirklich nicht mein Fachgebiet. Ich kann Ihnen nur das Offensichtliche sagen: Alberghi kam zu dem Schluß, daß die Büste echt ist, aber das Museum wollte sie nicht behalten.«

»Hätte es das tun können?«

Er stöhnte auf. »Ich bin da wirklich nicht der richtige Ansprechpartner für Sie«, sagte er. »Aber soweit ich das italienische Recht kenne, ja. Da es sich bei der Büste offensichtlich um Schmuggelware handelte, wurde sie konfisziert. Und in solchen Fällen können die Museen versuchen, sie zu erwerben, oder sie wird anderweitig verkauft.«

»Aber sollte man denn nicht annehmen, daß gerade dieses Museum Interesse an einem weiteren Bernini hätte?«

Er zuckte schon wieder die Achseln. »Eigentlich schon. Aber offensichtlich hatte es das nicht. Dieses Dokument hier ist ein bißchen vage. Wer weiß, vielleicht hat Alberghi die Büste sogar für sich selbst gekauft. Auf jeden Fall wurde sie nicht an den Besitzer zurückgegeben.«

»Was für ein Besitzer?«

Er nahm den Umschlag noch einmal zur Hand und gab ihr ein zweites Blatt Papier. Es war der Durchschlag eines maschinengeschriebenen Briefes vom Oktober 1951 mit dem Inhalt, die Büste werde unter den gegebenen Umständen, die dem Besitzer ja nur zu gut bekannt sein dürften, nicht zurückgegeben und die Sache sei als erledigt zu betrachten.

Der Brief war an Hector di Souza adressiert.

»Höchst interessant«, sagte Bottando und kratzte sich den Bauch. »Sie glauben also, daß dieser Alberghi so vernarrt in die Büste war, daß er sie in seine Aktentasche gesteckt und mit nach Hause genommen hat, wo sie dann blieb, bis sie vor einem guten Monat gestohlen wurde?«

»Ich bin mir nicht sicher, aber die Verbindung ist auffällig«, antwortete sie. »Ich weiß nur, daß di Souza 1951 eine Bernini-Büste besessen hat, und daß die konfisziert wurde. Keine Ahnung, was danach passiert ist. Vielleicht hat er sie sogar irgendwann zurückbekommen und dann die ganze Zeit auf eine neue Gelegenheit gewartet.«

»Klingt aber nicht sehr wahrscheinlich, oder? Ich meine, ein Typ wie di Souza. Eine solche Büste ist doch die reinste Goldmine, und so reich ist er auch wieder nicht. Ich kann mir nicht vorstellen, daß er vierzig Jahre lang auf einem potentiellen Haufen Geld sitzt.«

»Es sei denn, er hatte Angst, durch einen Verkauf die Aufmerksamkeit auf sich zu ziehen«, erwiderte sie. »Das würde es erklären. Vielleicht wollte er warten, bis Alberghi stirbt.«

»Stimmt, aber das glauben Sie doch nicht wirklich, oder?«

»Eigentlich nicht. Morelli sagt, daß di Souza sehr überrascht war, als er die Bekanntmachung des Direktors hörte. Wahrscheinlicher ist, daß Langtons so sehr auf Vertraulichkeit beharrende Familie nur eine Ausrede ist und die Büste aus Bracciano stammt. In dem Fall müßte man natürlich noch herausfinden, wer sie geklaut hat.«

»Was ist mit der Chronologie? Paßt das alles zusammen?«

Sie nahm ihr Notizbuch zur Hand und streckte es ihm hin.

Aber Bottando winkte ab. Er war bereit, sich auf ihr Wort zu verlassen.

»Ich glaube, es paßt alles sehr gut«, sagte sie. »Soweit ich herausfinden konnte, fand der Einbruch statt ein paar Wochen bevor die Kiste das Land verließ. Perfektes Timing.«

»Wenn di Souza die Büste besessen oder gestohlen hätte, hätte ihn ihr Auftauchen im Moresby Museum kaum überrascht.«

»Vielleicht war er einfach darüber erschrocken, daß es öffentlich bekanntgegeben wurde, vor allem in Argylls Anwesenheit. Immerhin hat der mich gleich danach angerufen und mir davon erzählt.«

Bottando sah nachdenklich zum Fenster hinaus auf die große Uhr der Kirche von San Ignazio. »Wenn Ihr Argyll nicht dortgewesen wäre, hätten wir von der Geschichte nie etwas erfahren. Wenn das kein Zufall ist. Das Problem ist nur«, fügte er nach einer Weile hinzu, »Alberghis Erbe kann uns nicht genau sagen, was gestohlen wurde. Identifizieren können wir das Ding erst, wenn die Amerikaner es wiedergefunden haben.«

Flavia nickte. »Wobei natürlich ungeklärt bleibt, warum die Büste ein zweites Mal gestohlen wurde. Das ergibt überhaupt keinen Sinn. Wenn sie allerdings eine Fälschung...«

»Wissen wir denn, ob sie keine ist?« fragte Bottando, ohne den Blick von der Uhr gegenüber zu nehmen. »Ich meine, der einzige wirkliche Hinweis auf ihre Echtheit ist ein Gutachten, das vor vierzig Jahren von jemandem geschrieben wurde, der – sehr passend, wenn Sie mich fragen – letztes Jahr gestorben ist. Haben Sie nicht gesagt, di Souza hätte lange Jahre Beziehungen zu einem Bildhauer unterhalten?«

»Ein Mann namens Borunna, aus Gubbio. Das stimmt. So steht's zumindest in seiner Akte.«

»Besuchen Sie ihn. Es schadet nicht, alle Aspekte der Geschichte auszuloten. Ich lasse unterdessen Auktionskataloge und Händler überprüfen. Vielleicht tauchen ja einige der Gegenstände auf, die Alberghi gestohlen wurden. Ist wahrscheinlich eine reine Zeitverschwendung, aber man weiß ja nie.«

Flavia stand auf. »Wenn Sie nichts dagegen haben, fahre ich morgen. Ich bin nämlich ziemlich kaputt.«

Er sah sie an und nickte dann. »Gut. So eilig ist das auch wieder nicht. Aber Sie könnten sich noch di Souzas Wohnung ansehen, wenn Sie Lust haben. Damit es Ihnen nicht langweilig wird.«

»Gibt es aus Amerika schon etwas Neues?«

Bottando schüttelte den Kopf. »Eigentlich nicht, nein. Ich habe noch einmal mit Morelli gesprochen, aber der konnte mir auch nicht viel mehr sagen. Ihr Argyll ist wieder auf dem Weg der Besserung. Der Unfall war offensichtlich nicht seine Schuld. Wie es aussieht, ist die Bremsleitung seines Autos abgefallen. Ach, haben Sie übrigens einen Paß?«

»Natürlich. Das wissen Sie doch. Warum fragen Sie?«

»Ach nichts, nichts. Es ist nur so, daß ich für Sie für morgen einen Flug nach Los Angeles gebucht habe. Es bleibt Ihnen genügend Zeit, um zuvor nach Gubbio zu fahren. Ich habe mir gedacht, Sie sollten die Büste persönlich sicherstellen. Damit Sie ein bißchen aus dem Büro hier herauskommen.«

Sie warf ihm einen argwöhnischen Blick zu, doch er lächelte sie freundlich und unschuldig an.

Flavia dirigierte ihr drittes Taxi des Tages in eine Querstraße der Via Veneto. Der vermißte Kunsthändler war nicht anwesend, und die Wohnung war so gut gesichert wie die Amerikanische Botschaft etwas weiter unten.

Aber der Hausmeister hatte Nachschlüssel, und er ließ sich ziemlich schnell überreden, sie ihr auszuhändigen, obwohl ihn der Durchsuchungsbefehl, den sie sich selbst auf dem Rücksitz des Taxis ausgeschrieben hatte, nicht sehr zu überzeugen schien. Sie nahm ihm auch die Post ab, damit sie im Aufzug etwas zu lesen hatte.

Di Souzas Briefe waren nicht sehr erhellend. Flavia erfuhr nur, daß ihm wegen ausstehender Zahlungen der Strom abgestellt werden sollte, daß man ihn bat, seine American Express-Karte zu zerreißen und beide Hälften an die Organisation zurückzuschicken, und daß er aus unerklärlichen Gründen versäumt hatte, Außenstände bei einem Schneider zu begleichen.

Als sie schließlich die beachtliche Anzahl von Schlössern und Metallsicherungen an der Tür überwunden hatte, begann sie ihre Suche. Da sie nicht so recht wußte, wo sie anfangen sollte, bediente sie sich der impressionistischen Methode, blätterte hier und suchte dort, befriedigte ihre Neugier aber vor allem unter dem Bett. Kein Stäubchen. Ein sehr ordentlicher Mann, dachte sie. Unter ihrem Bett sah es dagegen aus wie nach einem ausgewachsenen Staubsturm.

Schließlich verlegte sie sich auf eine etwas methodischere Inspektion. Sie begann mit dem Intarsienschreibtisch aus dem Empire, nahm sich dann den Aktenschrank vor und vergaß auch nicht, die Ritzen der vergoldeten venezianischen Sofas abzutasten und hinter die barocken Historienschinken an den Wänden zu spähen.

Doch weder Spontanität noch Professionalismus förderten etwas zutage, das ihre Sorgfalt gerechtfertigt hätte. Eins war sicher: Hector di Souza war kein Geschäftsmann. Seine Buchhaltung war mehr als ein wenig drollig. Kaufbestätigungen waren auf die Rückseiten von Zigarettenpackungen gekritzelt, die dann zerknüllt abgeheftet wurden. Seine Aktiva – abgesehen von solchen, auf denen man sitzen konnte oder die an den Wänden hingen – schienen sich auf ein mäßig dickes Banknotenbündel in einer Schublade zu beschränken. Seine Kontoauszüge zeigten wilde und unerklärliche Fluktuationen, aber nichts deutete darauf hin, daß in letzter Zeit mehrere Millionen Dollar in seine Richtung geflossen wären. Das hatten im übrigen auch die Nachforschungen ergeben, die Bottando bei diversen Banken angestellt hatte. Er hatte nicht den geringsten Hinweis auf Schweizer Geheimkonten gefunden, und der Direktor von di Souzas Bank in Rom hatte auf die Frage nach größeren Einzahlungen in letzter Zeit nur herzhaft gelacht. Jede Einzahlung, so der Direktor, wäre eine kleine Sensation. Darüber hinaus fand Flavia noch einen kleinen Ordner mit der Aufschrift »Bestand«, der aber keinen Hinweis auf einen Bernini enthielt. Nicht einmal auf einen Algardi.

Was sagte ihr diese Wohnung also? Di Souza gehörte auf keinen Fall zur Crème der Kunsthändler. Die Wohnung war ziemlich klein und das Mobiliar nicht von allererster Güte.

Die Qualität eines Kunsthändlers erkennt man an den Sesseln, auf denen er sitzt. Aus Argylls quoll die Polsterung heraus. Di Souza verfügte über akzeptable Einkünfte, wenn man davon ausging, daß der Großteil nicht in seinen Büchern auftauchte. Niemand konnte von den winzigen Beträgen leben, die er dem Finanzamt meldete. Ein Mann also, der mittelmäßiges Zeug an mittelmäßige Sammler verhökerte. Auf jeden Fall keiner, von dem man erwarten würde, daß er bedeutende Kunstwerke an Institutionen wie das Moresby verkauft. Ebensowenig wie Argyll.

Doch beide hatten es getan. War das von Bedeutung? Wahrscheinlich nicht, zumindest jetzt noch nicht. Aber es war ein bemerkenswerter Zufall, was auch Bottando aufgefallen war. Sie hob sich den Gedanken für später auf, vielleicht wurde er ja noch einmal wichtig.

7

Jonathan Argyll wachte mit mörderischen Kopfschmerzen auf und brachte die ersten fünfzehn Minuten damit zu, die Decke anzustarren und sich zu wundern, wo er eigentlich war. Es dauerte lange, bis er seine Gedanken zusammengenommen und so geordnet hatte, daß sie eine befriedigende Antwort auf die Frage ergaben, warum er nicht gemütlich in seinem Bett in Rom lag.

Er ging dabei assoziativ vor. Zuerst erinnerte er sich an seinen Tizian, dann an die bevorstehende Rückkehr nach England, die damit in Zusammenhang stand. Die Suche nach dem Grund dafür brachte ihn auf das Moresby, und diese Erinnerung führte ihn direkt zu di Souza, dem Diebstahl und dem Mord.

Sein Kopf bestrafte ihn für diese anstrengende frühmorgendliche Übung mit einem schmerzhaften Stich, und er schloß die Augen und stöhnte leise auf.

»Sind Sie in Ordnung?« fragte eine Stimme irgendwo rechts von ihm. Er dachte einen Augenblick nach, versuchte sie einzuordnen. Nein, er kannte sie nicht.

Deshalb grunzte er zur Antwort nur unbestimmt.

»Böser Unfall, den Sie da hatten«, fuhr die Stimme fort. »Sie müssen deswegen ganz schön wütend sein.«

Er dachte auch darüber nach. Ein Unfall also. Nein, er war deswegen nicht ganz schön wütend. Oder zumindest wäre er es nicht, wenn diese entsetzlichen Kopfschmerzen endlich verschwinden würden. Also murmelte er nur, es gehe ihm gut und danke der Nachfrage.

Die Stimme gab mißbilligende, bedauernde Geräusche von sich und meinte, aus ihm spreche das posttraumatische Schocksyndrom. Würde er erst ein bißchen wacher sein, würde er schon wütend werden. Argyll, dem es höchst selten gelang, sich wegen irgend etwas auch nur eine Spur aufzuregen, machte sich nicht die Mühe, der Stimme zu widersprechen.

»Und dann«, fuhr sie fort, »werden Sie etwas dagegen unternehmen wollen.«

»Nein«, murmelte er. »Warum sollte ich?«

»Weil es Ihre Pflicht gegenüber der Öffentlichkeit ist«, erklärte die Stimme.

»Ach so«, sagte er.

»Autos wie dieses gehören aus dem Verkehr gezogen. Man darf so etwas nicht zulassen. Diese Leute müssen gestoppt werden, sonst bringen sie uns noch alle um. Es ist eine Schande, und Sie könnten uns helfen, Kalifornien sicherer zu machen. Ich würde mich freuen, Sie dabei unterstützen zu dürfen.«

»Das ist sehr freundlich von Ihnen«, sagte Argyll und überlegte sich dabei, wo er jetzt Kaffee, Aspirin und Zigaretten herbekäme.

»Es wäre mir eine große Ehre«, sagte die Stimme.

»Sagen Sie mal, wer sind Sie eigentlich?« fragte nun eine andere Stimme, diesmal von der linken Seite. Sie klang etwas vertrauter. Argyll überlegte sich, ob er die Augen öffnen und sich die Besitzer der Stimmen ansehen sollte, befand dies aber dann für zu ehrgeizig.

Zwischen den Stimmen entstand ein ruhiger Wortwechsel, und Argyll überlegte sich, ob er wieder einschlafen sollte. Eine wunderbare Sache, der Schlaf, dachte er, während die Stimmen lauter und schärfer wurden.

Eine Stimme – Stimme Nummer zwei, wie er bemerkte – protestierte und beschuldigte Stimme Nummer eins, ein Geier zu sein. Stimme Nummer eins stellte sich nun als Josiah Ansty vor, Rechtsanwalt und Spezialist für Autounfälle, und sagte, es gehe ihr nur um die Interessen zu Schaden gekommener Bürger. Hätte Stimme Nummer zwei nicht verkehrsuntüchtige Fahrzeuge vermietet, würde er jetzt nicht verklagt. Er werde dafür bezahlen müssen.

Das gab Argyll zu denken. In Stimme Nummer zwei erkannte er nun die jenes gewissen Chuck, der ihm den 71er Cadillac vermietet hatte, mit dem er, daran erinnerte er sich nun wieder, in dieses Schaufenster gekracht war. Das Verklagen war eine andere Sache. Wann war denn je davon die Rede gewesen?

Das Gespräch setzte sich unterdessen über seinem hingestreckten Körper fort. Die Stimme von Josiah Ansty, Anwalt, behauptete, die Bremsleitung sei schlecht gewartet gewesen.

Chuck unterbrach sie und hielt dagegen, das sei ein vollkommener Blödsinn. Er selbst habe das Auto erst in der vergangenen Woche überprüft. Die Bremsleitung sei fest angeschraubt gewesen, und zwar mit einer Doppelschraube. Sie habe sich unmöglich von allein lösen können. Unmöglich.

Laut Ansty zeige das nur, wie sträflich unfähig er sei. Dann forderte er sein Gegenüber auf, ihm nicht dauernd den Zeigefinger in die Brust zu stoßen.

Chuck nannte Ansty einen widerlichen Winkeladvokaten, und danach drangen nur noch unbestimmte Geräusche in Argylls schlummerndes Bewußtsein, Stöhnen und Füßescharren und etwas später von weit her eine Stimme, die rief, sie sollten sofort aufhören, dies sei schließlich ein Krankenhaus und kein Ort für eine Schlägerei.

Aha, dachte er, als ein lauter Schmerzensschrei das Klappern begleitete, das entsteht, wenn ein Tablett mit medizinischem Gerät zu Boden fällt, jetzt weiß ich wenigstens, wo ich bin. In einem Krankenhaus.

Dann ist ja alles gut, dachte er, während er zum Geschrei von Leuten, die nach der Polizei riefen, wieder in den Schlaf driftete. Jetzt, da ich es weiß.

»Geht es Ihnen gut?« fragte eine Stimme, als Argyll Stunden später wieder aufwachte.

O Gott, dachte er, nicht schon wieder.

»Habe gehört, Sie haben eine ziemliche Aufregung verursacht.«

Diesmal erkannte er die Stimme. Detective Morelli. Er öffnete die Augen und konnte zum ersten Mal den Kopf drehen, ohne es zu bedauern.

»Ich?«

»Da haben sich zwei den ganzen Vormittag über an Ihrem Bett gestritten. Ein Anwalt und ein Autoverleiher. Hätten beinahe das ganze Zimmer auf den Kopf gestellt. Haben Sie das gar nicht mitbekommen?«

»Nur am Rande. Ich kann mich nur undeutlich erinnern. Was wollte der Anwalt denn hier?«

»Ach, diese Aasgeier. Die tauchen überall auf. Wie geht's Ihnen denn?«

»Ich glaube, gut. Mal sehen.« Er prüfte schnell nach, ob alles noch vorhanden und an Ort und Stelle war.

»Was ist denn mit meinem Bein passiert?«

»Sie haben es sich gebrochen. Aber ein glatter Bruch, wie die Ärzte sagen. Nichts Großes. Nur aufs Joggen werden Sie eine Weile verzichten müssen.«

»Schade.«

»Aber auf jeden Fall keine bleibenden Schäden. Ich wollte nur mal vorbeikommen und sehen, wie es Ihnen geht. Damit ich es Ihrer Freundin erzählen kann.«

»Wem?«

»Der Italienerin. Die hat in den letzten zwei Tagen alle paar Stunden angerufen und die ganze Abteilung verrückt gemacht. Im ganzen Morddezernat gibt's keinen mehr, der sie nicht schon mal an der Strippe hatte. Die ist ja ziemlich verschossen in Sie, was?«

»Wirklich?« fragte Argyll mit ernsthaftestem Interesse. Morelli ging nicht weiter darauf ein. Ihm schien das ziemlich offensichtlich zu sein.

»Na, jetzt, da ich weiß, daß es Ihnen gutgeht, lass' ich Sie wieder in Frieden.«

»Doppelschraube«, sagte Argyll, dem plötzlich eine vage Erinnerung ins Bewußtsein stieg.

Morelli machte ein überraschtes Gesicht.

»Die Bremsleitung konnte sich nicht von allein gelöst haben. Das habe ich zumindest gehört.«

»Hm, ja, das wollte ich Ihnen noch sagen...«

»Und das bedeutet«, fuhr Argyll fort und dachte angestrengt nach. »Was bedeutet das?«

Morelli kratzte sich das Kinn. Erstaunlich. Der Mann schien sich nie zu rasieren. »Na ja«, sagte er, »wir in der Abteilung haben uns gedacht, daß vielleicht jemand ein wenig daran gezogen hat.«

»Das kommt mir aber ziemlich albern vor. Mir hätte ja was passieren können. Ich kann mir nicht vorstellen, wer so etwas tun könnte.«

»Wie wär's mit demjenigen, der Hector di Souza umgebracht hat? Und Moresby? Und die Büste gestohlen hat?«

»Was soll das heißen?«

»Di Souzas Leiche wurde heute morgen gefunden. Er wurde erschossen.«

Argyll starrte ihn an. »Das meinen Sie doch nicht ernst.«

Morelli nickte.

Eine lange Pause folgte. »Alles in Ordnung?« fragte der Detective schließlich.

»Mh? O ja«, begann Argyll, hielt aber dann inne und dachte noch einmal darüber nach.

»Wenn ich mir's genau überlege, nein. Ich bin nicht in Ordnung. Ich wäre ja nie auf den Gedanken gekommen, daß dem armen Kerl so etwas passieren könnte. Hector und ermordet? Warum um alles in der Welt sollte ihn denn jemand umbringen wollen? Ich habe ihn zwar nicht sonderlich gemocht, aber er gehörte irgendwie dazu, und außerdem war er vollkommen harmlos. Außer man kaufte etwas von ihm. Der arme Kerl.«

Morelli machte das natürlich bei weitem nicht so viel aus. Er hatte in seiner Karriere die ermordeten Überreste von netten und gemeinen Leuten, von alten und jungen, reichen und armen, Heiligen und Sündern gesehen. Di Souza war nur einer von vielen, und Morelli hatte ihn nicht einmal persönlich kennengelernt.

Argyll riß sich aus seinen trauernden Gedanken und fragte nach mehr Informationen. Morelli war so freundlich, ihm die grausigen Einzelheiten zu ersparen. Sehr früh am Morgen war er zu dem Waldstück hinausgefahren, wo man die Leiche in einem flachen Grab gefunden hatte, und er erinnerte sich noch zu gut daran, um Argyll in seinem geschwächtem Gesundheitszustand damit zu belasten.

»Ganz genau kann man das nicht mehr feststellen, aber die Experten gehen davon aus, daß er weniger als vierundzwanzig Stunden nach seinem Verschwinden gestorben sein muß. Eine Kugel, in den Hinterkopf. Hat nichts gespürt.«

»So heißt es immer. Aber mich hat das nie so recht überzeugt. Ich persönlich glaube, daß Erschossenwerden weh tut. Wissen Sie, woher die Waffe stammte?«

»Nein. Eine kleine Pistole. Wir haben sie ganz in der Nähe im Gebüsch gefunden. Bis jetzt wissen wir nur, daß es mit an Sicherheit grenzender Wahrscheinlichkeit die Waffe ist, mit der auch Moresby getötet wurde. Aber wir werden schon noch mehr darüber herausfinden.«

»Und ich vermute, jetzt bleibt es an mir hängen, ihn nach Rom zurückzuschaffen«, bemerkte Argyll nachdenklich. »Typisch.«

»Halten Sie das wirklich für eine gute Idee?« Morelli massierte sich wieder einmal sein Zahnfleisch.

»Tut immer noch weh?«

Er nickte. »Hm. Das verdammte Ding wird immer schlimmer.«

»Sie sollten zu einem Zahnarzt gehen.«

Morelli schnaubte. »Wann denn? Ich stecke bis zum Hals in Arbeit wegen dieser Morde. Außerdem, wissen Sie, wie lange im voraus man bei einem Zahnarzt einen Termin vereinbaren muß? Da bekommt man ja noch einfacher eine Audienz beim Papst. Warum fühlen Sie sich eigentlich für di Souza verantwortlich?«

Argyll zuckte die Achseln. »Weiß auch nicht. Aber irgendwie tu ich's. Hector würde es mir nie verzeihen, wenn ich ihn hierlasse. Er war ein professioneller Römer und ein Ästhet. Ich glaube nicht, daß ihm ein Grab in Los Angeles recht sein würde.«

»Aber wir haben sehr gute Friedhöfe.«

»Ach, das glaube ich Ihnen gern. Aber er war ziemlich heikel in solchen Dingen. Außerdem scheint er keine Verwandten oder ähnliches gehabt zu haben.«

Es muß auch solche Leute auf der Welt geben. Morelli war da viel weniger sentimental. Argyll dagegen glaubte, dem alten Knaben wenigstens einen standesgemäßen Abschied mit dem ganzen Pomp, den er gewöhnt war, schuldig zu sein. Großes Requiem mit allem Drum und Dran in einer Kirche von angemessener Großartigkeit, Freunde, die am Grab weinen, und was sonst noch dazugehört.

»Sehr clever von Ihnen, daß Sie ihn gefunden haben«, sagte Argyll, da ihm nichts besseres einfiel, um das Gespräch in Gang zu halten.

»Kaum. Wir haben einen Hinweis bekommen.«

»Von wem?«

»Ich vermute, von einem, der außerhalb der Saison gejagt hat. Das kommt häufig vor. Die Leute wollen eine Leiche melden, aber ihren Namen nicht nennen, weil sie Angst vor Strafverfolgung haben.« Morelli sagte das so, als würde jeden Tag ein Wilderer über eine Leiche stolpern.

»Damit kommt Hector als Verdächtiger wohl kaum mehr in Frage, was?«

»Vielleicht, vielleicht auch nicht. Auf jeden Fall geht uns im Augenblick mindestens ein Mörder ab. Sie waren doch einer der letzten, die auf der Party mit ihm gesprochen haben, nicht?«

Argyll nickte.

»Wissen Sie noch, was er gesagt hat?«

»Aber das habe ich Ihnen doch schon so ungefähr gesagt.«

»Ich will es genau wissen. Wort für Wort.«

»Und warum wollen Sie das wissen?«

»Ganz einfach: Wenn wirklich jemand die Bremsleitung an Ihrem Auto gelockert hat, dann muß man annehmen, daß er Sie töten wollte. Bei allem Respekt, warum sollte Sie jemand töten wollen? Außer Sie wissen etwas, das Sie uns verschwiegen haben.«

Argyll dachte angestrengt nach, aber ihm fiel keine Lösung des Problems ein.

»Er hat gesagt, er könne Moresby alles erklären«, sagte er nach einer Weile.

»Hat er auch gesagt, wie?«

»Ja.«

»Dann erzählen Sie.«

»Na ja, wissen Sie, das Problem ist, ich habe nicht zugehört. Habe gerade an etwas anderes gedacht. Und Hector war ja auch ein ziemlicher Laberer. Ich habe ihn gebeten, es zu wiederholen, aber das wollte er nicht.«

Morelli sah ihn böse an.

»Tut mir leid.«

»Und wer könnte mitgehört haben?«

Argyll kratzte sich nachdenklich am Kopf. »Wahrscheinlich jede Menge Leute«, sagte er nach einer Weile. »Mal sehen. Streeter, Thanet, Mrs. Moresby, dieser Anwalt, die waren alle da. Der junge Jack war bereits gegangen, der alte Moresby noch nicht aufgetaucht...«

»Aber wer stand nahe genug, um mithören zu können?«

Argyll zuckte die Achseln. Keine Ahnung.

»Sie sind ein Traumzeuge, wissen Sie das?«

»Tut mir leid.«

»Na, schon gut. Falls es Ihnen wieder einfällt...«

»Dann rufe ich Sie an. Ich weiß allerdings nicht, ob es viel bringt.«

»Und warum nicht?«

»Weil wir italienisch gesprochen haben. Langton spricht zwar Italienisch, aber der war nirgendwo in der Nähe. Hector hatte schon nach ihm gesucht. Ich fürchte, von den anderen spricht keiner Italienisch.«

Morelli sah noch enttäuschter aus als zuvor, und Argyll wechselte deshalb das Thema.

»Haben Sie die Büste schon gefunden?«

Der Detective schüttelte den Kopf. »Nein. Und ich kann mir nicht vorstellen, daß wir sie jemals finden werden. Aller Wahrscheinlichkeit nach wurde die schon längst ins Meer geworfen.«

»So ein Unsinn«, erwiderte Argyll mit Überzeugung. »Warum etwas stehlen und es dann wegwerfen?«

Morelli schnaubte. »Das dürfen Sie mich doch nicht fragen.«

»Aber irgend jemand muß etwas gesehen haben.«

»Warum?«

»Weil Marmor verdammt schwer ist, deshalb. So was kann man nicht einfach in die Tasche stecken und davonspazieren. Wenn einer mit einem Bernini im Arm die Straße entlangstolpert, sollte das doch jemand bemerken.«

Morelli lächelte zynisch. Zeigte das doch, wie wenig die Leute Bescheid wußten. »Genauso wie jemand einen Mörder im Verwaltungstrakt bemerken oder einen Schuß hören sollte. Hat aber niemand getan. In dieser Stadt sieht nie jemand was. Kein Mensch ist je irgendwo, und wenn's einer ist, dann ist er zu sehr damit beschäftigt, woanders hinzugehen. Manchmal glaube ich, man könnte das Rathaus stehlen und keiner würde es bemerken.

Auf jeden Fall«, fuhr er fort und stand auf. »Diese Büste ist eigentlich gar nicht mehr mein Problem. Ihre Freunde in Rom kümmern sich darum. Sie glauben, daß sie echt ist, und haben wegen illegalen Exports Anzeige gegen das Moresby erstattet. Sie werden dem Museum auf die Füße treten, bis sie das Ding zurückbekommen. Und ich kann's ihnen nicht verdenken. Ihre Freundin kommt übrigens rüber und versucht, sie wiederzubeschaffen.«

»Flavia?« fragte Argyll überrascht.

»Genau die. Das hat Bottando mir gesagt. Das wird Sie ein wenig aufmuntern, was?«

Argyll dankte ihm für die Nachricht.

»Na, alles in Ordnung?«

Ziemlich beschränkt, der Wortschatz in diesem Teil der Welt, dachte Argyll und drehte sich zu seinem neuen Besucher um.

»Mr. Thanet«, sagte er, wirklich überrascht. Der Direktor schien nicht eben zu den Leuten zu gehören, die mit Tüten voller Weintrauben in den Händen durch Krankenhausgänge

laufen. Aber hier stand er und sah besorgt auf Argyll herunter.
»Sehr freundlich von Ihnen, daß Sie gekommen sind.«

»Das ist doch das wenigste, was ich tun konnte. Ich war sehr bestürzt, als ich von Ihrem Unglück erfuhr. Wie schrecklich für Sie. Und natürlich für uns.«

»Nicht gerade Ihre glücklichste Woche, was?«

Thanet öffnete den Mund, um etwas zu erwidern, überlegte es sich dann aber anders und setzte sich. Argyll musterte ihn wachsam. Offensichtlich war der Mann mit den besten Absichten gekommen, ihn zu trösten und aufzumuntern. Aber ähnlich offensichtlich war, daß es nicht dabei bleiben würde. Thanet hatte ein unfreiwillig gefesseltes Publikum – mit seinem hochgelegten Gipsbein konnte Argyll nicht davonlaufen –, und es sah so aus, als wollte er sein Herz ausschütten.

»Was ist los?« fragte Argyll, um ihm die Sache zu erleichtern. »Sie machen ein besorgtes Gesicht.«

Das war eine gelinde Untertreibung. Thanet sah schrecklich aus. Sein normalerweise schon ängstlich wirkendes Gesicht zierten nun tiefe Tränensäcke, die den Verdacht nahelegten, daß er in den letzten Nächten kaum geschlafen hatte. Alles an ihm, von den müden, schleppenden Bewegungen bis zu den fahrig erschöpften Gesten, deutete darauf hin, daß er mit seinen Nerven am Ende war. An Gewicht hatte er allerdings nicht verloren.

»Wir sind in einer fürchterlichen Situation. Sie würden nicht glauben, was alles passiert ist.«

»Klingt schlimm«, erwiderte Argyll mitfühlend und rückte sich mit vorsichtigen Bewegungen die Kissen zurecht, um es sich bequemer zu machen. Das konnte sich länger hinziehen.

Thanet seufzte das Seufzen der Fassungslosen. »Ich fürchte, dem Museum droht die Schließung. Und dabei waren wir so kurz davor, das aufregendste Projekt, das man sich vorstellen kann, in Angriff zu nehmen. Es ist schrecklich.«

Das klang etwas übertrieben, und Argyll fand, daß Thanet vielleicht ein bißchen überreagiere. Wer habe denn je gehört, daß Museen schließen. Sie würden einfach nur immer teurer.

Wenn er sterbe, werde wahrscheinlich schon ganz Italien unter der Ägide des Museo Nazionale stehen.

»Wir sind hier in Amerika, und es geht um ein privates Museum. Was der Besitzer beschließt, passiert. Aber wie es aussieht, heißt der neue Besitzer des Moresby-Museums Anne Moresby. Und Sie haben ja selbst gesehen, in welchem Ansehen wir bei ihr stehen.«

»Ich dachte, es sollte eine Stiftung oder etwas ähnliches eingerichtet werden, um die Zukunft des Museums zu sichern.«

»Das war geplant. Aber Mr. Moresby hatte den Vertrag noch nicht unterzeichnet. Er wollte es bei der Party bekanntgeben und die Papiere dann in feierlichem Rahmen am nächsten Morgen unterzeichnen. Aber das hat er nicht getan. Er hat nicht unterzeichnet.«

Wie es aussah, bekümmerte dieses Versäumnis Thanet ein wenig.

»Aber dem Verwaltungsrat des Museums steht doch auf jeden Fall Geld zur Verfügung, oder?«

Thanet schüttelte den Kopf. »Nein.«

»Nichts?«

»Keinen Cent. Zumindest kein eigenes. Moresby hat alles persönlich bezahlt. Es war schrecklich – wir wußten von einem Jahr zum nächsten nicht, wie hoch unser Etat sein würde. Wir wußten nicht einmal, ob wir überhaupt einen haben würden. Sooft wir etwas kaufen wollten, mußten wir ihn persönlich um Erlaubnis fragen. Er wollte uns damit in unsere Schranken weisen.«

Er seufzte schwer bei der Erinnerung an das, was hätte sein können. »Drei Milliarden Dollar. Die hätten wir bekommen, wenn er nur vierundzwanzig Stunden länger gelebt und diese Papiere unterzeichnet hätte.«

»Aber er hätte ja seine Meinung auch noch ändern können, oder? Sein Sohn hat mir gesagt, daß er das dauernd getan hat.«

Bei der Erwähnung von Jack Moresby verzog Thanet das Gesicht, mußte aber zugeben, daß das stimmte. »Diesmal allerdings nicht. Das ist das Gute an Stiftungen. Sind die erst einmal eingerichtet, können sie ohne die Zustimmung aller

Treuhänder nicht mehr aufgelöst werden. Und ich wäre einer von ihnen gewesen.«

»Und wie sieht die Lage im Augenblick aus?«

»Katastrophal. Anne Moresby erbt alles.«

»Und was ist mit seinem Sohn?«

»Ich kann nicht sagen, daß ich mir über ihn viel Gedanken gemacht habe. Es wird natürlich einen riesigen Rechtsstreit geben, aber da er juristisch einwandfrei aus dem Testament ausgeschlossen wurde und außerdem kein Geld hat, um Anwälte zu bezahlen, glaube ich kaum, daß viel für ihn herausspringt. Wenn überhaupt etwas. Wenigstens an seiner Position hat sich nichts geändert.«

»Und was ist mit Ihnen?«

Thanet blickte flehend zum Himmel. »Was glauben Sie denn?« fragte er verbittert. »Mrs. Moresby hat uns im Lauf der Jahre sehr deutlich zu verstehen gegeben, daß sie das Museum für die reinste Zeitverschwendung hält. Es ist eine Tragödie. Nach fünf Jahren hatte ich gehofft, endlich eine wirklich große Sammlung aufbauen zu können. Und zu alledem sitzt mir jetzt auch noch die italienische Polizei wegen dieser Büste im Nacken. Haben Sie gewußt, daß sie Anzeige wegen illegalen Exports erstattet haben?«

»Mich würde schon auch interessieren, woher die stammte.«

Thanet schüttelte den Kopf. Eine Nebensächlichkeit, seiner Ansicht nach. »Ich weiß nichts darüber. Das wissen Sie doch. Da müssen Sie Langton fragen. Aber der hat sich natürlich rar gemacht.«

Argyll sah ihn ungläubig an. »Erwarten Sie wirklich, daß man Ihnen als Direktor des Museums glaubt, Sie wüßten nicht, woher ihre Stücke kommen?«

Thanet sah ihn traurig und mit einem Anflug von Verzweiflung in den Augen an. »Auch wenn es mir niemand glaubt, es stimmt trotzdem. Das liegt an der Geschichte dieses Museums. Kennen Sie die?«

Argyll schüttelte den Kopf. Er war immer gern bereit, Neues zu erfahren.

»Mr. Langton kümmerte sich um Moresbys private Sammlung, bevor der alte Mann auf die Idee kam, ein

Museum zu gründen. Und als dann mit dem Bau begonnen wurde, erwartete er natürlich, daß man ihn zum Direktor des Museums ernennen würde. Ich kann es ihm auch nicht verdenken.

Aber Moresby hatte da ganz andere Vorstellungen. Für ihn sollte das Museum ein Prestigeobjekt werden, und er wollte deshalb an seiner Spitze jemanden mit einem prestigeträchtigen Namen.«

»Sie?« fragte Argyll und gab sich größte Mühe, es nicht allzu ungläubig klingen zu lassen.

Thanet nickte. »Ja. Yale, Metropolitan, National Gallery. Eine glänzende Karriere. Langton hatte noch nie in einem größeren Museum gearbeitet, und deshalb wurde er, kurz gesagt, kaltgestellt. Natürlich wollte ich diesen Job, aber ich fand es unfair, wie er behandelt wurde. Deshalb habe ich für ihn eine Stelle in Europa geschaffen.«

»Hübsch aus dem Weg«, bemerkte Argyll. Thanet warf ihm einen enttäuschten Blick zu.

»Ach, wissen Sie, ich hätte ihn mir noch viel mehr aus dem Weg schaffen können, hätte ich das gewollt. Aber dennoch fürchte ich, er hat mir nie wirklich verziehen, daß ich mich auf seinen Stuhl gesetzt habe.«

»Hat Moresby ihn gemocht?«

»Hat Moresby irgend jemanden gemocht? Ich weiß es nicht. Aber die beiden verbanden lange gemeinsame Jahre, und der alte Mann hatte wohl gemerkt, daß Langton ihm nützlich sein konnte. Langton blieb, weil er hoffte, mich eines Tages hinausdrängen zu können, und es machte ihm großes Vergnügen, Ankäufe direkt mit Moresby zu organisieren, ohne mich zu informieren. So ist auch diese Büste aufgetaucht – und Ihr Tizian.«

»Dann wurde die Büste also bezahlt?«

»Ja.«

»Warum?«

»Was warum? Was meinen Sie damit?«

»Na ja, es ist nur so, daß Sie meinen Tizian nicht bezahlt haben. Wann immer ich darauf zu sprechen kam, hat jeder nur die Nase gerümpft.«

Thanet sah ihn bedauernd an. »Und Sie haben den Schwanz eingezogen. Was erwarten Sie denn eigentlich? Der Besitzer der Büste hatte offensichtlich mehr Verhandlungsgeschick als Sie.«

»Soll das heißen, daß das ganze Getue von wegen Museumspolitik nur aufgesetzt war?«

»Natürlich ziehen wir es vor, Zahlungen so lange wie möglich hinauszuzögern. Aber wenn wir anders an ein Objekt nicht herankommen...«

»Und was ist mit Hector? Wurde sein Zeug auch bezahlt?«

»Mit Sicherheit nicht. Und es wird auch nicht bezahlt werden. Unsere Skulpturexperten haben sich den Inhalt dieser Kisten angeschaut. Nur Schrott, eins wie das andere. Langton hat wohl den Verstand verloren. Deshalb ärgere ich mich ja so, wenn er sich über die etablierten Ankaufsprozeduren hinwegsetzt...«

»Hm, verstehe. Aber worauf ich eigentlich hinauswill: wer war der rechtmäßige Besitzer der Büste, als sie gestohlen wurde?«

»Ach so. Wir natürlich. Ein Wachmann hat die Kiste am Flughafen abgeholt und den Empfang schriftlich bestätigt, und Barclay hat die Überweisung des Geldes genehmigt. Von diesem Augenblick an war sie Eigentum des Museums.«

»Dann wurde Hector also überredet, das Ding – wissentlich oder nicht – aus Italien herauszuschmuggeln. Und als Sie dann verkündeten, um was es sich handelte, sah er eine strafrechtliche Verfolgung auf sich zukommen. Kein Wunder, daß er wütend war.«

Thanet sah weiterhin beunruhigt drein.

Argyll schloß die Augen und dachte nach. »Er hat sich bei Moresby beschwert, ist dann ins Hotel zurückgegangen, hat dort einen Anruf erhalten und gleich darauf einen Flug nach Rom gebucht. Ich frage mich, warum hat er das getan? Aber sein Mörder ist ihm zuvorgekommen. Hat er etwas gesehen, oder war es wichtig, dafür zu sorgen, daß er nicht nach Rom zurückkehrte? Sehr merkwürdig, das ganze. Wissen Sie zufällig, wo Mr. Langton so zwischen 23 Uhr und ein Uhr morgens war?«

Thanets Gesicht zeigte Überraschung, doch nicht so sehr über die Frage selbst, sondern über das, was sie bedeutete. Er schien auch etwas enttäuscht über die Antwort, zu der er sich moralisch verpflichtet fühlte. Langton, so sagte er, habe von dem Augenblick der Entdeckung von Moresbys Leiche an das Museum nicht mehr verlassen. Bis drei Uhr morgens sei er mit Sicherheit im Museum gewesen, und es sei auch gut möglich, daß er dort blieb, bis er losfuhr, um seine Maschine nach Rom zu erreichen. Langton könne man mit Sicherheit für keinen der Morde verantwortlich machen. Hätte Thanet vor Gram den Kopf gesenkt, hätte er seine Gefühle nicht deutlicher zeigen können. Es hätte ihn sehr gefreut, Langton in einer Zelle zu sehen.

Argyll verdaute dies und sah Thanet an. »Und was ist dann mit diesem verdammten Bernini? Was halten Sie von der Büste? Glauben Sie, daß sie echt ist? Diese Büste muß der Schlüssel sein, denn sonst ergibt alles keinen Sinn.«

Thanet zuckte die Achseln. »Ich kann es nicht einmal wagen, darüber Vermutungen anzustellen«, sagte er. Äußerst hilfreich, der Mann.

»Ach kommen Sie. Als gebildeter Amateur. Wenn Sie fünf Dollar darauf setzen müßten, was würden Sie wetten? Echt oder falsch?«

»Ich weiß es wirklich nicht. Ich habe sie nämlich nie gesehen.«

»Was?«

»Ich habe sie nie gesehen. Ich wollte sie mir ansehen, aber ich war den ganzen Tag zu sehr mit der Vorbereitung von Moresbys Besuch beschäftigt. Wenn wir sie je zurückbekommen, werde ich Ihnen gerne sagen, was ich davon halte. Dem Lärm nach zu urteilen, den die italienische Polizei macht, hält man sie dort auf jeden Fall für echt.«

»Schon eine merkwürdige Art, ein Museum zu führen.«

Thanet machte sich nicht die Mühe einer Antwort, er sah Argyll nur an, als wollte er damit sagen: Sie wissen ja noch nicht einmal die Hälfte.

8

Gegen zehn Uhr am nächsten Morgen machte Flavia sich auf den Weg nach Gubbio. Sie war sich nicht ganz sicher, welchem Zweck ihr Besuch bei di Souzas Bildhauerfreund dienen sollte, denn bis dahin gab es auch nicht die Spur eines Beweises, daß es sich bei dem Bernini um eine Fälschung handelte. Was sie bis jetzt herausgefunden hatte, deutete eher auf das Gegenteil hin. Andererseits kannte der Bildhauer di Souza schon sehr lange, und Flavia war für jede Hilfe dankbar. Denn was 1951 passiert war, war zumindest ein Ausgangspunkt in dieser Geschichte.

Die Fahrt von Rom nach Gubbio dauert drei Stunden, beziehungsweise viereinhalb, wenn man auf ein frühes Mittagessen besteht, bevor man sich an die Arbeit macht. Und außerdem ist die Gegend eine der schönsten des Landes, wobei Flavia allerdings keine Augen hatte für die Landschaft. In gut zehn Stunden würde sie bereits in einem Flugzeug nach Kalifornien sitzen. Eigentlich war es nur vernünftig, daß Bottando sie schickte, dachte sie. Aber sie wurde den Verdacht nicht los, daß er sich wieder einmal in ihr Privatleben einmischte.

Der Chef der örtlichen Polizeistation, bei dem sie sich aus protokollarischen Gründen vorstellte, empfing sie nicht unfreundlich, war aber sehr überrascht, als er erfuhr, daß Flavia Alceo Borunna verhören wollte, eine der Säulen der hiesigen Gesellschaft. Natürlich ein Fremder, aus der Gegend um Florenz, wie der Comandante glaubte. Aber er lebte schon seit Jahren in der kleinen Stadt und arbeitete im Augenblick zusammen mit einem Architekten an der Renovierung der Kathedrale, die es, so der Comandante, wirklich nötig hatte. Schockierend, wie Regierung und Kirche das nationale Erbe vernachlässigten.

Flavia stimmte ihm weise nickend zu. Borunna war anscheinend ein ebenso eifriger Kirchgänger wie Restaurator, bereits Mitte Siebzig, aber so gesund und munter wie eh und je. Seit Jahrzehnten ein vorbildlicher Ehegatte, der so viele Enkel hatte, daß er sie kaum noch zählen konnte. Er stand darüber hinaus bei dem Architekten in höchstem Ansehen wegen seiner außerordentlichen Geschicklichkeit sowohl mit dem Material, das er restaurierte, wie mit den Leuten, die für ihn arbeiteten. Besagter Architekt lebte in beständiger Furcht, daß Borunna sich möglicherweise zur Ruhe setzte oder der Architekt in Assisi ihn abwarb. Aber es war allgemein bekannt, daß er bereits eine besser bezahlte Stelle abgelehnt hatte mit dem Argument, Geld interessiere ihn nicht.

Das klang alles zu schön, um wahr zu sein, aber möglich war es ja. Noch gibt es Heilige auf dieser Erde, und man begegnet ihnen gerade oft genug, um den Glauben an die Menschheit nicht ganz zu verlieren. Es wäre traurig, wenn Flavias Abstecher zeigen würde, daß Borunna nicht so perfekt war wie sein Ruf.

Darüber brauchst du dir jetzt auch keine Gedanken mehr zu machen, dachte Flavia, als sie durch steile, schmale Straßen zur Kathedrale ging und dort nach dem Bauhof fragte. Vermutlich gab es kaum Unterschiede zwischen dem Anblick, der sich ihr dort bot, und dem Bauhof der Steinmetze und Schnitzer, die dieses Bauwerk im Mittelalter ausgeschmückt hatten: Große, unter freiem Himmel aufgestellte Holztische, und an ihnen kleine Gruppen kräftiger, unordentlicher Arbeiter; Unmengen von Marmor, Stein und Holz, und Werkzeuge, die sich in einem halben Jahrtausend kaum verändert hatten. Hier arbeitete man noch so, wie es sich gehörte, ohne zeitsparende Elektrobohrer und Schleifmaschinen.

Borunna stand etwas abseits, das Kinn in die Hand gestützt, und betrachtete friedlich und konzentriert eine große, halbfertige Madonna, die langsam aus einem Kalksteinblock herauswuchs. Er schreckte aus seinen Träumen hoch, als Flavia sich vorstellte, und begrüßte sie mit der Unschuld eines Kindes.

»Das ist große Handwerkskunst. Meinen Glückwunsch«, sagte sie mit Blick auf die Madonna.

Borunna streckte sich und lächelte. »Vielen Dank. Ja, ich glaube, sie genügt ihrem Zweck. Sie kommt in eine der Nischen an der Fassade und muß deshalb nicht perfekt sein. Ich muß gestehen, sie wird besser, als ich erwartet habe. Wir haben eigentlich gar nicht die Zeit für Perfektion.«

»Aber das wird niemand bemerken.«

»Um das geht es nicht, ganz und gar nicht. Den alten Meistern war es gleichgültig, ob jemand ihre Fehler sehen konnte oder nicht. Sie wollten alles so gut machen, wie sie konnten, denn ihre Arbeit war ein Geschenk an Gott, und der hatte nur das Beste verdient. Heute gibt es so etwas nicht mehr, heute ist es nur noch wichtig, ob deutsche oder englische Touristen etwas bemerken und was es kostet. Das zerstört den Geist eines Gebäudes.«

Er hielt inne und warf ihr einen halb verschmitzten, halb entschuldigenden Blick zu. »Das ist meine fixe Idee. Läßt mich wahrscheinlich sehr altmodisch klingen. Ich muß mich wirklich entschuldigen. Sie sind doch sicher nicht hier, um dem Gebrabbel eines alten Mannes zuzuhören. Wie kann ich Ihnen helfen?«

»Was?« fragte Flavia, die erst ihren Blick von der Statue losreißen und in die Gegenwart zurückkehren mußte. »Ach ja. Nicht so wichtig, aber ich habe es ein wenig eilig. Es geht um – äh – eine Arbeit, die Sie möglicherweise übernommen haben.«

Borunna sah sie interessiert an. »Wirklich. Wann soll das gewesen sein?«

»Das wissen wir nicht so genau«, erwiderte sie leicht verlegen. »Irgendwann im letzen halben Jahrhundert. Für Hector di Souza.«

Das brachte ihn zum Nachdenken. »Hector, mh? Gibt's den auch noch? Meine Güte, das ist ja eine halbe Ewigkeit her. Ich habe ihn seit Jahren nicht mehr gesehen. Warten Sie mal...«

Der Polizeichef hatte recht, Borunna war wirklich nicht von dieser Welt. Seine sanfte Stimme und die freundlichen Augen ließen einen sich in seiner Gegenwart sofort wohl fühlen. Kein Vergleich mit der geldgierigen Meute, die die Welt des Kunsthandels verpestete.

»Sie müssen mit zu mir nach Hause kommen«, sagte der alte Mann bestimmt. »Es ist beinahe Mittag, und während Sie essen, suche ich meine Unterlagen zusammen. Meine Frau würde es mir nie verzeihen, wenn ich ihr heute abend erzähle, daß ich eine wunderschöne Besucherin aus Rom hatte, und sie nicht für sie kochen durfte.«

Im Gehen erzählte Borunna, daß er den jungen Hector, wie er ihn nannte, schon aus der Zeit kannte, als der nach dem Krieg im Rom hängengeblieben war. Harte Zeiten seien das damals gewesen. Er selbst, ein verheirateter Mann Mitte Dreißig, hatte als Steinmetz für den Vatikan gearbeitet und überall im Land Kriegsschäden repariert. Oft war er tagelang von zu Hause weggewesen. Hector schlug sich damit durch, daß er Kunstwerke aufkaufte und versuchte, sie an die wenigen Leute in Europa, die noch Geld hatten, weiterzuverkaufen. Vorwiegend Schweizer und Amerikaner. Trotzdem war das Leben schwierig.

Borunna ging es noch relativ gut, die feste Anstellung beim Vatikan sicherte ihm ein regelmäßiges Einkommen, und das konnten damals nur wenige Leute in der Hauptstadt von sich behaupten. Aber es herrschte Mangel an allem – an Nahrung, Kleidung, Heizung, Öl –, ob man nun Geld hatte oder nicht. Er und di Souza halfen sich gegenseitig, so gut es eben ging. Er lieh dem Spanier Geld, und Hector revanchierte sich mit Geschenken.

»Was für Geschenke?« fragte sie.

Borunna machte ein verlegenes Gesicht. »Hector war ein unternehmerisch denkender Mensch, wenn Sie wissen, was ich meine. Er hatte Kontakte, Freunde, und Geschäftsverbindungen mit allen möglichen Leuten.«

»Sie meinen den Schwarzmarkt?«

Er nickte. »Vermutlich. Allerdings nicht in großem Stil. Gerade genug, um davon zu leben und alles Nötige zu besorgen. In Ihrem Alter können Sie sich gar nicht vorstellen, was wir alles angestellt haben, nur um einen halben Liter Olivenöl zu bekommen.«

»Und Sie haben ihm all diese Sachen abgekauft?«

Borunna schüttelte den Kopf. »O nein. Was Hector in die Finger bekam, teilte er mit uns. In Geschäftsdingen war er ja ziemlich verschlagen, aber er war ein außergewöhnlich großzügiger Freund. Was ihm gehörte, gehörte auch uns. Wie oft bin ich abends nach Hause gekommen, und er und Maria...«

»Maria?«

»Meine Frau. Sie und Hector waren wie Bruder und Schwester. Genaugenommen habe ich ihn durch sie kennengelernt.

Wir waren alle sehr gute Freunde. Und an solchen Abenden hatte er dann Wein und Salami oder einen Schinken mitgebracht, und manchmal sogar frisches Obst, und hatte alles auf dem Tisch ausgebreitet und gesagt: ›Eßt, meine Freunde, eßt.‹ Und glauben Sie mir, junge Frau, das haben wir auch getan. Manchmal ließ er sich von mir ein bißchen Geld zustecken. Und manchmal habe ich als Gegenleistung für ihn gearbeitet. Ich fürchte, daß die Not uns alle in Versuchung geführt hat.«

»Sie haben Sachen für ihn gefälscht?«

Borunna schien die Frage äußerst verlegen zu machen. Sogar jetzt noch hatte er deswegen ein schlechtes Gewissen. Flavia konnte kaum verstehen, warum. Sie kannte genug Geschichten aus ihrer eigenen Familie, um zu wissen, wie verzweifelt die Lage nach dem Krieg gewesen war. Ein bißchen Fälschen, um an Brot oder Öl oder Fleisch zu kommen, schien ihr kaum eine große Sünde zu sein.

»Verbessert. Ich ziehe diesen Begriff vor. Restauriert. Hector kaufte ab und zu ganze Ladungen Skulpturen aus dem neunzehnten Jahrhundert auf, und ich – äh – fügte dann ein paar hundert Jahre dazu. Sie wissen sicher, was ich meine. Aus Teilen eines Marmorkamins aus den 1860er Jahren wird eine Madonna aus dem *cinquecento* und ähnliches. Hier sind wir. Willkommen in meinem bescheidenen Heim.«

So plaudernd waren sie in der warmen Mittagssonne über gepflasterte Straßen geschlendert und von einer schmalen Gasse in eine noch schmalere eingebogen. Flavia hörte Borunnas Erzählungen mit Begeisterung zu. Es war beinahe wie ein Schnappschuß aus einer längst vergangenen, unschuldigeren Zeit. Zwei junge Männer und eine Frau, die mit Wein und Salami vom Schwarzmarkt feierten, hier ein kleiner Auftrag, da eine kleine Fälschung. Wer konnte ihnen das verübeln? Heutzutage hat Schmuggeln und Fälschen nichts Romantisches, Lebenskünstlerisches mehr. Wie aus den meisten Formen des Verbrechens ist auch daraus ein großes Geschäft geworden, bei dem es um Millionen von Dollar geht. Die Belohnung ist nicht mehr nur eine hochgeschätzte Flasche Chianti und das Motiv nicht mehr simpler Hunger.

Aber das war alles lange her. Es sah nicht so aus, als hätte

Borunna sich ein kleines Vermögen verdient, indem er für di Souza Berninis fälschte – zumindest sein Heim zeigte keine Spuren davon. Es bescheiden zu nennen, wäre eine Untertreibung. Es war schäbig und nur spärlich möbliert, aber die Ärmlichkeit wurde gemildert vom Duft, der aus der Küche kam. Und Dutzende der schönsten Statuetten, die Flavia je gesehen hatte, lagen überall verstreut wie Diamanten in einer Müllkippe.

»Maria. Ein vornehmer Gast. Kaffee bitte«, rief Borunna, während er Flavia durch die schwere, grüne Haustür in das dämmerige, kühle Innere führte. Während er seine Unterlagen durchsah, erschien seine Gattin. Sie war etwa zehn Jahre jünger als er, mit einem ovalen Gesicht, strahlenden Augen voller Liebenswürdigkeit und einem offenen, herzlichen Wesen. Sie stellte das Tablett ab und umarmte ihren Gatten, als hätte sie ihn schon Jahre nicht mehr gesehen. Süß, dachte Flavia. Jahrzehnte verheiratet und noch immer verliebt. Noch besteht Hoffnung für die Welt.

Sie dankte der Frau überschwenglich für den Kaffee, entschuldigte sich für die Störung und lehnte die wiederholten Einladungen zum Mittagessen ab, was ihr allerdings von Mal zu Mal schwerer fiel.

»Sind die alle von Ihnen?« fragte sie, während sie einige der Skulpturen genauer betrachtete.

Borunna sah von dem kleinen Berg Papieren auf seinem Schreibtisch hoch. »O ja. Vorwiegend Übungen und Studien. Ich mache die, um den Stil in den Griff zu bekommen, bevor ich an den Stücken arbeite, die dann ausgestellt werden.«

»Die sind ganz außerordentlich.«

»Danke«, sagte er mit einfacher, aufrichtiger Freude. »Bitte nehmen Sie sich eine, die Ihnen gefällt. Es sind ja Dutzende, und Maria beklagt sich immer, daß sie entsetzliche Staubfänger sind. Ich wäre glücklich und würde mich geehrt fühlen, wenn eins dieser Stücke Ihr Zuhause schmücken würde. Sie dürfen dabei nur nicht vergessen, wie jung sie wirklich sind.«

Flavia war stark in Versuchung, doch dann schüttelte sie ebenso heftig den Kopf. Wie gern hätte sie ein oder zwei Arbeiten für ihre Wohnung mitgenommen. Ja, sie hatte sich bereits vorgestellt, wie gut sich ein kleiner, farbiger Hl. Franziskus auf ihrem Kaminsims machen würde. Aber Bottando, der in solchen Dingen ziemlich pingelig war, hätte das mit Recht mißbilligt. Andererseits, falls dieser Fall schnell gelöst wurde und Borunna sich dabei, wie sie hoffte und immer stärker erwartete, als unbeteiligt erwies, konnte sie ja zurückkommen...

»Da haben wir's ja«, sagte Borunna, als seine Frau wieder in ihre duftende Küche zurückgekehrt war. »Ich habe gewußt, daß ich es früher oder später finden würde. 1952, in diesem Jahr habe ich das letzte Mal für ihn gearbeitet. Ein Arm und ein Bein. Ich glaube römisch. Recht hübsch, aber nichts Bemerkenswertes. Ich habe nur ein oder zwei Tage gebraucht. Und ich kann Ihnen versichern, da war nichts Anrüchiges dabei, nur ein paar Ausbesserungsarbeiten.«

»Sie haben Unterlagen, die so weit zurückreichen?«

Der alte Mann sah sie überrascht an. »Natürlich. Hat die nicht jeder?«

Flavia, die nicht einmal wußte, wieviel sie auf ihrem Bankkonto hatte, war ehrlich erstaunt.

»Ich nehme an, Sie suchen nach etwas Bestimmtem?«

»Ja. Eine Büste, angeblich von Bernini. Ein Porträt von Pius V. Und wie es aussieht, hatte Hector auf die eine oder die andere Weise damit zu tun.«

»Und welche Weise soll das sein?« Plötzlich schwang eine gewisse Vorsicht in seiner Stimme mit, und Flavia fiel das sofort auf. Der alte Mann weiß also doch etwas, dachte sie. Das Problem war nur, es aus ihm herauszuholen.

»Wir sind nicht sicher«, sagte sie. »Eine von mehreren Möglichkeiten. Er hat sie gekauft, verkauft, gestohlen, geschmuggelt oder sie anfertigen lassen. Eine davon oder alle. Wir wollen es nur wissen, das ist alles. Nur aus Interesse, ganz abgesehen von der Tatsache, daß der neue Besitzer ermordet wurde. Mir ist der Gedanke gekommen, daß Hector vielleicht...«

»... mal wieder einen seiner alten Tricks ausgegraben hat? Ist es das, was Sie glauben? Daß ich für ihn eine Büste gefälscht habe?«

Flavia bekam ein schlechtes Gewissen, obwohl Borunnas Eingeständnisse ihn durchaus zum Verdächtigen machten. »Nun ja, so in etwa. Hätten Sie es tun können, wenn er Sie darum gebeten hätte?«

»Einen Bernini fälschen? Natürlich. Das ist ganz einfach. Na ja, nicht ganz so einfach, aber durchaus machbar. Der Stil ist wichtig. Wenn Sie den hinbekommen, ist es einfach. Pius V., haben Sie gesagt?«

Sie nickte.

»Sie wissen natürlich, daß es in Kopenhagen eine Bronzekopie gibt. Man müßte die nur kopieren. Die Bildhauerarbeit wäre ziemlich einfach, das einzige Problem, Marmor aus dem richtigen Steinbruch zu bekommen und den zu altern, damit er nicht so neu aussieht. Aber so schwierig ist das auch wieder nicht.«

Schon komisch, dachte sie später. Ohne auch nur die geringste Überraschung zu zeigen, ließ er sich über praktische Details der Fälschung eines Bernini aus. Und gutunterrichtet war er außerdem. Nicht einmal Alberghis Bericht im Borghese hatte eine Bronzekopie in Kopenhagen erwähnt.

»Warum glauben Sie, daß die Büste gefälscht wurde?« fuhr er fort.

»Ich glaube es nicht. Wir wissen es einfach nicht. Es ist eine Möglichkeit. Wir wissen nicht, woher sie kam, das ist alles. Sie ist einfach aufgetaucht.«

»Warum fragen Sie Hector nicht selbst?«

»Weil er verschwunden ist.«

»Ist er in Schwierigkeiten?«

»Möglicherweise. Falls die amerikanische Polizei ihn fängt, ist er in allergrößten Schwierigkeiten. Es gibt da eine ganze Menge Leute, die einige Fragen an ihn haben.«

»Ach du meine Güte. Aber ich fürchte, das ist typisch für Hector.« Borunna hielt inne, und es sah so aus, als dächte er über eine Reihe von Möglichkeiten nach. Hätte Flavia nur gewußt, welche Möglichkeiten das waren, hätte sie ihm vielleicht bei seiner Entscheidung helfen können. Er ging zum Kamin und betrachtete eine Weile einen Cherubim aus dem sechzehnten Jahrhundert. Es schien ihm weiterzuhelfen.

»Nun«, sagte er dann. »Ich fürchte, eine große Hilfe werde ich Ihnen da nicht sein. Wie gesagt, ich habe Hector seit Jahren nicht gesehen, ich fürchte, wir hatten einen kleinen Streit. Vor Jahren schon. Ein Mißverständnis.«

»Wegen Fälschungen?«

Er nickte widerstrebend. »Unter anderem.« Er zögerte und fuhr dann fort: »Die Zeiten änderten sich. Das Leben wurde einfacher. Ich war ja nie so ganz damit einverstanden. Damals war es notwendig, aber ich habe damit aufgehört, sobald ich konnte, und ich habe ihm gesagt, daß er große Schwierigkeiten bekommen wird, wenn er nicht bald vernünftig wird. Und dann kam es zu einem Streit zwischen ihm und Maria. Aber Hector – der war ja immer ein wenig leichtsinnig und überzeugt, daß sein Charme ihm über alle Schwierigkeiten hinweghelfen würde. Ich fürchte, es gab da ein wenig böses Blut zwischen uns, und wir haben uns allmählich auseinandergelebt.

Was Ihren Bernini angeht, er hatte wirklich einmal einen in seinem Besitz. Leider nur sehr kurz, und man kann nicht sagen, daß er ihm Glück gebracht hat. Aber ich bezweifle doch sehr stark, daß er ihn in letzter Zeit verkauft hat.«

Flavia dachte nach. Ein schwacher Lichtschimmer am Ende eines langen, dunklen Tunnels. Nur schade, daß Borunna diese Kerze gleich wieder ausblies.

»Er hat die Büste verloren, müssen Sie wissen«, fuhr er unbarmherzig fort.

»Verloren?« wiederholte sie ungläubig. »Wie um alles in der Welt kann man eine Bernini-Büste verlieren?«

Eigentlich eine dumme Frage. Die Ereignisse der letzten Tage schienen doch zu beweisen, daß das die einfachste Sache der Welt ist. Diese verdammten Dinger verschwinden ständig.

»Na, vielleicht ist verlieren nicht das richtige Wort dafür. Ich hoffe, Sie behalten das für sich. Es war ein großer Schock für ihn, und er tat alles, um es zu vergessen...«

Flavia versicherte ihm, daß Diskretion eine ihrer größten Tugenden sei. Dadurch beruhigt, erzählte er ihr die Geschichte.

»Es war ganz einfach«, begann der alte Mann. »Hector hat die Büste bei einer privaten Versteigerung erworben. Das muß

'50 oder '51 gewesen sein, wenn ich mich recht erinnere. Er hat sie inmitten von einem Haufen Ramsch entdeckt. Ich glaube, es war die Familie eines Priesters. Ein hübsches Stück. Und Hector hat die Büste an einen Sammler in der Schweiz weiterverkauft, der ihn bat, sie ihm zu liefern.«

»Sie außer Landes zu schmuggeln, wollen Sie wohl sagen.«

Borunna nickte. »Ich fürchte, ja. Es ging um eine Menge Geld, und das Risiko, ertappt zu werden, war verschwindend gering. Also besorgte er sich ein Auto und fuhr los. Aber er hatte Pech. Die Grenzpolizei führte an diesem Tag Stichproben durch, weil sie nach Schmugglern, Devisenschiebern und fliehenden Faschisten fahndete, und dabei ging ihr Hector ins Netz. Die Beamten fanden die Büste und stellten fest, daß Hector keinen Eigentumsnachweis, keine Exportgenehmigung, nichts dergleichen vorlegen konnte. Dieses eine Mal ließ sein Charme ihn im Stich. Sie verhafteten ihn und konfiszierten die Büste, um sie von Experten im Borghese untersuchen zu lassen. Solche Dinge passierten damals laufend, im Krieg waren ja so viele Kunstwerke verschwunden, und die Behörden versuchten nun, alles den rechtmäßigen Besitzern zurückzugeben.«

»Und was ist passiert?«

Er zuckte die Achseln. »Wie gesagt, Hector hat sie nie wiedergesehen.«

»Aber er wollte doch sicher wissen, was mit ihr passiert war.«

»Natürlich. Er machte jeden verrückt deswegen. Das Borghese bestätigte zwar die Echtheit der Büste, hielt sich aber ansonsten ziemlich bedeckt. Hector war überzeugt, daß das Museum sie behalten wollte.«

»Hat es aber nicht. Das wissen wir.«

Borunna tat diese Information ab, als hätte sie keine Bedeutung für ihn. »Vielleicht nicht. Was glauben Sie, was mit ihr passiert ist?«

»Das wissen wir nicht.«

Er nickte nachdenklich und fuhr dann fort: »Also, Hector hat sie nicht zurückbekommen, das weiß ich sicher. Es war ein herber Schlag für ihn, und am Anfang war er schrecklich aus dem Häuschen. Er hatte natürlich auch nicht genug Geld, um einen solchen Verlust so einfach zu verkraften. Eine Zeitlang war er ganz schön verärgert, vor allem weil er der Meinung war, die Büste ehrlich erworben zu haben. Aber er konnte nichts dagegen tun.«

»Warum nicht? Ich meine, wenn es seine...«

»Ja, aber war sie das wirklich? Ich weiß ja nicht sicher, woher er sie hatte. Vielleicht stammte sie aus einer privaten Versteigerung. Vielleicht – vielleicht auch nicht. Aber ob nun legal oder nicht, was soll denn ein armer Ausländer gegen eine Institution wie das Borghese ausrichten? Er hätte nicht die geringste Chance gehabt. Wenn er hartnäckig geblieben wäre, hätte man ihn vielleicht sogar wegen Diebstahls, Kriegsplünderung oder wer weiß was angeklagt. So etwas war damals an der Tagesordnung.

Sie sind zu jung, um das wissen, aber in Italien herrschte nach dem Krieg das Chaos. Tausende von Kunstwerken wanderten im ganzen Land umher, und es wurden unglaubliche Mengen von Fälschungen produziert. Niemand wußte, woher die Stücke kamen und wohin sie gingen. Die Behörden gaben sich alle Mühe, die Ordnung wiederherzustellen, und vielleicht übertrieben sie dabei manchmal ein bißchen. Auf jeden Fall, das war die Situation damals, und Hector verfing sich in ihr. Ich habe ihm geraten, die Geschichte zu vergessen, und das hat er schließlich auch getan. Offen gesagt, unter den gegebenen Umständen kam er sogar ziemlich glimpflich davon. Ich glaube allerdings nicht, daß der Käufer sehr glücklich war. Ich bin mir nicht ganz sicher, ob Hector ihm die Anzahlung zurückgegeben hat.«

»Sie meinen diesen Schweizer?«

»Er wohnte nur in der Schweiz.«

»An seinen Namen können Sie sich nicht zufällig erinnern?« fragte Flavia der Vollständigkeit halber.

Borunna sah ein wenig verwirrt drein. »Nein, nicht mehr genau. Ein ausländischer Name. Morgan? Morland?«

Flavia sah ihn an. Wieder flackerte ein schwacher Hoffnungsschimmer. »Moresby?« schlug sie vor.

»Möglich. Aber es ist schon sehr lange her, wissen Sie.«

Borunnas Frau kam wieder ins Zimmer und strahlte Flavia glücklich an, während sie die Tassen abräumte. Flavia erinnere sie, sagte sie, an ihre Tochter, als sie noch jünger war. Borunna stimmte ihr zu, es sei da wirklich eine Ähnlichkeit zu erkennen.

»Und Sie haben keine Ahnung, welche Wege die Büste in den letzten Jahrzehnten gegangen sein könnte?«

Borunna sah seiner Frau liebevoll beim Abräumen zu und schüttelte dann den Kopf. »Ich weiß, daß sie ins Borghese gebracht wurde. Hector war überzeugt, daß sie nie wieder herausgekommen ist. Ich fürchte, mehr Hilfe kann ich Ihnen leider nicht bieten.«

Flavia beendete ihre Notizen, stand dann auf und gab den beiden die Hand. Sie solle doch mal wiederkommen, sagten die beiden Alten. Und zum Mittagessen bleiben. Vielleicht könne Alceo sie ja dann überreden, ihnen eine seiner Statuen abzunehmen.

Mit einem letzten, bedauernden Blick auf all die Skulpturen im Zimmer versprach Flavia wiederzukommen, sobald die Zeit es ihr erlaube. Doch jetzt müsse sie dringend zum Flughafen.

9

Argyll, der immer noch ans Bett gefesselt war, vertrieb sich die Zeit damit, die Schwestern zu ärgern, sich hübschen, glänzenden Gips über sein Bein gießen zu lassen und sich zu überlegen, wie er seine baldige Entlassung bewerkstelligen konnte. Nicht daß er einer dieser hyperaktiven Typen war, die vor Frustration zu zittern anfangen, wenn sie sich ein paar Tage nicht rühren können. Im Gegenteil, die Aussicht auf ein paar Tage ihm Bett erfüllte ihn normalerweise mit Freude. Aber ein paar Tage in einem Nichtraucherkrankenhaus waren nur schwer zu ertragen. Morelli hatte ihm zwar freundlicherweise ein paar Zigaretten dagelassen, aber die wurden ihm ziemlich schnell wieder abgenommen von den Schwestern, die alle mit Rauchdetektoren ausgerüstet zu sein schienen. Deshalb litt er immer mehr unter Entzugserscheinungen.

Außerdem, dachte Argyll, passierte draußen in der Welt so viel: Di Souza war tot. Moresby war tot. Jemand hatte versucht, ihn zu ermorden, und Flavia war unterwegs. Er hatte erfahren, daß sie Morelli alle paar Stunden angerufen hatte, um sich ängstlich nach seinem, Argylls, Zustand zu erkundigen, und die Berichte über ihre Besorgnis waren seinem Wohlbefinden zuträglicher als die etwas groben Handreichungen der Schwestern, deren Bettschüsseltechniken ein weiterer guter Grund waren, das Krankenhaus so schnell wie möglich zu verlassen.

Während Argyll durch die Gegend humpelte, um den Klistierhausierern zu entgehen, saß Flavia eingeklemmt und höchst unbequem auf Platz 44 H einer überfüllten 747 mit Kurs Richtung Westen.

Sie mochte ihre Arbeit, sie mochte die Überschaubarkeit des Dezernats und die Kollegialität, die sie mit sich brachte. Aber der Status des Dezernats als eine Art ermittlerisches Anhängsel brachte auch Probleme mit sich. Und das Hauptproblem, zumindest im Augenblick, war die Größe des Etats. Genauer gesagt, die Reisespesen, die den Mitarbeitern nur Flüge in der Touristenklasse erlaubten.

Aber der Flug hatte auch seine interessanten Augenblicke. Die Geheimdienstakte über Moresby war eingetroffen, und Flavia hatte sie vor dem Zurückschicken vorschriftswidrig kopiert. Während des Lesens wuchs ihre Verachtung für den Geheimdienst. Die Akte, geschützt durch unzählige Vorschriften und umgeben von einer Aura der Allwissenheit, war nichts anderes als eine Sammlung von Zeitungsausschnitten und einigen handschriftlichen Notizen, zusammengestellt zu der Zeit, als Moresby Industries sich um einen Auftrag im Bereich der Verteidigungselektronik bewarben. Das Interessanteste war eine Kopie aus *Who's Who*, und die umfassendste Darstellung von Moresbys Leben ein Ausschnitt aus einem Feature der *New York Times*. Drei Stunden in einer öffentlichen Bibliothek, und sie hätte mehr herausgefunden.

Doch trotz ihrer amateurhaften Oberflächlichkeit lieferte die Akte Flavia einige Informationen, die sie zum Nachdenken anregten.

Da war zunächst dieser Zeitungsbericht über Moresbys Karriere. Beileibe kein Selfmademan, außer man ist großzügig und betrachtet eine Erbschaft von fünf Millionen Dollar als selbstgemacht. In seiner Jugend eine Art Playboy (obwohl auch das angesichts des beigefügten Fotos etwas weit hergeholt schien). Doch der Zweite Weltkrieg unterbrach das vergnügte Leben. Verwaltungsdienst in der sicheren Abgeschiedenheit von Kansas, und erst zum Ende der Kampfhandlungen nach Europa versetzt.

Und dort, so hieß es in dem Zeitungsbericht beschönigend, habe er den Grundstein für seine Karriere und seine Sammlung gelegt. Flavia, die zwischen den Zeilen lesen konnte, war klar, daß er kaum mehr war als ein Spekulant, der Mangelwaren aus Amerika importierte und sie zu unerhörten Preisen an Europäer verkaufte, die dafür alles hergaben. Dieses Geschäft war so zeitraubend, daß er 1948 die Armee verließ, sich in vier Jahren von Zürich aus ein Handelsnetz aufbaute und dann nach Kalifornien zurückkehrte. Nachdem er einige Jahre lang Radios und Toaster verkauft hatte, begann er, sie auch selbst zu produzieren, etwas später folgten dann Fernseher und Hi-Fi-Geräte und schließlich auch Computer. Der Konzern Moresby Industries war also hervorgegangen aus einem kleinen Büro in Zürich.

Und Zürich lag in der Schweiz, und dort hatte angeblich der ursprüngliche Käufer der Bernini-Büste gewohnt. Das paßte sehr gut zu Borunnas verschwommenen Erinnerungen...

Auch Detective Joseph Morelli brachte seinen Tag über Papieren zu. Sorgfältig, gewissenhaft und mit viel Stirnrunzeln arbeitete er sich durch Unmengen von Unterlagen, die sich auf seinem Schreibtisch angesammelt hatten, seitdem er die Ermittlungen im Mordfall Moresby übernommen hatte.

Hätte er Taddeo Bottando je kennengelernt, wären die beiden Männer wahrscheinlich gut miteinander ausgekommen. So unterschiedlich ihre Lebenseinstellungen auch sein mochten – verbrachte Bottando einen freien Samstag am liebsten im Museum, zog Morelli Bier und Sportübertragungen vor –, hatten sie doch ähnliche Arbeitsauffassungen.

Mit einem Wort, Gründlichkeit. Nichts unversucht lassen.

Und dazu die durch jahrelange Erfahrung gefestigte Überzeugung, daß Verbrechen eine ziemliche schäbige Angelegenheit ist, hinter der fast immer Geld steckt. Je größer das Verbrechen, desto mehr Geld, und Morelli suchte deshalb nach einem ganzen Haufen.

Wie Flavia hatte auch er Beziehungen spielen lassen, um Unterlagen in die Hand zu bekommen, vor allem Moresbys Steuerbescheide der letzten fünf Jahre. Er hatte sich auch von Thanet eine große Anzahl Akten ausgeliehen und Moresbys rechte Hand, David Barclay, überredet, ihm weitere zu überlassen.

Dann machte er sich an die Arbeit, und was für eine eintönige und mühselige Arbeit das war. Er hatte immer geglaubt, seine Steuern wären kompliziert. Der einzige möglicherweise zweckdienliche Hinweis, den stundenlanges Stirnrunzeln ihm einbrachte, war eine Notiz in Barclays Handschrift, mit er die Auszahlung von zwei Millionen Dollar für die Büste genehmigte. Das kam ihm etwas merkwürdig vor.

Dann seitenlange Auflistungen, wo die einzelnen Leute im entscheidenden Augenblick gewesen waren und was sie getan hatten. Thanet auf der Party, bestätigt durch die Videoaufnahmen. Langton draußen beim Rauchen, ebenfalls bestätigt. Streeter unauffindbar, nach eigenen Angaben aber auf der Toilette, wo er sich um seine Hämorrhoiden kümmerte. Das klang recht glaubhaft, Morelli setzte aber dennoch ein Sternchen neben seinen Namen. Barclay bekam ein großes Sternchen, di Souza ein Sternchen und ein Fragezeichen. Anne Moresby war in ihrem Auto auf dem Weg nach Hause, das wurde vom Chauffeur bestätigt. Jack Moresby wurde von Langton etwa zehn Minuten nach Entdeckung des Mordes zu Hause angerufen, und das schloß ihn aus.

Die Bestätigung, daß die Pistole, die man neben di Souza gefunden hatte, zu der Kugel in seinem Gehirn paßte, beschäftigte ihn nur kurz – er hatte das erwartet. Ebenso, daß die Pistole sich als die Waffe erweisen würde, mit der Moresby getötet worden war. Nicht erwartet hatte er allerdings, daß die Waffe auf Anne Moresbys Namen registriert war. Das ließ ihn mit neuerwachtem Interesse über sie nachdenken. Und er setzte ein zweites Sternchen neben David Barclays Namen.

Es lag wohl an der amerikanischen Vorstellung von Gastfreundschaft, an der Bedeutung des Falles und nicht zuletzt an Morellis angeborener Hilfsbereitschaft, daß er, trotz der immer schlimmer werdenden Zahnfleischbeschwerden und seiner daraus resultierenden Feindseligkeit so ziemlich jedem gegenüber, um ein Uhr morgens am Flughafen war, um eine erschöpfte Flavia abzuholen.

Schließlich waren die letzten Tage alles andere als angenehm für ihn gewesen. Ganz abgesehen von den inhärenten Problemen eines Falles, der sich als erstaunlich harte Nuß erwies, wurde er auch noch beständig abgelenkt von anderen unerledigten Fällen, den besorgten Nachfragen von Vorgesetzten und den lächerlichen Spekulationen der Reporter.

Er machte unzählige Überstunden, seine Frau beklagte sich bereits darüber, und obwohl er bereits Unmengen von Informationsbruchstücken zusammengetragen hatte, war es ihm bis zu diesem Nachmittag nicht gelungen, sie zu einem Ganzen zusammenzufügen. Die Aussicht auf gemeinsame Arbeit machte ihn kein bißchen weniger müde. Und so sehr er eine internationale Kooperation auch begrüßte, sah er doch nicht so recht ein, wie Flavia di Stefanos Anwesenheit ihm weiterhelfen sollte. Sie würde ihm zweifellos nur kostbare Zeit stehlen, zur Lösung des Falles aber wenig beitragen.

Andererseits, und darauf hatte man vor allem an höherer Stelle hingewiesen, war das für die Presse ein gefundenes Fressen, das sie für eine Weile ablenken würde. Die Ankunft dieser Frau hatte die schreibende Meute bereits in höchste Aufregung versetzt. Die Möglichkeit einer Verbindung zu Europa (ein Ort, bei dem jeder rechtschaffene Westküstler sofort an Verschlagenheit und Dekadenz denkt) war ein geeignetes Ablenkungsmanöver. Man braucht im Zusammenhang mit einem Verbrechen nur den Begriff Italien zu erwähnen, und schon am nächsten Morgen malen selbsternannte Experten das Gespenst der Mafia an die Wand.

Er entdeckte sie, als sie leicht benommen auf den Informationsschalter zuwankte. Sogar zu dieser frühen Morgenstunde spürte er einen Anflug von Neid auf Argyll. Da Morelli italienischer Abstammung war, hatte er eine gewisse patriotische Vorliebe für Frauen aus der alten Heimat. So sehr der Flug sie auch mitgenommen hatte, sah sie immer noch sehr gut aus, und die zerzausten blonden Haare und die zerknitterten Kleider schienen ihre Schönheit eher noch zu betonen. Aber das ist nicht nur ein hübsches Gesicht, dachte er, als sie langsam näherkam. Etwas an ihr vermittelte den Eindruck von Tüchtigkeit und Zähigkeit.

»Signora di Stefano?« fragte er, als sie wieder einmal heftig gähnte und sich die Augen rieb.

Sie sah ihn argwöhnisch an, doch dann schien ihr zu dämmern, wer er war, und sie lächelte.

»Detective Morelli«, erwiderte sie und streckte ihm die Hand entgegen. »Sehr freundlich von Ihnen, daß Sie mich abholen«, ergänzte sie, während er ihr die Hand schüttelte.

Sie sprach gutes Englisch, mit einem starken Akzent, den Morelli so unerträglich anziehend fand, daß er sich kaum auf ihre Worte konzentrieren konnte. Während sie zu Morellis Auto gingen, erzählte sie ihm vom Flug. Miserabel sei er gewesen. Was denn sonst?

»Ich habe Sie im selben Hotel wie Argyll untergebracht. Ich hoffe, das ist in Ordnung. Es liegt in der Nähe des Museums und ist sehr komfortabel.«

»Kann ich Jonathan noch besuchen, oder ist es schon zu spät?« fragte sie. »Ich habe ein paarmal im Krankenhaus angerufen, bin aber nie bis zu ihm durchgekommen.«

»Das wäre nur Zeitverschwendung«, sagte er, während er in den Freeway einbog und in Richtung Norden davonfuhr. »Er hat das Krankenhaus heute nachmittag verlassen.«

»War das vernünftig?«

»Nicht, wenn man den Ärzten glaubt. Aber so sind Ärzte eben. Ich glaube nicht, daß es so wichtig ist. Anscheinend hat er gesagt, daß er im Krankenhaus an Langeweile sterben würde, und daß er jetzt nach Hause gehe. Also hat er sich ein Taxi gerufen und ist hinausgehumpelt. Seitdem habe ich nichts mehr von ihm gehört.«

»Ach du meine Güte, wo er doch so unvorsichtig ist.«
»Das kann man wohl sagen. Er ist erst seit fünf Tagen hier, aber er ist beinahe überfahren worden, hat einen schweren Verkehrsunfall verursacht, eine Boutique verwüstet, sich ein Bein gebrochen, und im Krankenhaus ein Handgemenge ausgelöst. Leute wie ihn sollte man nicht auf die Straße lassen. Außerdem wollte ich ihm Schutz geben, bis der Fall abgeschlossen ist. Aber da ich nicht weiß, wo er ist...«
»Was meinen Sie mit ›Schutz‹? Wozu?«
»Für den Fall, daß man erneut versucht, ihn umzubringen.«
Das hörte Flavia zum ersten Mal. Bis dahin hatte sie angenommen, daß Argylls Unfall ein unvermeidbarer Teil seiner Lebensart gewesen sei. Was Morelli ihr nun von gelockerten Bremsleitungen, von der Party und von Informationen, die Jonathan eigentlich kennen sollte, an die er sich aber nicht erinnern konnte, erzählte, war vollkommen neu. Sie war auch etwas verstimmt über die recht zuversichtlich klingende Erklärung des Amerikaners, daß sich die Schlinge sozusagen um David Barclay und Anne Moresby zusammenziehe. Warum hatte sie den ganzen, langen Weg auf sich genommen, wenn der Fall kurz vor dem Abschluß stand?

Doch im Augenblick machte ihr Argyll die größeren Sorgen. Jetzt wollte sie ihn wirklich sehen. Was ziemlich einfach war, da er bereits wieder in seinem Hotelzimmer war. Flavia fand ihn mit aufgestütztem Bein auf seinem Bett sitzend, neben sich ein Glas Whiskey und einen Aschenbecher. Freiheit.

Es war ihm nicht möglich, aufzuspringen, durchs Zimmer zu laufen und sie in die Arme zu nehmen. Also konnte er nichts anderes tun als begeistert zu winken, sie anzustrahlen und sich dafür zu entschuldigen, daß er nicht aufstand.

Doch nicht einmal die Entschuldigung konnte er zu Ende bringen. Flavia hatte vorgehabt, eine boshafte Bemerkung über seine Unvorsichtigkeit anzubringen und sich dann zu setzen, um wie ein zivilisierter Mensch mit ihm über seine Büste zu reden. Kühl und distanziert. Sie hatte ihm noch immer nicht verziehen, daß er plante, Italien zu verlassen.

Aber aus dem einen oder dem anderen Grund ging alles schief. Sie war wütend auf ihn gewesen, besorgt um ihn und aufs höchste bestürzt über die Nachricht, daß man versucht hatte, ihn umzubringen. Und daß sie jetzt einfach durch seine unverschlossene Tür treten konnte, daß er so dämlich war, nicht einmal die simpelsten Vorsichtsmaßnahmen zu treffen, das brachte das Faß zum Überlaufen, und sie ließ einen Schwall von Beschimpfungen vom Stapel, in dem seine freundliche Begrüßung vollkommen unterging.

Kurz zusammengefaßt hielt sie ihm vor, daß er dumm sei, unbesonnen, leichtsinnig, selbstsüchtig, eine Gefahr für sich und andere, blind wie eine Maus (in diesem Fall ließ ihre Kenntnis der englischen Idiomatik sie im Stich) und ein absolutes Ärgernis. Sie brauchte allerdings etwas länger, um diese Meinung zu formulieren, denn sie wurde begleitet von unzähligen Beispielen aus den zurückliegenden Wochen, unterstrichen durch einen drohenden und mahnenden Zeigefinger, ausgeschmückt mit vielen barocken Wendungen – auf italienisch, wenn ihr Englisch nicht ausreichte – und schließlich verdorben durch eine Unterlippe, die vor Erleichterung zitterte, daß er trotz allem, und obwohl er sich redlich Mühe gegeben hatte, immer noch einigermaßen heil war.

Für Argyll war das der kritische Augenblick. Er hatte zwei Möglichkeiten: Entweder er hob den Fehdehandschuh auf und schrie sie nun ebenfalls an, in welchem Fall das Wiedersehen, auf das er sich so gefreut hatte, zu einer verbalen Schlammschlacht verkommen würde, oder aber er versuchte, sie zu beruhigen und riskierte dabei, einen zweiten Schwall abzubekommen, mit der Behauptung, daß er, zu allem Überfluß, auch noch aufgeblasen und herablassend sei.

Das wußte er so gut, wie er Flavia kannte. Eine knifflige Situation, und er brauchte so lange für seine Entscheidung, daß er gar nichts sagte und sie nur wehmütig ansah. Komischerweise war das genau das Richtige. Man kann nur eine gewisse Zeit kampflustig, die Hände in die Seiten gestemmt, dastehen. Früher oder später muß man seine Haltung verändern, und als sie das tat, faßte er nach ihrer Hand und drückte sie.

»Ich bin ja so froh, dich zu sehen«, sagte er einfach.

Sie setzte sich, schniefte laut und nickte. »Nun ja. Ich auch, glaube ich«, erwiderte sie.

10

»Das Problem ist«, sagte Argyll am nächsten Tag, als Flavias geistige Fähigkeiten in etwa wieder den Normalzustand erreicht hatten, »ich stecke da ein bißchen in der Klemme. Die Abmachung war, wenn ich den Tizian verkaufe, behalte ich meinen Job und gehe nach London zurück. Und ich habe ihn verkauft!«

»Kannst du nicht einfach sagen, daß du nicht gehen willst?«

»Eigentlich nicht, nein. Nicht ohne entlassen zu werden oder selbst zu kündigen. Außerdem hat Byrnes eine Menge für mich getan, und er braucht jemand, dem er glaubt vertrauen zu können.«

»Er vertraut dir?«

»Ich habe gesagt, glaubt vertrauen zu können.«

»Kannst du nicht sagen, du brauchst noch mehr Erfahrung oder so?«

»Ich habe eben für einen Kunden einen Tizian verkauft und dabei eine recht anständige Provision verdient. Für ihn scheint das zu bedeuten, daß ich mir meine Sporen verdient habe.«

»Mach den Verkauf rückgängig.«

»Aber der läuft doch bereits. Ich kann ihn nicht mehr rückgängig machen. Wie sollte ich das denn dem Besitzer erklären? ›Tut mir leid, aber ich will in Italien bleiben, und Sie müssen sich deshalb mit dem halben Preis in ungefähr einem Jahr zufriedengeben‹? So macht man keine Karriere. Außerdem geht's im Grunde genommen darum, daß Byrnes den Gürtel ein wenig enger schnallen möchte. Das heißt, ich habe die Wahl zwischen Beförderung in London und Arbeitslosigkeit in Rom. Und ich bin froh, daß ich überhaupt eine Wahl habe.«

»Hm. Willst du nach London?«

»Natürlich nicht. Welcher halbwegs Normale möchte denn in London leben, wenn er in Rom bleiben kann? Ich könnte natürlich bleiben und auf Provisionsbasis arbeiten...«

»Dann tu's doch.«

»Ja, aber du übersiehst da etwas. Mein großes Geheimnis.«

»Und was ist das?«

»Eigentlich«, gestand er, »bin ich kein sehr guter Kunsthändler. Ich kann mir nicht vorstellen, daß ich ohne regelmäßiges Gehalt genug für den Lebensunterhalt verdienen könnte. Zumindest nicht im Augenblick. Und außerdem schien es dir ja ziemlich egal gewesen zu sein.«

»Aber dafür kann ich doch nichts«, protestierte sie. »Oder ist es etwa meine Schuld, daß du ewige Zuneigung ausdrückst, indem du mir eine Tasse Tee anbietest?«

Argyll ging nicht weiter auf diese Nebensächlichkeiten ein. »Die Sache ist die, daß ich meine Wohnung bereits aufgegeben habe. Ich habe also weder Unterkunft noch Unterhalt.«

»Aber«, entgegnete sie, »was ist, wenn das Museum den Ankauf rückgängig macht?«

»Das wird es nicht.«

»Wird es doch, wenn es geschlossen wird. Dann kannst du Byrnes anrufen, ihm sagen, daß die ganze Sache ein Flop war und du als Kunsthändler eine Niete bist, und ihm klarmachen, daß deine Anwesenheit in London die Galerie innerhalb von Monaten in den Konkurs treiben würde.«

»Und meinen Job verlieren. Vielen Dank.«

»Aber dann könntest du den Tizian an jemand anderen verkaufen und die ganze Provision für dich behalten.«

»Falls ich ihn verkaufen könnte. Falls der Besitzer mich als Verkäufer akzeptieren würde. Das Museum zahlt viel mehr für das Bild, als es wirklich wert ist, und der Markt ist im Augenblick nicht gerade der stabilste. Ich könnte monatelang auf dem Bild sitzenbleiben. Außerdem weiß ich überhaupt noch nicht, was wirklich mit dem Museum passieren wird. Thanet macht sich Sorgen wegen Mrs. Moresby, aber letztendlich liegt alles bei den Anwälten.«

»Na schön. Dann wollen wir mal losziehen und herausfinden, wie die Lage ist.«

Das Ferienhaus der Moresbys am Meer, eine von vielen Residenzen, in denen die Familie glücklich und vereint die Sommermonate verbringen konnte, entsprach nicht Argylls Erwartungen und war mit nichts vergleichbar, was Flavia je zuvor gesehen hatte. Aber fast alles in Los Angeles war mit nichts vergleichbar, was Flavia je gesehen hatte. Sie hatte eine sehr traditionelle Vorstellung von einer Stadt: Kathedrale, Museum, Rathaus und Bahnhof, die einem zeigten, wo das Zentrum war, der historische Stadtkern, und außen herum die modernen Vorstädte, die Stadt und Umland trennten. Los Angeles ist nicht so, und vom Augenblick ihrer Ankunft bis zu ihrem Abflug hatte Flavia nie auch nur die geringste Ahnung, wo sie sich gerade befand. Nur wenn sie den Pazifik im Auge behielt, konnte sie feststellen, ob sie sich gerade in nördlicher oder südlicher, östlicher oder westlicher Richtung bewegte. Und es war unerwartet schwierig, den Pazifik im Auge zu behalten. Für Flavia bedeuteten Strände öffentlichen Zugang und freie Aussicht, aber die Kalifornier waren auch hier anderer Meinung. Soweit Flavia sehen konnte, war fast die gesamte Küste für private Zwecke requiriert worden, und die Häuser schienen absichtlich so gebaut, daß sie jedem anderen die Sicht versperrten.

Auf den ersten Blick war das Anwesen der Moresbys nichts Besonderes. Zumindest gab Flavia das als Entschuldigung an, als sie beim ersten Mal daran vorbeifuhr. Umzukehren und den Weg zurückzufahren war nicht ganz einfach, und deshalb war es um so bedauerlicher, daß sie auch beim zweiten Mal über das Ziel hinausschoß. Von der Straße aus konnte man das Haus ebensogut für ein schäbiges Restaurant halten, und zumindest diese Rückseite hätten Flavia oder Argyll nicht mit gigantischem Reichtum in Verbindung gebracht.

Überzeugt, sich in der Adresse geirrt zu haben, gingen sie zaghaft um das Haus herum und änderten sofort ihre Meinung. Es war ein außerordentliches Haus, sofern man Gefallen fand an Architektur des zwanzigsten Jahrhunderts, zehn Meter langen Panoramafenstern mit freiem Blick aufs Meer und einer handgeschnitzten Sonnenterrasse aus Buchenholz etwa von der Größe eines Tennisplatzes.

Natürlich wäre es von Vorteil gewesen, hätte der Architekt das Haus mit einer leicht auffindbaren Tür ausgestattet, an die sie hätten klopfen können, doch zum Glück war das nicht nötig. Ein Mann, offensichtlich eine Art Bediensteter, tauchte von irgendwoher auf und rief ihnen etwas zu. Argyll legte sich die Hand ans Ohr und versuchte, etwas zu verstehen.

»Er sagt uns, wir sollen verschwinden«, klärte Flavia ihn auf.

»Woher weißt du das? Ich verstehe kein Wort.«

»Weil er spanisch spricht«, erwiderte sie und ließ nun ihrerseits einen Wortschwall in die Richtung des Mannes los.

Der kam näher, musterte sie argwöhnisch, und dann folgte eine längere Unterhaltung. Argyll war beeindruckt. Er hatte gar nicht gewußt, daß Flavia Spanisch sprach. Höchst irritierend, wie mühelos sie solche Dinge bewältigte. Er hatte sich seine begrenzten Fremdsprachenkenntnisse mühsamst erarbeiten müssen und sogar über den regelmäßigsten der *passato-remoto*-Formen Blut und Wasser geschwitzt. Flavia dagegen schien auch die abstrusesten Grammatikregeln fast wie im Vorbeigehen zu lernen. Es machte ihr nicht die geringste Mühe, soweit er das beurteilen konnte. Es gibt keine Gerechtigkeit auf der Welt.

»Und über was habt ihr geredet?« fragte er, als die Unterhaltung in gegenseitigem Anlächeln verebbte.

»Ich habe sein Vertrauen gewonnen«, antwortete Flavia. »Er hat Befehl von Mrs. Moresby, niemand ins Haus zu lassen, aber weil ich ein so außergewöhnlich netter Mensch bin, ist er bereit, bei uns eine Ausnahme zu machen. Er ist aus Nicaragua, hat keine Arbeitserlaubnis, die Moresbys bezahlen ihm praktisch nichts und drohen, ihn ausweisen zu lassen, falls er sich beklagt. Er muß das Haus sauberhalten, einkaufen und kochen, den Chauffeur spielen und arbeitet überhaupt nicht gerne hier. Der einzige Trost für ihn ist, daß sie noch viele andere Häuser besitzen und nicht sehr oft hier sind. Andererseits benutzt der schreckliche Sohn das Haus manchmal, wenn der Rest der Familie nicht da ist, und dann muß er dessen leere Flaschen wegräumen. Er ist sicher, daß Mrs. Moresby eine Affäre hat, weiß aber nicht, mit wem, und außerdem ist er, was höchst bedauerlich ist, Mrs. Moresbys Alibi für den Tatzeitpunkt. Es wäre ihm lieber, er wäre es nicht.«

»Und wie geht es seiner Familie daheim in Nicaragua? Oder bist du nicht dazu gekommen, ihn das zu fragen?«

»Das war nicht notwendig. Gehen wir hinein.«

Sie betraten das Haus, bevor Alfredo seine Meinung ändern konnte. Das Innere war enttäuschend, da Moresby es höchst unpassend mit französischen Möbeln aus dem achtzehnten Jahrhundert ausgestattet hatte, die hier etwa so fehl am Platze waren wie ein Stahlrohrsofa im Palazzo Farnese. Zu allem Überfluß gab es Unmengen von dem Zeug, und die zahllosen Sessel, Sofas, Bilder, Drucke, Büsten und der übrige Schnickschnack sahen aus, als wären sie mehr oder weniger wahllos zusammengekauft worden. Gelegentlich funktioniert diese Ramschladen-Methode der Innenausstattung und produziert ein gefälliges Durcheinander, aber hier war das nicht der Fall. Arthur Moresbys Strandhaus, entworfen als Stätte eines sauberen, unverstellten, frischluftintensiven Modernismus, sah aus, als wäre es von einem außergewöhnlich sammelwütigen Raffzahn eingerichtet worden.

Dennoch vermittelte die Ausstattung sehr erfolgreich den Eindruck, daß es den Besitzern nicht an dem nötigen Kleingeld mangelte. Sogar die Aschenbecher waren aus Baccarat-Glas. Argyll vermutete, das Toilettenpapier würde sich als feinstes, handgeschöpftes Venezianer-Bütten erweisen. Alle Kommoden, Sekretäre, Louis-Seize-Sofas und Chippendale-Tische waren restauriert, neu lackiert, neu gepolstert und neu vergoldet. Das Ganze sah aus wie die Lobby eines internationalen Hotels.

Argyll hatte im Geiste erst die Hälfte des Mobiliars und der sonstigen Verzierungen taxiert – eine Berufskrankheit der Kunsthändler, die Flavia sehr störte –, als Anne Moresby eintrat. Falls sie gramgebeugt war, versteckte sie das sehr gut. Auch hatte der Schock ihre Wortwahl nicht mildern können.

»Was soll denn der Scheiß«, sagte sie, nachdem Argyll die Damen einander vorgestellt und sein Gipsbein erklärt hatte, und nachdem Flavia zur Eröffnung des Gesprächs etwas von Beileid gemurmelt hatte.

»Wie bitte?« erwiderte Flavia ein wenig überrascht. Eine Notlüge zu durchschauen war eine Sache, aber sie gleich zur Sprache zu bringen eine ganz andere.

Andererseits war Flavia froh um jede Erweiterung ihres

umgangssprachlichen Wortschatzes, und in Mrs. Moresby schien sie eine reich sprudelnde Quelle gefunden zu haben.

»Sie schnüffeln hier doch nur rum. Sie haben keine Befugnis, also brauche ich Ihnen gar nichts zu sagen. Wenn ich wollte, könnte ich Sie gleich wieder hinauswerfen. Oder vielleicht nicht?«

»Da haben Sie den Nagel auf den Kopf getroffen«, erwiderte Argyll fröhlich. »Sie führt man nicht hinters Licht. Aber wir wären trotzdem dankbar für eine kurze Unterhaltung. Schließlich waren Sie sehr aufgeregt wegen dieser Büste, und wir sind es ebenfalls. Falls das Museum in illegale Machenschaften verstrickt ist, wollen wir das wissen. Dann kann Flavia hier die erforderlichen Schritte unternehmen. Gegen die Verantwortlichen, wenn Sie wissen, was ich meine.«

Mit dieser kleinen Ansprache hatte Argyll der Frau recht geschickt, wie Flavia im Rückblick zugeben mußte, ein Bündnis angeboten. Wenn Sie dem Museum den Garaus machen wollen – so die Andeutung –, warum lassen Sie sich dann nicht von uns helfen? Ziemlich gerissen für seine Verhältnisse.

Doch Mrs. Moresby war nicht auf den Kopf gefallen. Ihre Augen verengten sich, während sie Pro und Kontra abwägte. Dann schenkte sie ihm ein flüchtiges und überraschend charmantes Lächeln und sagte: »Also gut. Mal was anderes als die ewige Polizei. Kommen Sie und lassen Sie uns die Sache bei einem Drink besprechen.«

Sie ging zum Kamin – wozu der in diesem Klima dienen sollte, war Flavia schleierhaft –, öffnete eine zierliche Elfenbeinschatulle, nahm eine Schachtel Zigaretten heraus und zündete sich eine an. Ein tiefer Zug, und die beiden Besucher durften miterleben, wie sich ein Ausdruck tiefster Befriedigung auf ihrem Gesicht ausbreitete.

»Des einen Unglück ist des andern Glück«, sagte sie. »Können Sie sich vorstellen, daß das meine erste Zigarette in diesem Haus seit meiner Heirat vor zwölf Jahren ist?«

»Hatte ihr Gatte etwas dagegen?«

»Ob er etwas dagegen hatte? Er hat gedroht, sich von mir scheiden zu lassen. Hat sogar in den Ehevertrag hineinschreiben lassen, daß jede Scheidungsvereinbarung ungültig wird, wenn ich in seiner Gegenwart rauche.«

»Aber das war doch nur ein Witz, oder?« bemerkte Argyll.

Sie warf ihm einen strengen Blick zu. »Arthur Moresby machte keine Witze. Nie. Genausowenig wie er verzeihen, vergessen oder Mitmenschlichkeit zeigen konnte. Als Gott ihn schuf, war Ihm gerade der Humor ausgegangen, und er wurde statt dessen mit einer Extraportion Selbstgerechtigkeit ausgestattet. Hat nicht getrunken, nicht geraucht, hat nichts anderes getan, als Geld zu scheffeln. Früher hatte er natürlich sein Vergnügen gehabt, aber als er dann damit aufhörte, wollte er, daß es ihm alle gleichtun.« Hier deutete sie mit weit ausholender Geste durchs Zimmer, um ihre Worte zu verdeutlichen. Vielleicht hatte sie gar nicht so unrecht. »Ist Ihnen bewußt, daß ich in den letzten zwölf Jahren mit dem langweiligsten Mann verheiratet war, den diese Welt je gesehen hat?«

»Immerhin war er Kunstliebhaber.«

Sie schnaubte. »Sie machen wohl Witze. Das Zeug hat er nur gekauft, weil er glaubte, daß Multimillionäre dergleichen tun.«

»Sie waren also nicht besonders begeistert von diesem Museumsprojekt?«

»Darauf können Sie Gift nehmen. Am Anfang war es ja noch okay, solange es nur als Abschreibungsobjekt gedacht war. Aber dann infizierte er sich mit dem Unsterblichkeitsbazillus, und Thanet bekam ihn in die Finger.«

»Abschreibungsobjekt?« fragte Flavia. Diese Frau war wirklich ein wandelndes Idiomwörterbuch.

»Sie wissen schon, der IRS.«

Flavia schüttelte nur verständnislos den Kopf, und Anne Moresby warf ihr einen Blick zu, der nur bedeuten konnte: diese dumme Ausländerin. Flavia paßte das ganz und gar nicht.

»Internal Revenue Service«, fuhr sie dann fort. »Die amerikanische Steuerbehörde. So eine Art heilige Inquisition für die Konsumgesellschaft. Die zu bescheißen ist ein Nationalsport, fast so beliebt wie Baseball. Arthur hielt es für seine Bürgerpflicht, so wenig Steuern zu zahlen wie nur möglich.«

»Und was hat das Museum damit zu tun?«

»Ganz einfach. Wenn man sich ein Bild kauft und es im Wohnzimmer aufhängt, bekommt man keine Steuererleichterung. Aber hängt man es in ein Museum, dann wird man ein öffentlicher Wohltäter und darf einen Großteil des Kaufpreises von seiner Steuerschuld abziehen.«

»Aber was hat sich dann geändert?«

»Der kleine Scheißer hatte einen Herzanfall.«

»Wer?«

»Arthur. Danach fing er an, über die Zukunft nachzudenken, oder genauer, über seinen Mangel an Zukunft. Arthurs größte Schwäche war sein Wunsch nach Unvergänglichkeit. Das ist der Fehler vieler Egomanen, wie man mir gesagt hat. Früher bauten diese Leute Armenhäuser oder ließen sich von Mönchen Messen lesen. In den USA gründet man Museen. Ich weiß nicht, was blöder ist. Je mehr Geld, desto größer das Ego, desto riesiger das Museum. Getty, Hammer, Mellon, und wie sie alle heißen. Arthur hat sich anstecken lassen.

Er wurde langsam alt. Und Thanet und seine Truppe redeten ihm ein, daß ein kleines Museum einem Mann seiner Größe keineswegs reiche. Die schmiedeten Pläne für ein Museum von der Größe eines Fußballstadions, und Arthur ließ sich von ihnen einwickeln.«

»Und Thanet wußte über dieses Steuerabschreibungsprojekt Bescheid?«

»Natürlich, daran war ja nichts auszusetzen. Zumindest nicht, soweit ich das herausfinden konnte, und ich habe es mir gründlich angesehen, das können Sie mir glauben. Und falls etwas faul gewesen wäre, hätte dieser schmierige Fettkloß alles getan, um es sich mit Arthur nicht zu verscherzen.«

»Als wir uns kurz vor der Party das erste Mal begegnet sind, haben Sie ihren Gatten als liebenswürdigen alten Mann beschrieben«, bemerkte Argyll. »Das paßt nicht recht zu dem, was Sie jetzt sagen.«

»Na, manchmal übertreibe ich ein bißchen, um den Schein zu wahren. Er war ein fieser alter Saukerl. Bitte verstehen Sie mich nicht falsch: natürlich tut es mir leid, daß er tot ist. Aber ich kann auch nicht leugnen, daß das Leben ohne ihn viel angenehmer sein wird. Und das gilt für jeden, der unter ihm gearbeitet hat oder mit ihm verwandt war. Nicht nur für mich.«

»Und was passiert jetzt mit dem Museum? Ich meine, wenn ich richtig informiert bin, starb Ihr Gatte, bevor er den Großteil seines Geldes der Museumsstiftung überschreiben konnte, und Sie erben jetzt das ganze Vermögen.«

Sie lächelte dünn. Es schien ziemlich klar, was mit dem Museum passieren würde, wenn es nach ihrem Kopf ging.

»Ich hoffe, Sie verübeln mir die Frage nicht, aber auch wenn dieser Transfer vollzogen worden wäre, würden Sie doch jetzt trotzdem nicht ohne einen Cent dastehen, oder? Nicht wie Ihr Stiefsohn?«

Anne Moresby erschien die Frage offenbar seltsam; als wäre sie ihr noch nie in den Sinn gekommen.

»Nein, nicht ohne einen Cent«, erwiderte sie nachdenklich. »Das bestimmt nicht. Ich nehme an, daß ich den Rest des Vermögens geerbt hätte. Ungefähr fünfhundert Millionen.«

»Aber das reicht doch, um über die Runden zu kommen, oder?«

Ganz offensichtlich verstand sie nicht, worauf Flavia hinauswollte. »Ja, schon. Und?«

»Warum wollen Sie dann unbedingt alles haben?«

»Ach so. Weil es mir gehört. Der Frau, die ihn und seine Gemeinheiten all diese Jahre ertragen hat. Sie haben recht – es ist viel mehr, als ich ausgeben kann. Aber um das geht es nicht. Wenn das Museum weiterbesteht, wird es seinen Namen wirklich unsterblich machen. Der große Kunstliebhaber, der große Philanthrop. Pfui Teufel. Und all diese Schleimer, die sich bei ihm lieb Kind gemacht haben, nur um an seine Brieftasche zu kommen und ihre eigenen Schäfchen ins Trokkene zu bringen. Pfui. Alles Lüge und Betrug und Unehrlichkeit. Deshalb will ich dieses Projekt stoppen. Weil ich, verdammt noch mal, diesen Mann aus Liebe geheiratet habe, damals wenigstens. Und keiner hat mir das geglaubt. Arthur nicht, sein Sohn nicht, Thanet nicht und Langton nicht. Ich habe sie deswegen alle gehaßt. Und nach einer Weile habe ich selbst aufgehört, daran zu glauben. Wenn sie drauf bestehen, daß ich ihn wegen des Geldes geheiratet habe, dann soll es auch so sein. Aber in diesem Fall will ich alles, und ich werde es auch bekommen.«

Ein verlegenes Schweigen folgte. Argyll, dem bei den Ausbrüchen anderer Leute nie wohl in seiner Haut war, runzelte die Stirn und tat so, als wäre er nicht da. Flavia, die sonst mit dergleichen besser umgehen konnte, war ebenfalls ein wenig aus dem Konzept gebracht und wußte einige Augenblicke lang nicht, was sie eigentlich hatte fragen wollen. Doch dann faßte sie sich wieder.

»Ach so«, sagte sie. »Ja. Aber jetzt wegen dieser Büste. Ich verstehe das nicht ganz. Ich meine, Sie sind im Museum erschienen und haben Thanet deswegen angeschrien, aber woher wußten Sie, daß sie unterwegs war, und warum haben Sie geglaubt, daß sie gestohlen wurde oder ähnliches?«

»Ach Gott. Das ist kein großes Geheimnis. Ich hatte gehört, wie Arthur mit Langton darüber sprach. Arthur war gut gelaunt und schlug sich mit der Faust in die Handfläche, eine dieser kindischen Gesten von Geschäftsleuten.«

»Und er behauptete, daß sie gestohlen wurde?«

»O nein. Aber es wäre nicht das erste Mal gewesen, daß Dinge unter ungewöhnlichen Umständen auftauchten, und es war offensichtlich, daß etwas faul war an der Geschichte.«

»Warum?«

»Weil Arthur diesen schadenfrohen Ausdruck im Gesicht hatte, den er nur bekam, wenn er jemanden übers Ohr gehauen hatte.«

»Und wann genau war das?«

»O Gott, das weiß ich nicht mehr. Vor ein paar Monaten. Ich war damals betrunken. Das bin ich ziemlich oft.«

»Und was wurde besprochen?«

Sie schüttelte den Kopf. »Das habe ich nicht so genau mitgekriegt. Nur, daß Langton diese Büste beschaffen und dazu irgend jemanden benutzen sollte. Diesen Mann, dessen Leiche man gefunden hat. Der, den ich vor dem Museum getroffen habe.«

»Wozu benutzen?«

Sie schüttelte den Kopf, das hatte sie nicht mitbekommen.

»Über die Stiftung für das Museum wußten Sie Bescheid?«
Sie nickte.

»Und Sie wußten auch, daß eine solche Stiftung, einmal eingerichtet, unauflösbar ist?«

»So etwas wie eine unauflösbare Stiftung gibt es nicht.«

»Aber Thanet als einer der Treuhänder der Stiftung hätte sein Veto...«

»Der Direktor des Museums ist Stiftungstreuhänder«, korrigierte sie. »Ein neuer Direktor hätte die Dinge vielleicht ganz anders gesehen.«

»Wie Langton zum Beispiel?«

»O nein. Der nicht. Der ist auf seine Art genauso schlimm wie Thanet.«

Sie lächelte so liebenswürdig, wie sie nur konnte.

»Woher kennen Sie all diese Details?«

»David Barclay hat es mir erzählt.«

»Das war aber sehr freundlich von ihm.« Die Bemerkung blieb unkommentiert. »Wann war das?«

»Ach, ich glaube, letzten Mittwoch. Das war typisch für Arthur, da geht's um intime Familienangelegenheiten, aber ich werde von einem Anwalt informiert.«

Sozusagen, dachte Flavia. »Und Sie haben sich deswegen beschwert?«

»Mein Gott, nein. So kam man bei Arthur nicht weiter. Nein, ich habe ihm gesagt, daß ich es für eine wundervolle Idee halte, aber natürlich wollte ich Thanet und das Museum unterminieren, um Arthur von dem ganzen Projekt abzubringen.«

»Wer hatte einen Grund, ihn zu erschießen?« fragte Argyll.

Sie zuckte die Achseln, als wäre der Mord an ihrem Gatten nur eine Nebensächlichkeit in ihrem umfassenden Lebensplan. »Weiß ich nicht. Wenn Sie gefragt hätten, wer ihn hätte umbringen *wollen*, wäre die Liste endlos. Mir fällt niemand ein, der Arthur mochte, aber unzählige Leute, die ihn nicht mochten. Aber ich nehme an, Sie wollen wissen, wer einen wirklichen Grund hatte, ihn zu töten. Keine Ahnung. Dieser Penner von einem Sohn war auf der Party, oder?«

Argyll nickte.

»Ein Nichtsnutz.« An der höhnischen Art, mit der sie das sagte, merkte man, daß sie vom Junior eine beinahe ebenso schlechte Meinung hatte wie vom Senior. »Durch und durch. Bier, karierte Hemden und Kneipenraufereien. Aber als ein Moresby kennt er natürlich den Wert des Geldes. Also ich würde auf ihn wetten.«

Sie merkte, daß Flavia Altersangaben verglich. »Ach, mit mir hat der nichts zu tun. Ist von Arthurs dritter Frau. Die dritte von fünf. Anabel hieß sie. Ziemliche Trantüte. Ist gestorben – typisch für sie. Junior hat von beiden die schlimmsten Eigenschaften übernommen. Sein einziger Vorzug war der, daß Arthur ihn nicht ausstehen konnte.«

»Glückliche Familie«, bemerkte Argyll.

»Ja, das sind wir. Der amerikanische Alptraum.«

»Waren Sie, äh, glücklich verheiratet?«

Sie sah ihn mißtrauisch an. »Was soll das heißen?«

»Na ja...«, begann er.

»Hören Sie. Ich sag's Ihnen nur ein einziges Mal. Ich habe die Schnauze voll von Leuten, die in meinem Leben herumschnüffeln. Dieser ungewaschene Widerling von der Polizei hat auch schon sowas angedeutet. Mein Privatleben geht Sie nichts an, und es hat auf keinen Fall irgend etwas mit dem Tod meines Mannes zu tun. Kapiert?«

»Ja, ja, schon gut«, erwiderte er und wünschte sich, er hätte nicht gefragt.

Sie drückte wütend ihre Zigarette aus. »Ich glaube, ich habe jetzt genug Zeit mit Ihnen vergeudet. Sie finden wohl selbst hinaus.« Damit stand sie schwankend auf und öffnete demonstrativ die Tür.

»Gut gemacht, Jonathan. Ein Ausbund an Takt und Diskretion, wie gewöhnlich«, sagte Flavia, als sie Augenblicke später in den Sonnenschein hinaustraten.

»Tut mir leid.«

»Ach, ist doch egal. Ich glaube, wir hätten sowieso nichts Wichtiges mehr erfahren. Außerdem kommen wir zu spät zum Mittagessen.«

11

Für Argyll verkörperte dieses Mittagessen alle Gründe, die ihn Joe Morellis Gesellschaft der von Leuten wie Samuel Thanet vorziehen ließ. Letzterer hätte sich wahrscheinlich ein geschmackvolles französisches Restaurant ausgesucht, mit Kerzen auf allen Tischen, einer überlangen Weinkarte und einer etwas salbungsvollen Atmosphäre, aber Morelli, der aus einem ganz anderen Milieu stammte, hatte andere Vorstellungen vom Essen. Er führte Argyll und Flavia in einen heruntergekommenen Schuppen mit dem Namen *Leo's Place*.

Der Laden sah ein bißchen aus wie eine Truckerkneipe, und die meisten Kunden waren so dick wie ihre Trucks. Die Art von Leuten eben, die ihr Leben damit zubrachten, so viel Cholesterin wie irgend möglich in sich hineinzustopfen, wenn sie überhaupt von dem Zeug gehört hatten. Keine Kerze, es sei denn, der Strom fiel aus. Eine Weinkarte, die durch Kürze glänzte, und Kellner, die sich weder vorstellten noch einen während des ganzen Essens höhnisch angrinsten, und so ziemlich das beste Essen, das Flavia je gekostet hatte. Austern und Spareribs, und Martinis zum Hinunterspülen, vielleicht der größte Beitrag Amerikas zur westlichen Kultur. Die Martinis sicherlich. Argylls Begeisterung machte ihn Morelli gleich ein wenig sympathischer. Kein Mensch mehr trinke Martinis, sagte er düster. Das Land gehe den Bach hinunter.

Während Argyll sich einen zweiten zur Brust nahm und glücklich lächelte, aß Flavia und fragte, was die Polizei als nächstes vorhabe.

»Wie's aussieht, werden wir demnächst Barclay und Anne Moresby verhaften«, sagte er.

»Aber werden Sie es auch schaffen, sie zu überführen?«

»Ich hoffe es. Natürlich würde ich lieber noch ein bißchen warten...«

»Warum?«

»Weil ich noch nicht überzeugt bin, daß wir genug gegen sie vorliegen haben. Um Geschworene zu überzeugen, müssen wir uns noch mehr dahinterklemmen. Aber meine Vorgesetzten werden langsam nervös. Sie wollen etwas für die Presse.

Haben Sie gewußt, daß wir in diesem Land in einer Pressokratie leben?«

»Wie bitte?«

»Eine Pressokratie. Alles wird beherrscht von oder organisiert für die Presse. Oder genauer gesagt, das Fernsehen. Die brauchen eine Verhaftung, um das Publikum bei der Stange zu halten, und deshalb setzt man mich unter Druck, damit ich ihnen eine liefere.«

»Hm. Und wie begründen Sie die Verhaftung? Oh. Sehr schön, noch mehr Austern.«

Morelli lehnte sich zurück, wischte sich geziert den Mund ab und legte los. Was er sagte, klang zumindest für Flavia sehr einleuchtend. Das Motiv war einfach: Moresby wußte wahrscheinlich, daß seine Frau eine Affäre hatte, und er war kein Mann, der das so einfach hinnahm. Fünf Ehefrauen hatte er bereits hinter sich, da konnte er leicht noch ein sechste dranhängen. Anne Moresby mußte also fürchten, daß ihre finanzielle Zukunft sich in Luft auflöste, vor allem, da jetzt auch noch diese Museumsstiftung eingerichtet werden sollte.

»Wir wissen zwar, daß Anne Moresby ihn nicht getötet haben kann, zumindest wenn dieser Alfredo die Wahrheit sagt und sie wirklich zu der Zeit in ihrem Auto auf dem Heimweg war. Aber sie muß es mit Barclay abgesprochen und ihm die Waffe gegeben haben. Die Gelegenheit bot sich, als Moresby Barclay zu sich in Thanets Büro rief, um ihm zu mitzuteilen, daß a) er gefeuert und b) Anne Moresby ebenfalls aus dem Rennen sei. Barclay war nur noch einen Herzschlag davon entfernt, Milliarden in die Finger zu bekommen – er brauchte nur abzuwarten, bis Moresby tot umfiel, konnte dann die trauernde Witwe heiraten, und los geht die Party. Was tut er also? Einen Mann wie Moresby kann man nicht mehr umstimmen, wenn der einmal eine Entscheidung getroffen hat; es hieß also, jetzt oder nie. Er erschießt den alten Mann, läuft zurück zur Party und behauptet, er habe die Leiche entdeckt. Keine Stiftung – und Barclay muß einer der ganz wenigen gewesen sein, die wußten, daß die Papiere noch nicht unterzeichnet waren –, und das heißt, Anne Moresby erbt alles. Erfolg auf der ganze Linie.«

Eine Pause folgte, in der Argyll die Austern aufaß und Flavia ein verlegenes Gesicht machte.

»Was ist los?« fragte Morelli.

»Eine ganze Menge«, antwortete sie widerstrebend.

»Zum Beispiel?«

»Zum Beispiel die Kamera. Die wurde schon einige Zeit zuvor außer Funktion gesetzt. Bevor irgend jemand wissen konnte, daß Moresby in Thanets Büro gehen würde. Das widerspricht Ihrer Theorie von einer spontanen Entscheidung Barclays.«

»Wenn ich mich richtig erinnere«, ergänzte Argyll unsicher, »lagen nach den Angaben der Partybesucher zwischen dem Zeitpunkt, da Barclay diesen Anruf erhielt und seiner überstürzten Rückkehr nur etwa fünf Minuten.«

»Das stimmt nur ungefähr. Genau waren es acht Minuten.«

»Gut. Aber die Sache ist doch die«, sagte Argyll und übernahm dieses eine Mal die Initiative, »daß es ziemlich hektische Minuten waren, wenn man Ihrer Hypothese folgt. In den Verwaltungstrakt gehen, mit Moresby reden, ihn erschießen, di Souzas Beseitigung planen – warum, in Gottes Namen? –, die Büste stehlen – noch einmal warum? –, zurücklaufen und Alarm schlagen. Ich meine, ist das wirklich möglich? Vermutlich ist es zu schaffen, aber nur, wenn es vorher geprobt wurde. Ganz abgesehen von der Tatsache, daß Langton die meiste Zeit draußen vor dem Museum war und dieses Hin- und Herrennen hätte bemerken müssen, und ich kann mir auch nicht vorstellen, wie sich Anne Moresby oder Barclay hätten davonschleichen können, um Hector zu erschießen und seine Leiche zu beseitigen. Und außerdem...«

»Ja, schon gut. Ich habe verstanden.« Morelli rutschte unbehaglich auf seinem Stuhl hin und her und stellte sich vor, wie der Verteidiger im Gerichtssaal ähnlich redete, und die Geschworenen zustimmend nickten.

»Und da ist noch etwas«, warf nun Flavia dazwischen, die in ihrem Bemühen, das Gespräch auf das Thema zu lenken, das sie anging, den zornigen Blick des Amerikaners einfach ignorierte. »Wenn der Diebstahl der Büste im voraus geplant war, konnte das nur jemand getan haben, der wußte, wo sie war.

Und zu dem Zeitpunkt, als die Kamera außer Funktion gesetzt wurde, wußten das nur Thanet und Langton.«

»Und natürlich Streeter«, gab Argyll zu bedenken. »Als Chef des Sicherheitsdienstes. Haben Sie nicht gesagt, daß er zum Zeitpunkt des Mordes nirgends zu sehen war?«

»Können wir diese gottverdammte Büste nicht eine Weile aus dem Spiel lassen?« fragte Morelli beinahe flehend. Ein Großteil dessen, was die beiden gesagt hatten, war ihm in der letzten Stunde selbst schon durch den Kopf gegangen, doch seiner Ansicht nach kam er nur vorwärts, wenn er die beiden Aspekte dieses Falles getrennt betrachtete.

»Eine ziemlich große Sache, um sie aus dem Spiel zu lassen. Ich an Ihrer Stelle würde lieber mit Anne Moresby so verfahren.«

»Hm. Das wird meinen Vorgesetzten aber gar nicht gefallen. Die kreuzigen mich dafür.«

»Sie würden sie vor einem bösen Fehler bewahren.«

»Was hat denn das damit zu tun?«

»Können Sie ihnen nicht sagen, daß Sie kurz davor sind, eine absolut lückenlose Beweiskette zusammenzustellen?«

»Das sind wir nicht.«

»Nein, aber wir könnten daran arbeiten. Ich glaube, wir sollten Mr. Streeter einen Besuch abstatten.«

Mit der Beschreibung, daß Robert Streeter in einem kleinen, weißgetünchten Haus in einer ruhigen, von Palmen gesäumten Straße lebte, wäre nichts über seine Wohnverhältnisse ausgesagt. Es gab im ganzen Viertel kaum ein Haus, das nicht weißgetüncht und kaum eine Straße, die nicht ruhig und von Palmen gesäumt war. Zumindest nicht im respektableren Teil. Dem Experten wären einige Details aufgefallen, die genaueres über seine Lebensumstände aussagten. Das Fehlen eines Basketballkorbs am Garagentor deutete auf einen kinderlosen Haushalt hin; der ungepflegte Rasen darauf, daß der Hausherr kein Gärtner war. Die penibleren Nachbarn, die jeden Grashalm abschnipselten – oder abschnipseln ließen –, der sein wohlgewässertes Köpfchen mehr als einen halben Zentimeter aus der Erde streckte, mochten dies als Zeichen von Schlamperei und Zügellosigkeit nehmen. Ansonsten gab es keine Hinweise auf den Charakter des Bewohners, und auch wenn sie vorhanden gewesen wären, hätten Flavia und Argyll sie nicht bemerkt.

Streeter reagierte lange nicht auf ihr Klingeln, und er war schlechter Laune, als er schließlich die Tür öffnete. Sie vermuteten, daß sie ihn gerade bei einer nachmittäglichen Siesta gestört hatten, doch da täuschten sie sich. Obwohl die Kalifornier in einem mediterranen Klima leben, das wie geschaffen ist für Siestas, verschwenden sie keine Zeit mit solchen Beschäftigungen. Außerdem fehlte ihm angesichts der ernsten, ja beinahe verzweifelten Diskussion mit Langton, aus der ihn das Klingeln gerissen hatte, die Muße für eine solche Extravaganz.

In der Tat waren er und Langton eben beim Kernpunkt angelangt. Streeter, der absolut entsetzt war über die Leistungen seines Kamerasystems, und der als Sicherheitsexperte das Gefühl hatte, eigene Ermittlungen anstellen zu müssen, hatte gerade die entscheidende Frage gestellt. Genaugenommen hatte er, wie Morellis unermüdliche Beamte herausgefunden hatten, so ziemlich jeden im Museum mit variierender Raffinesse verhört. Wie es alle anderen auch getan hatten. Weder er noch irgendein anderer hatte dabei etwas herausgefunden, was der Mühe wert gewesen wäre, aber sie alle fühlten sich danach viel besser. Außerdem hatte keiner viel Lust auf richtige Arbeit.

Streeters Ermittlungen hatten bei ihm ein gewisses Gefühl der Verwundbarkeit hinterlassen. Nachdem er so hart und unermüdlich daran gearbeitet hatte, seine Position zu sichern, beschlich ihn jetzt der Eindruck, daß die jüngsten Ereignisse das alles zunichte zu machen drohten. Er hatte heftig nachgedacht und Pläne geschmiedet, um vor allem eins sicherzustellen, daß er nämlich auf der Seite stand, die am Ende als Sieger aus diesem ganzen Schlamassel hervorging. Um dies zu erreichen, mußte er herausfinden, wer die Verantwortung trug. Dabei richtete sich sein Verdacht sehr schnell auf gewisse Leute. Im Verlauf mehrerer schlafloser Nächte hatte er unzählige alptraumhafte Szenarios konstruiert, die alle in seiner Arbeitslosigkeit endeten – und einige, deren Ausgang noch viel schlimmer war.

Deshalb nahm er sich, mit deutlich mehr Direktheit, als es sonst seine Gewohnheit war, Langton vor, als der aus Rom zurückkehrte. Ob er schon einmal darüber nachgedacht habe, fragte er den Engländer, wer eigentlich von Arthur Moresbys Tod profitiere? Und welche Leute ihn als einzige getötet haben konnten?

Das war vielleicht nicht die geschickteste Art, einen Zeugen zu befragen, der zumindest in Rom bewiesen hatte, daß er absolut unwillig war, Auskünfte zu geben. Langton, ein Mann, der einen Großteil seiner Zeit damit zubrachte, in der Weltgeschichte herumzureisen und Bilder zu kaufen, war viel zu wachsam, um sich durch solche Fragen überrumpeln zu lassen.

Er reagierte mit einem leicht amüsierten Lächeln. Ja, erwiderte er nachsichtig. Soweit er das sehe, profitiere davon nur Anne Moresby. Und nur drei Leute konnten ihn getötet haben, nämlich di Souza, der vor dem Mord bei Moresby war, David Barclay, der etwa zum Tatzeitpunkt zu ihm gerufen wurde, und er selbst, da er vor dem Museum gesessen hatte und sehr leicht in den Verwaltungstrakt schlüpfen und das Verbrechen hätte begehen können. Aber, so fuhr er fort, in dieser Richtung komme man nicht weiter, außer man kombiniere Mrs. Moresbys Motiv mit der Tatgelegenheit der anderen. Er wolle sich zwar nicht anmaßen, für die anderen zu sprechen – obwohl der Mord an Hector di Souza diesen aus dem Kreis der Verdächtigen so gut wie ausschließe –, aber er sehe keine Verbindung zu David Barclay. Und was ihn selbst angehe, zeigten doch Streeters eigene Videoaufnahmen, daß er die ganze Zeit friedlich vor dem Museum gesessen hatte. Was immer er sonst getan haben mochte, Arthur Moresby habe er auf keinen Fall ermordet. Und auch sonst niemanden, fügte er nachträglich hinzu. Nur für den Fall, daß jemand auf dumme Gedanken komme.

Viel weiter bin ich jetzt auch nicht, dachte Streeter, als er zur Tür ging. Aber wenn die offensichtlicheren Verdächtigen ausschieden, dann würde die Polizei nach Alternativen suchen. Er wußte nur zu gut – er hatte sich selbst überprüft –, daß er sich zum Zeitpunkt des Mordes zufällig auf der Toilette befunden hatte. Aus Gründen des Anstands waren dort keine

Kameras installiert. Ein schwerer Fehler. Denn so konnte er nicht beweisen, wo er gewesen war. Aber er hatte noch ein letztes Verteidigungsmittel, nur schade, daß es eine so gefährliche Waffe war.

»Tut mir leid, wenn wir ungelegen kommen«, sagte Flavia fröhlich, als die Tür aufging und sie sich vorgestellt hatte.

Im Gegensatz zu Langton ließ sich Streeter durchaus überrumpeln. Er murmelte etwas, das so klang wie, aber überhaupt nicht, kommen Sie doch herein, und zeigte den Besuchern bereits den Weg zu der kleinen betonierten Terrasse im Hinterhof, bevor ihm überhaupt der Gedanke kam, daß er die beiden eigentlich an der Haustür hätte abweisen können, weil sie keine Befugnis hatten, irgend jemandem Fragen zu stellen.

»Na, das ist aber eine Überraschung«, sagte Flavia, als sie Langton sah, und zog genau die Schlüsse, die Streeter so sehr fürchtete. »Ich habe gedacht, Sie sind noch in Rom. Sie kommen ganz schön herum, was?«

Sie und Argyll setzten sich und nahmen das Angebot eines Biers dankend an. Es war ein heißer Nachmittag, und dies setzte Argyll für den Großteil des Gespräches außer Gefecht. Während Flavia die zweite Runde ihres Kampfes mit Langton einläutete, konzentrierte er sich auf eine entsetzlich juckende Stelle etwa zehn Zentimeter unterhalb des Gipsrands.

Langton erklärte, daß er seine Anwesenheit angesichts einer solchen Krise für eine Pflicht halte, für den Fall, daß er weiterhelfen könne.

»Dann haben Sie also den weiten Weg auf sich genommen, um mit Ihrem Freund Mr. Streeter einen ruhigen Samstagnachmittag im Garten zu verbringen?« bemerkte Flavia. Langton nickte zustimmend.

»Ich bin sehr froh, Sie zu sehen. Wir haben so viel zu besprechen.«

Langton zeigte keine Furcht vor dem, was auf ihn zukam. Er lehnte sich einfach mit einem Ausdruck völliger Gelassenheit zurück und wartete, daß sie weitersprach.

»Was die mysteriöse Familie betrifft, die Ihnen den Bernini verkauft hat.«

Langton sah sie wohlwollend an und hob eine Augenbraue. »Was ist mit ihr?«

»Die existiert überhaupt nicht. Denn die Büste wurde aus dem Haus der Alberghi in Bracciano gestohlen und dann über den Atlantik transportiert.«

»Ich gebe zu, daß es diese Familie wirklich nicht gibt«, sagte er überraschend bereitwillig und mit einem Lächeln, das auf nichts Gutes schließen ließ. »Aber das konnte ich Ihnen damals nicht sagen.«

»Sie haben gewußt, daß sie gestohlen war.«

»Ganz im Gegenteil. Davon habe ich nichts gewußt.«

»Wie haben Sie von der Büste erfahren?«

»Ganz einfach. Ich habe mir bei di Souza ein paar Sachen angesehen und sie dabei unter einem Bettlaken entdeckt. Ich habe ihm sofort ein Angebot gemacht.«

»Ohne zu überprüfen, ob es sich tatsächlich um einen Bernini handelte, und ohne eine Genehmigung vom Museum einzuholen?«

»Natürlich habe ich sie danach überprüft. Aber ich wußte instinktiv, was es war, ohne es überprüfen zu müssen. Und ich habe Moresby gefragt, ob er sie haben wollte.«

»Nicht das Museum?«

»Nein.«

»Warum nicht?«

»Weil Moresby alle wichtigen Entscheidungen getroffen hat. Ich wollte einfach Zeit sparen.«

»Und er wollte sie haben?«

»Offensichtlich. Er hat sofort zugegriffen.«

»Haben Sie gewußt, daß er sie schon einmal gekauft hatte? 1951?«

»Ja.«

»Von di Souza?«

»Das wußte ich zu diesem Zeitpunkt noch nicht«, erwiderte er kühl. »Ich wußte nur, daß Moresby seit Jahren schon einen Haß auf Kunsthändler hatte. Als Beispiel für ihre Falschheit führte er immer an, daß er einmal – nur ein einziges Mal –, von einem von ihnen um eine Bernini-Büste betrogen worden war. Der Kerl hatte sie ihm verkauft und seine

Anzahlung eingesteckt, die Büste aber nie geliefert. Moresby hatte das Gefühl, daß man ihn zum Narren gehalten hatte, und das gefiel ihm ganz und gar nicht. Es war klar, daß er sich die Chance, sie wiederzubekommen, nicht entgehen lassen würde.«

»Also haben Sie di Souza dazu gebracht, sie hierherzuschaffen. Warum?«

»Was meinen Sie mit warum?«

»Warum waren Sie beide bereit, die Dienste des Mannes in Anspruch zu nehmen, der Moresby vor Jahren betrogen hatte?«

»Er hatte die Büste. Moresby wollte die Büste in Kalifornien haben, aber wir hätten nie und nimmer eine Exportgenehmigung bekommen. Es mußte sie jemand einschmuggeln, der in keiner Verbindung zum Museum stand. Die Geschichte mit dieser Familie haben wir erfunden, um ihn zu schützen. Deshalb ist er ja so aufgeregt herumgesprungen und hat sich wegen seines guten Namens Sorgen gemacht. Alles nur Show.«

»Und Sie haben ihn bezahlt?«

Langton lächelte. »Ich bin mir sicher, daß Detective Morelli das bereits herausgefunden hat. Ja. Zwei Millionen Dollar.«

»Moresby hat Thanet gesagt, vier Millionen.«

»Zwei.«

»Und wann war das?«

»Wann war was?«

»Wann wurde das Geld übergeben?«

»Bei Lieferung. Diesmal ging Moresby kein Risiko ein.«

»Und wann haben Sie diese Büste das erste Mal gesehen und ihm das Angebot gemacht?«

»Vor ein paar Wochen.«

»Wann genau?«

»Mein Gott, das weiß ich nicht. Vielleicht in der ersten Maiwoche. Das ganze Geschäft ging ziemlich schnell über die Bühne. Ich kann Ihnen versichern, ich hatte nicht den geringsten Zweifel daran, daß di Souza der rechtmäßige Eigentümer der Büste ist. Wenn Sie das Gegenteil beweisen können, wird das Museum mit Sicherheit darauf bestehen, sie den rechtmäßigen Besitzern zurückzuschicken. Und für alle anfallenden Kosten aufzukommen.

Ich bin sicher, daß man sie wiederfinden wird«, fuhr er fort. »So große Büsten wie die bleiben nicht lange verschwunden.«

»Aber gerade die war vierzig Jahre lang verschwunden.«

Langton zuckte die Achseln und wiederholte, daß sie schon wiederauftauchen werde.

Flavia schien nun eine etwas andere Herangehensweise angebracht. Langton hatte sie in Rom ziemlich geärgert, und sie war überzeugt, daß alles, was mit dieser Büste zusammenhing, faul war, und daß er es wußte. Seine gelassene Zuversicht, daß sie ihm nie würde etwas anhängen können, verdarb ihr den Nachmittag. Vor allem da er, was sie anbelangte, wahrscheinlich recht hatte.

»Sie mochten Thanet nicht, weil er Ihnen den Job weggeschnappt hat, und waren ganz versessen darauf, seine Arbeit zu sabotieren und ihn aus dem Museum zu jagen.«

Darauf war sie stolz. Das heißt auf dieses »ganz versessen sein«. Sie hatte die Redewendung in einem Film aufgeschnappt, den sie sich im Fernsehen um drei Uhr morgens angesehen hatte, weil sie vor lauter Jetlag nicht schlafen konnte. Später hatte sie dann Argyll nach der Bedeutung gefragt. Langton war zwar nicht sehr beeindruckt von ihren sprachlichen Fähigkeiten, schien aber immerhin bereit, ihre Behauptung zumindest in den Grundzügen zu bestätigen.

»›Sabotieren‹ ist zu viel gesagt. Und es war auch nichts Persönliches. Ich halte ihn nur für einen Menschen, der für ein Museum eine Gefahr darstellt. Sie wissen schon.«

»Nein, das weiß ich nicht. Nach allem, was ich über ihn gehört habe, scheint er mir eher ein Mensch zu sein, der demütig alles über sich ergehen läßt.«

»In diesem Fall haben Sie von Museen keine Ahnung. Das Moresby war früher einmal ein recht nettes Museum. Klein und freundlich, trotz Moresbys entsetzlicher Allgegenwart. Er haßte diese Kunsttypen und behauptete immer, daß sie Diebe und Schwindler seien. Aber dann brachte er Thanet ins Spiel, und plötzlich stand diese Idee mit dem Großen Museum im Raum.«

»Und?«

»Ein größeres Museum ist nicht nur ein Gebäude und eine

Sammlung. Da muß zuerst einmal eine große Bürokratie her, die dem ganzen angemessen ist. Kontrollausschüsse, Hängeausschüssse, Etatausschüsse. Hierarchie, Einmischung und Pläne. Thanet wollte ein Museum machen, in dem die Arbeit ungefähr so viel Spaß macht wie bei General Motors.«

»Und Sie waren nicht gerade glücklich darüber?«

»Nein. Und funktioniert hat es auch nicht. Am Anfang war die Sammlung schrullig, individuell und interessant. Jetzt ist sie wie in jedem anderen Museum: eine langweilige Pflichtübung in den großen Schulen der Kunstgeschichte von Raffael bis Renoir. Das Problem ist, daß sich alle guten Stücke bereits in Museen befinden. Für Thanet bleibt nur noch der kümmerliche Rest. Das Ding wird allmählich zu einem internationalen Witz.«

»Warum gehen Sie dann nicht, wenn Sie so wenig damit anfangen können?«

»Erstens, weil die Bezahlung in Ordnung ist. Zweitens, weil ich die einzige Stimme der Vernunft in dieser Wüste des Wahnsinns bin. Und drittens, weil ich gern glauben möchte, daß wenigstens ich Sachen kaufe, die es wert sind, zumindest meistens. Noch habe ich die Hoffnung nicht aufgegeben.«

»Aber das müssen Sie vielleicht, wenn Mrs. Moresby sich durchsetzt und das Museum schließt«, entgegnete Flavia.

Langton kniff die Augen zusammen, als er das hörte. »Wann hat sie das gesagt?«

Flavia sagte es ihm.

»Es kann noch lange dauern, bis das entschieden ist«, sagte er. »Vieles kann sich ändern, bis die Anwälte mit allem durch sind.«

»Stimmt es, daß Anne Moresby eine Affäre hatte?« fragte Flavia, da dies in ihren Augen eine der Kernfragen war.

Langton schien die Frage beinahe erwartet zu haben, und lächelte langsam, ein bißchen wie ein Lehrer, dessen dümmster Schüler einmal etwas richtig gemacht hat. Streeter schien über den Gedanken bestürzt und entrüstet zu sein, er zog höchst mißbilligend die Luft ein.

»Wahrscheinlich«, sagte Langton. »Ich hätte eine, wenn ich mit einem solchen Ekel wie Moresby verheiratet wäre. Die beiden lebten ja sowieso praktisch getrennt, müssen Sie wissen. Aber sie hätte sehr diskret dabei vorgehen müssen. Die Konsequenzen wären schrecklich gewesen, wenn der alte Moresby je Verdacht geschöpft hätte.«

»Gut möglich, daß er mehr als nur einen Verdacht hatte.«

»In diesem Fall hat sie sehr viel Glück. Daß sie jetzt Multimilliardärin ist und keine bettelarme Geschiedene.« Er hielt einen Augenblick inne und dachte nach, bevor er fortfuhr. »Genaugenommen so viel Glück, daß man auf gewisse Gedanken kommen könnte.«

»Das«, erwiderte Flavia, »ist uns auch schon aufgefallen.«

»Aber«, fuhr er fort, »sie hat ein Alibi. Das heißt, daß sie einen Komplizen brauchte. Die große Frage lautet also, wer ist der Glückliche?«

Sie zuckte die Achseln. »Finden Sie es selber heraus, falls Sie es noch nicht wissen.«

Argyll sah hoch und ließ einen Augenblick lang von seiner inzwischen schon besessenen Jagd ab. Doch dann wurde der Juckreiz wieder stärker, und er kämpfte weiter, schlug auf den Gips und steckte kleine Zweige und Cocktailspießchen hinein, bis Streeter ihn mit fasziniertem Abscheu anstarrte.

»Was tun Sie denn da?«

»Gegen den Wahnsinn ankämpfen«, erwiderte Argyll. »Man könnte es auch die Jagd nach dem Juckreiz nennen.« Er sah sich beifallheischend um, doch niemand schien in der Stimmung für Witze zu sein. »Sie haben nicht zufällig Stricknadeln?« fragte er hilflos. Streeter erwiderte, er habe keine einzige im Haus. Argyll machte ein gequältes Gesicht, und Streeter erbarmte sich schließlich und erbot sich, in der Küche nach etwas Geeignetem zu suchen. Halb wahnsinnig vor Gier, sich zu kratzen, humpelte Argyll ihm nach.

»Weiß die Polizei von Anne Moresbys Liebhaber?« fragte Streeter, als sie außer Hörweite innerhalb des Hauses waren.

»Sieht so aus. Jede Menge ausgedehnte Einkaufsbummel und Wochenenden auf dem Land. Und Moresby wußte es, was ein sehr gutes Motiv für den Mord abgibt. Das Problem liegt bei der Beweisführung, da scheinen sie nicht so recht weiterzukommen. In Italien wäre das ganz anders, wissen Sie. Da würde die Polizei einfach alle verhaften und ihnen dann so lang Daumenschrauben anlegen, bis sie gestehen. Wirklich schade, das mit Ihrer Kamera«, sagte er beiläufig zu Streeter, während sie nach geeigneten Werkzeugen suchten. »Es wäre alles viel einfacher, wenn sie nur nicht ganz so leicht zugänglich gewesen wäre.«

Streeter wirkte plötzlich sehr betrübt. »Das brauchen Sie mir nicht zu sagen«, stöhnte er.

»Ich nehme an, es macht Ihren Job nicht gerade sicherer, oder?«

Streeter sah ihn traurig an.

»Aber wir können uns ja immer noch an das Mikrofon in Thanets Büro halten.«

»Was?«

»Eine Wanze in Thanets Büro.«

»Hören Sie, ich habe doch bereits gesagt...«

»Ich weiß. Aber bei Ihrem Ruf als High-Tech-Schnüffler, wer würde das glauben?«

»Büros abhören ist ein Verbrechen, wissen Sie das? Schon allein der Gedanke...«

»Aber wenn ein Mörder nun plötzlich erfahren würde, daß ein Band existiert, der würde das doch sicher glauben. Es würde ihn wahrscheinlich nervös machen. Gerade als alles gelaufen zu sein scheint, taucht so ein Beweismittel auf. Noch hat niemand gehört, was darauf ist. Vernichte das Ding, und du bist sicher, denkt sich der Mörder vielleicht. Verzweifelte Situationen verlangen nach verzweifelten Handlungen. Die wiederum zu Fehlern führen können. Und Sie stehen da als der Sieger und die Polizei bedankt sich bei Ihnen für die Mitarbeit.«

Endlich war der Groschen gefallen. Argyll hielt nicht sehr viel von Streeter. Ein bißchen langsam, dachte er.

»Ich verstehe«, sagte Streeter.

»Mein Bein ist jetzt schon viel besser. Ich glaube, wir sollten wieder nach draußen gehen. Flavia und ich sind bei Detective Morelli zum Abendessen eingeladen, und wir müssen langsam los. Ich werde ihm von unserer kleinen Unterhaltung erzählen, wenn Ihnen das recht ist.«

»Aber ja«, erwiderte der andere. »Natürlich.«

»Hatte Mr. Streeter so viel zu seiner Verteidigung zu sagen?« fragte Flavia, nachdem die beiden sich verabschiedet hatten, sie Argyll in das Auto gehievt hatte – sie hatte sich einen kleinen, aber praktischen Wagen gemietet, der allerdings nicht für Leute mit Gipsbeinen gedacht war – und sie ihre umständliche Kreuzfahrt durch einen Großteil der Stadt auf der Suche nach Morellis Haus begonnen hatten.

»O ja«, erwiderte Argyll ein wenig überheblich. »Er war ein bißchen langsam von Begriff. Ich mußte so oft mit dem Zaunpfahl winken, daß ich schon Angst hatte, er würde blaue Flecken davon bekommen. Aber am Ende hat er es kapiert.«

»Und?«

»Wir dürfen jetzt überall herumerzählen, daß er Thanets Büro verwanzt hat. Ist das nicht nett? Schade, daß er es nicht wirklich getan hat, aber man kann schließlich nicht alles haben, oder?«

Flavia hatte angenommen, daß die Fleischklößchen, zu denen Detective Morelli sie eingeladen hatte, von seiner Frau stammen würden. Da hatte sie sich getäuscht. Morelli war stolz auf seine Fleischklößchen. Sie fanden ihn in der Küche mit einer Schürze vor dem Bauch, und nur die Pistole in seinem Schulterhalfter störte das Bild des perfekten Hausmanns. Eine große Flasche kalifornischer Chianti stand auf dem Küchentisch, das Wasser für die Pasta hatte eben zu sprudeln begonnen, und die Tomatensoße näherte sich jenem Grad absoluter Perfektion, den nur wahre Italiener erkennen können.

»Und?« fragte er und liebkoste seine Kreationen, als wären sie aus reinstem Gold. Argyll steckte die Nase in den Topf, schnupperte ausführlich und nickte anerkennend. Morelli grunzte und goß Wein ein. Sie setzten sich; der Wein, der Kochduft, der Lärm der Kinder und die Zwanglosigkeit sorgten für eine entspannte Atmosphäre. Die einzige Schwierigkeit – für Argyll, nicht für Flavia – bestand darin, die riesigen Portionen zu essen, die Morelli auf die Teller schaufelte. Aber nach zwei Jahren in Italien bekam er allmählich Übung darin. Er hatte gelernt, sich auf solche Aufgaben mental vorzubereiten.

»Also, was haben Sie beide getan, während ich mich durch meinen Papierkram gewühlt habe? Haben Sie Ihre Büste gefunden?«

Flavia berichtete kurz, was Langton ihr erzählt hatte. Morelli runzelte die Stirn.

»Er hat sich verändert. Am Anfang hat er kein Wort davon gesagt, daß die Büste von di Souza stammte. Warum nicht?«

»Er gibt gewisse Verteidigungspositionen auf. Anfangs hat er noch behauptet, daß alles legal sei, und etwaige Unkorrektheiten diesem anonymen Verkäufer in die Schuhe geschoben. Das war offensichtlich Unsinn, also gibt er jetzt di Souza die Schuld, da der sich nicht mehr verteidigen kann. Das Problem ist nur, jetzt ist es noch schwieriger, das Gegenteil zu beweisen. Soweit ich weiß, könnte es sogar stimmen. Aber ich bin nicht geneigt, ihm allzuviel zu glauben. Jonathan hier meint, daß er uns Kiesel auf die Augen drücken will.«

»Was?«

»So sagt man doch, oder?« fragte sie Argyll etwas verunsichert.

»Fast, aber nicht ganz. Daß er uns Sand in die Augen streuen will.«

»Ach so«, sagte sie und wiederholte es ein paarmal, um es sich einzuprägen. »Gut. Auf jeden Fall glaubt er das.«

»Und was ist jetzt mit dieser Büste?«

»Sie existiert, gehörte in den 50ern kurz di Souza, wurde an Moresby verkauft, aber konfisziert, bevor er sie in Besitz nehmen konnte, und wurde vor ein paar Wochen aus dem Haus der Alberghi gestohlen.«

»Und ist dann plötzlich hier aufgetaucht?«

Sie nickte. »Ein ziemlich überzeugender Herkunftsnachweis, wenn man darüber nachdenkt, wenn auch ein bißchen unorthodox. Je genauer wir hinsehen, desto echter wird sie.«

Morelli wischte den letzten Rest Tomatensoße mit einem Stückchen Brot vom Teller, steckte es in den Mund und kaute nachdenklich.

»Haben Sie beim Zoll am Flughafen nachgeprüft, ob die das Ding untersucht haben?« fragte Argyll.

»Natürlich haben wir das. Und nein, haben sie nicht. Kein

Grund dazu. Das Moresby hat einen hochanständigen Ruf, und die Kiste war so fest verschlossen, daß es Ewigkeiten gedauert hätte, das Ding auszupacken. Außerdem war sie so schwer – gut einen Zentner, wie sie sagten –, daß sie sie kaum bewegen konnten, geschweige denn auspacken und untersuchen. Sie halten sich für überarbeitet und unterbesetzt. Deshalb haben sie sich nur die Begleitpapiere angesehen.

Also war es wohl so, daß di Souza mit Moresby in Thanets Büro geht. Die beiden sehen sich die Büste an, und aus irgendeinem Grund nimmt der Spanier sie wieder mit und bereitet seine sofortige Rückreise nach Italien vor. Offensichtlich also kein Diebstahl, da es mit Moresbys Zustimmung geschehen sein mußte, denn zu diesem Zeitpunkt war er noch nicht tot. Was da wohl vorgefallen ist? Egal. Barclay kommt, nachdem di Souza gegangen ist. Streit mit Moresby, und peng. Er kommt wieder heraus, schlägt Alarm.«

Sie füllten ihre Gläser neu und überlegten. Es war offensichtlich, daß diese Erklärung irgendwo einen Fehler hatte. Morelli wandte sich deshalb an seine Frau, die schweigend neben ihm saß und sich die Gedankenspiele der anderen mit spöttischer Miene anhörte. Er wandte sich immer an sie, wenn es ein Problem gab. Sie war eine viel bessere Problemlöserin als er.

»Eins ist offensichtlich«, sagte sie, während sie den ersten Schwung Teller und Schüsseln einsammelte und zur Spüle brachte. »Der Spanier hat sie nicht genommen. Sie war zu dem Zeitpunkt bereits gestohlen. Wenn sie so schwer war und keine Zeit mehr blieb, um sie zu stehlen, nachdem Moresby und di Souza ins Büro gegangen waren, um sie sich anzusehen, dann muß es vorher passiert sein.«

Aber natürlich. Wie dumm von ihnen, daß sie nicht selbst darauf gekommen waren. Leider versiegte hier Giulia Morellis Inspiration. Sie kenne ja kaum die Einzelheiten, gab sie ihnen zu bedenken. Also waren sie wieder einmal angewiesen auf ihre eigenen beschränkten intellektuellen Fähigkeiten.

»Können Sie sie nicht als Hilfssheriff oder so was vereidigen?« fragte Argyll. »Das tut man doch hier bei Ihnen, oder?«

»Nee«, erwiderte Morelli. »Das gibt's schon seit den Zeiten von Jesse James nicht mehr. Außerdem würde der Kontrollausschuß eine Untersuchung anstellen, wenn ich meiner eigenen Frau einen Job geben würde. Wir sind auf uns allein gestellt.«

»Schade. Dann müssen wir uns selbst dahinterklemmen. Dieses Pastetensandwich. Wann wurde das auf die Linse gesteckt?« wollte Flavia wissen.

»Die Kamera hörte gegen 20 Uhr 30 auf zu übertragen.«

»Können wir davon ausgehen, daß um diese Uhrzeit die Büste gestohlen wurde?« fragte Flavia weiter.

»Wir können davon ausgehen, aber wir können es nicht beweisen.«

»Was ist mit der Waffe, mit der er getötet wurde? Keine Fingerabdrücke?«

»Saubergewischt, wie zu erwarten. Kein Hinweis auf irgendwas. Aber gekauft von und eingetragen auf Anne Moresby.«

»Und immer noch kein Zeuge für irgendwas?«

»Nein. Zumindest sagt keiner was. Aber da sie alle auf Teufel komm raus intrigieren und versuchen, sich gegenseitig auszuspielen, sind sie vielleicht zu beschäftigt, es uns zu sagen, falls sie etwas wissen.«

Mit dem Stolz eines Menschen, der eben den Everest erklommen hat, stopfte sich Argyll den letzten Rest eines Fleischklößchens in den Mund, schluckte und meditierte dann eine Weile über den Zustand seines Magens.

»Da ist natürlich noch das Problem mit dem Datum«, sagte er etwas unsicher, weil er nicht wußte, ob eine solche Nebensächlichkeit bei seinen Zuhörern gut ankommen würde.

»Was für ein Datum?«

»Das Datum, an dem Mrs. Moresby nach ihren eigenen Angaben ihren Gatten und Langton über die Büste hatte sprechen hören. Vor ein paar Monaten, hat sie gesagt.«

»Und?«

»Falls Langton die Büste wirklich zum ersten Mal bei di Souza gesehen hat, muß das nach meinen Berechnungen ein paar Tage nach dem Einbruch bei Alberghi gewesen sein.«

»Ja und?«

»Das war erst vor vier Wochen. Ich glaube, da schummelt jemand.«

12

Am Montagmorgen war Joe Morelli mehr denn je davon überzeugt, daß es ein Fehler gewesen war, David Barclay und Anne Moresby nicht zu verhaften. Schließlich deutete alles in ihre Richtung. Motive gab es in Morellis Augen genügend: bei Ehebruch, drohender Scheidung und einigen Milliarden Dollar konnte jeder die Beherrschung verlieren. Die Gelegenheit hatte sich geboten, und die Durchführung der ganzen Sache war nun nachvollziehbar – seine Frau hatte ja darauf hingewiesen, daß der Diebstahl der Büste auch eine Stunde vor dem Mord hätte passieren können. Die Alibis der anderen schienen einigermaßen korrekt zu sein. Außerdem brauchten sie Moresby lebendig, wenigstens vierundzwanzig Stunden länger in Thanets Fall und für unbestimmte Zeit im Fall seines Sohnes.

Aber es gab noch immer einige kleinere Probleme. Flavia, die ins Präsidium gekommen war, um an ihren Chef ein Fax zu schicken, wollte eine Erklärung für den Mord an di Souza, bevor sie bereit war, ihre Vorbehalte aufzugeben. Außerdem wollte sie noch immer wissen, wo die Büste hingekommen war.

Morelli sah sie ungeduldig an. »Hören Sie, ich weiß, daß Sie sauer sind wegen dem Bernini. Aber die Sache ist ziemlich klar. Moresby lebte noch, als Barclay die Party verließ, um zu ihm zu gehen. Weniger als fünf Minuten später war er tot. Alles paßt zusammen. Was wollen Sie denn noch?«

»Vollständigkeit. Ich will in den Knochen spüren, daß alles erklärt ist.«

»Nichts wird je vollständig erklärt«, erwiderte er. »Und meiner Erfahrung nach kommt es sehr selten vor, daß wir überhaupt so weit kommen. Ich bin überrascht, daß Sie nicht zufrieden sind mit dem, was wir erreicht haben.«

Eigentlich sollte sie es auch sein, dachte Flavia, als sie auf der Suche nach Argyll durch das Museum wanderte. Er hatte sich einige Stunden zuvor davongemacht, um im Museum ein paar Dinge zu erledigen. Er war mit allgemeiner Zustimmung – und vor allem, weil kein anderer bereit war, diese schauerliche Aufgabe zu übernehmen – zu Hector di Souzas Nachlaßverwalter bestimmt worden. Also mußte er den Rücktransport der Leiche nach Italien organisieren und, als Folge einer bedauerlichen Gemeinheit von seiten des Museums, die drei Kisten mit Skulpturen entfernen.

Sie fand ihn schließlich im Lagerraum unterhalb des Gebäudes, wo er in den Kisten herumwühlte.

»Ich hätte größte Lust, das alles hierzulassen«, sagte er. »Die Kosten für den Transport werden gigantisch sein. Ich will ja nichts Schlechtes über den armen Hector sagen, aber für ihn und seine Sachen geht ein Großteil meiner Provision für den Tizian drauf. Was es mir noch schwerer macht, in Rom zu bleiben.«

»Du könntest di Souza ja hier begraben lassen.«

Argyll stöhnte über die Pedanterie seines Gewissens. »Glaub nur nicht, daß ich mir das nicht schon überlegt hätte. Aber Hectors Geist würde mich mein Leben lang verfolgen. Was soll's. Glaubst du, daß ich mir diese Kiste da nehmen kann?« Er deutete auf eine besonders große Kiste. »Sie ist leer.«

Flavia sah sie sich an. »Du kannst eine Leiche doch nicht in einer Verpackungskiste transportieren«, sagte sie leicht entsetzt.

»Nicht für Hector, sondern für seine Skulpturen. Das Museum will sie nun doch nicht. Thanet sagt, daß Langton sie nie hätte kaufen dürfen. Alles Schrott, seiner Meinung nach.«

Er hob ein Armstück hoch und zeigte es ihr. »Offen gesagt, er hat recht. Überrascht mich, daß sie die überhaupt ins Auge gefaßt haben.«

»Mich auch. Und deinen Tizian.«

»Mit dem ist alles in Ordnung«, erwiderte er abwehrend.

»Außer daß er das einzige Exemplar venezianischer Malerei in der ganzen Sammlung ist.«

Argyll ließ sich einige Augenblicke lang grummelnd darüber aus, was für ein schönes Bild es doch sei, und wechselte dann das Thema. »Und was meinst du? Wegen dieser Kiste?«

»Ich wüßte nicht, warum du sie nicht nehmen kannst. Außer sie wird für was anderes gebraucht.«

Sie bückte sich, um sich das Stück Papier in der Klarsichthülle anzusehen, die an eine Seitenwand angeheftet war. »Das ist die Kiste, in der die Büste transportiert wurde«, bemerkte sie. »Die kannst du nicht so einfach nehmen. Wir müssen die Polizei fragen, ob sie noch gebraucht wird.«

Argyll sah sich nach etwas anderem Brauchbarem um, doch abgesehen von ein paar armseligen Pappkartons war der Raum praktisch leer.

»Heut geht mal wieder alles schief«, sagte er, kam aber dann zu Flavia und spähte noch einmal in die Kiste. »Dabei hätte die so gut gepaßt. Genau die richtige Größe, sehr stabil, und Verpackungsmaterial ist auch schon drin.«

Er trat einen Schritt zurück. »Ich sehe nicht ein, warum wir sie nicht hernehmen können. Ich meine, wenn sie ein wichtiges Beweisstück wäre, hätte die Polizei sie doch mitgenommen, oder?« Er traf eine Entscheidung. »Komm, hilf mir.«

Er packte die Kiste am oberen Rand und zog. »Mein Gott, ist die schwer. Schieb. Komm schon. Fester.«

Mir der gemeinsamen Anstrengung dreier Beine zogen und schoben sie die Kiste etwa drei Meter über den Betonboden des Lagerraums bis zu di Souzas Skulpturensammlung. Argyll bildete sich ein, daß er das allein geschafft hätte, wäre er nur voll funktionstüchtig gewesen. Aber die Kiste war trotzdem absurd solide gebaut, selbst für die hohen Ansprüche des Moresby.

Schwer atmend setzten sie sich darauf, um wieder zu Kräften zu kommen.

»Bist du sicher, daß das eine gute Idee ist?« fragte Flavia besorgt. »Der Transport der Kiste kostet allein schon ein halbes Vermögen. Das ist ja grotesk, wie schwer die ist.«

»Die Leute sind hier so«, sagte er. »Die wollen absolut kein Risiko eingehen. Alles wird verpackt, umverpackt und dann nochmal verpackt. Du hättest die Kiste sehen sollen, in die sie am Flughafen meinen kleinen Tizian gesteckt haben. Ich nehm' besser das Bernini-Etikett ab, damit es keine Mißverständnisse gibt.«

Er bückte sich, riß den Zettel ab, zerknüllte ihn und warf ihn in die Ecke.

Flavia holte sich das Papier wieder und strich es sorgfältig glatt.

»Jonathan?« fragte sie.

»Was?«

»Was glaubst du, wie schwer das Ding ist?«

»Keine Ahnung. Fünf Tonnen?«

»Ernsthaft.«

»Weiß nicht. Einen guten Zentner? So was in der Richtung.«

»Und was glaubst du, wieviel die Büste wiegt?«

Argyll zuckte die Achseln. »Siebzig Pfund? Vielleicht noch mehr.«

»Aber auf diesem Transportzettel ist das Gewicht der Kiste mit 120 Pfund angegeben. Und was bedeutet das, wenn die Kiste jetzt genausoviel wiegt wie zu dem Zeitpunkt, als sie mit einem Bernini drin durch den Zoll ging?«

»Hm.«

»Das bedeutet, daß die Büste überhaupt nicht aus Thanets Büro gestohlen wurde. Und das bedeutet natürlich...«

»Was?«

»Das bedeutet, daß du dir für di Souzas Statuen eine andere Kiste suchen mußt. Und daß Mr. Langton einiges zu erklären hat.«

Der letzte auf Flavias Besuchsliste war David Barclay, den sie in seinem Büro hoch über den Dächern der Stadt fand. Schrecklich schick – teurer Teppichboden und Sekretärinnen und High-Tech an allen Ecken und Enden. Und natürlich alles ganz in Weiß gehalten – die Leute dieser Stadt schienen etwas gegen Farbe in ihren Räumlichkeiten zu haben.

Flavia mußte sich anstrengen, nicht zu vergessen, daß persönliche Antipathie vor dem Gesetz keinen Grund für eine Verurteilung darstellt. Barclay war einfach nicht ihr Typ. Es lag an seinen Haaren und an ihrem starken Verdacht, daß er seinen Charakter und seine Meinungen im Lauf der Jahre so sorgfältig frisiert hatte, daß sie beinahe nicht mehr existierten. Unverbindliche Höflichkeit, so untadelig wie sein weißes Sofa, sorgfältig kultiviert, um nur ja bei niemandem anzuecken.

Nicht, daß Flavia etwas dagegen hatte, wenn jemand ein Vermögen für Kleidung, Frisur, Schuhe und goldene Accessoires ausgab. Schließlich war sie Italienerin. Aber italienische Männer zeigten offener, daß sie unheilbar eitel waren, ja sie freuten sich sogar darüber. Sie zogen sich schick an, um sich selbst zu beeindrucken, hatten oft Erfolg damit und kümmerten sich nicht darum, was andere von ihnen dachten. Aber Eitelkeit war bei Barclay nur zweitrangig; er schmückte sich, um andere zu beeindrucken, aber von sich selbst stellte er nichts zur Schau.

Ihn zu befragen war ziemlich schwierig. Am schnellsten hätte sie ihm die Zunge wohl mit dem dezenten Hinweis gelöst, daß er, alles in allem genommen, Glück hatte, nicht schon im Gefängnis zu sitzen. Aber das ging sie nichts an, und sie hatte ein wenig Angst, das Falsche zu sagen. Man weiß ja nie, wie streng andere Leute ihre Gesetze auslegen. Also fing sie mit Allgemeinplätzen an und fragte ihn nach seiner Meinung über den Mord.

»Da kann ich Ihnen nicht weiterhelfen. Ich kann mir nicht einmal theoretisch vorstellen, warum jemand Moresby hätte töten sollen.«

Schon erstaunlich, wie ausschließlich diese Leute nur auf ihren eigenen Vorteil bedacht sind, überlegte sich Flavia. Anne Moresby erbte Milliarden, und Barclay wollte sich eine Scheibe davon abschneiden, Langton war hinter Thanets Job her, Thanet wollte Streeter abschießen, Moresby junior war verärgert, weil er ohne einen Cent dastand; sie alle waren besessen von dem Gedanken, was der alte Mann mit seinem Geld vorhatte, und dieser Anwalt konnte sich keinen Grund für den Mord vorstellen. Erstaunlich.

»Was die Büste angeht, weiß ich nur, daß ich die Überweisung des Kaufpreises auf ein Schweizer Konto genehmigt habe.«

»Sonst waren Sie an dem Ankaufsprozeß nicht beteiligt?«

»Abgesehen davon, nein. Von der Büste hörte ich zum ersten Mal, als Moresby mich anrief und mir sagte, ich solle das Geld bereithalten. Die Kunstkäufe sind nicht mein Ressort. Ich bin fürs Bezahlen zuständig. Oder genauer, war.«

»Und an der Sache war nichts Ungewöhnliches? Nichts, was Ihnen komisch vorgekommen ist?«

»Absolut nichts.«

»Dann haben Sie also zwei Millionen Dollar an dem Tag überwiesen, an dem die Büste gestohlen wurde? Oder waren es vier? Was den Preis betrifft, herrscht ziemliche Unklarheit.«

Barclay zögerte. Flavia bemerkte den Stimmungsumschwung und wunderte sich darüber. Es war schließlich nur eine Routinefrage, kaum eine, die direkt zum Kern der Sache vorstieß. Ein beliebiger Satz, den sie nur geäußert hatte, um Zeit für die nächste Frage zu gewinnen. Deshalb war das Ergebnis kaum ihr Verdienst.

Die Frage und die Sorgen, die er sich zu diesem Zeitpunkt um seine Zukunft machte, ließen Barclay in die Offensive gehen und Informationen über eine Sache preisgeben, die seiner Ansicht nach ein sehr schlechtes Licht auf ihn werfen konnte, falls er je vor Gericht gezerrt wurde. Lieber jetzt gleich darüber reden, dachte er, probier's bei jemand Inoffiziellem aus und schau, was passiert.

»Ich habe mich schon gefragt, wann Sie es herausfinden würden«, sagte er.

»Hm«, erwiderte sie, weil ihr nichts Besseres einfiel.

»Es waren natürlich beide Beträge.«

»Wie bitte?«

»Beide.«

Das sagte Flavia überhaupt nichts, aber Barclays ernste, Vertraulichkeit andeutende Miene zeigte deutlich, daß er der Sache einige Bedeutung zumaß. Also nickte sie in der zufriedenen Art dessen, der genau das hört, was er erwartet hat.

»Ich verstehe«, sagte sie langsam. »Verstehe.«

Barclay beruhigte es, daß sie seine Enthüllung so sachlich und nüchtern aufnahm. Er lehnte sich zurück, sah zur Decke und begann zu erzählen, während Flavia herauszufinden versuchte, worüber er überhaupt sprach.

»Das geht schon seit Jahren«, sagte er. »Ich hätte nie zustimmen dürfen, aber Moresby war kein Mann, dem man etwas abschlägt. Jetzt ist es vermutlich nur noch eine Frage der Zeit, bis jemand sich die Zahlen genauer ansieht und zwei und zwei zusammenzählt und meinen Namen auf jeder Zahlungsermächtigung findet. Und natürlich Thanets.«

»Thanet?«

»Natürlich. Ohne ihn hätte das nicht funktioniert. Er mußte die Taxierungen liefern, mußte bestätigen, daß diese Sachen den Betrag wert waren, den Moresby in seiner Steuererklärung angeben wollte. Ich vermute, am Anfang hat er ihm einfach vertraut, so wie ich. Moresby behauptete, er hätte einen gewissen Betrag gezahlt, und Thanet lieferte die Bestätigung, daß Moresby ein Stück im Wert dieses Betrags dem Museum gestiftet hat. Ich vermute, der hat gar nicht daran gedacht, daß da etwas illegal sein könnte. Ich auch nicht, ich habe einfach nur getan, was mir aufgetragen wurde.

Natürlich war Thanet der Ansicht, daß der Alte viel zuviel bezahlte, aber das war ja schließlich sein gutes Recht. Doch dann sagte er zu mir, daß diese betrügerischen Europäer unseren Chef auf den Arm nehmen würden, und ich habe mir daraufhin die Sache genauer angesehen. Zu diesem Zeitpunkt war es natürlich schon zu spät. Wir konnten uns nur zu gut vorstellen, was ein Steuerfahnder uns vorhalten würde: ›Mr. Moresby hat seit Jahren beständig Steuern hinterzogen, indem er das Drei- und Vierfache des tatsächlichen Kaufpreises angab, und Sie erwarten von uns, daß wir Ihnen glauben, Sie hätten davon nichts gewußt?‹

Natürlich hätte man uns das nie geglaubt. Wir waren beide naiv, und außerdem hatten wir vermutlich beide viel zu große Angst um unseren Job. Also habe ich weiter Geld überwiesen und es auf der ganzen Welt versteckt, und Thanet hat weiter falsche Taxierungen ausgeschrieben, die dann dem Finanzamt präsentiert wurden.«

Flavia hatte nun endlich begriffen, worum es ging. Nur um ganz sicherzugehen, sagte sie: »Sie haben also vier Millionen nach Europa überwiesen. Zwei Millionen waren die Bezahlung für die Büste, und die anderen zwei liegen noch immer irgendwo auf einem Moresby-Konto?«

Barclay nickte. »Ja. Und von da an wäre es weitergegangen wie immer. Moresby hätte eine Rechnung über vier Millionen präsentiert, Thanet hätte gesagt, daß die Büste vier Millionen wert ist, und ich hätte diesen Betrag als abzugsfähige Ausgabe in Moresbys Steuererklärung eingetragen. Und als Ergebnis hätte er die Büste fast umsonst bekommen.«

»Aber wohin gingen die zwei Millionen, die als Bezahlung für die Büste dienten?«

»Automatische Überweisung von Moresbys Schweizer Konto an den Besitzer.«

»Ja, aber an wen? Sagen Sie mal, besteht vielleicht die Möglichkeit, daß die auf Langtons Konto gelandet sind?«

Er schüttelte leise lächelnd den Kopf. »O nein. Wenn Mr. Moresby eins nicht war, dann vertrauensselig. Zumindest nicht, was die Kunstwelt betraf. Seine Angestellten wurden aufs schärfste überwacht. Ich habe nachgesehen, an Langton ging das Geld nicht. Und von der Polizei weiß ich, daß es auch nicht an di Souza ging.«

Und auch an sonst niemand, soweit Flavia das erkennen konnte. Sehr merkwürdig. »Sagen Sie, das Ganze war schon ein bißchen illegal, oder?«

Barclay nickte. »Das kann man wohl sagen.«

»Und wieviel wurde auf diese Art gespart?«

»Ich habe es heute morgen zusammengerechnet. Bezahlt etwa neunundvierzig Millionen, angegeben etwa siebenundachtzig Millionen. Es ist ein bißchen schwierig, den genauen Betrag auszurechnen, aber ich schätze, daß er ungefähr fünfzehn Millionen Dollar an Steuern hinterzogen hat.«

»Und in welchem Zeitraum? In den letzten fünf Jahren oder so?«

Barclay sah sie leicht überrascht an. »O nein. In den letzten achtzehn Monaten. Das große Geldausgeben begann natürlich erst, als die Sache mit dem Großen Museum akut wurde.«

Auch wenn man nur die tatsächlich gezahlten Preise in Betracht zog, waren das ziemlich eindrucksvolle Beträge, auf jeden Fall mehr, als irgendeinem Museum in Italien zur Verfügung standen. Aber Barclay war mit ganz anderen Dingen beschäftigt.

»Das Finanzamt reinlegen... Ich meine, die sind ziemlich rachsüchtig. Ich persönlich würde mich da noch lieber mit der Mafia anlegen. Die von der Steuerfahndung sind üble Schlägertypen.«

Er erschauderte unwillkürlich, und Flavia dachte nach. »Wer wußte von dieser Geschichte? Ich vermute, das wurde ziemlich geheimgehalten, oder?«

Er nickte. »O ja. Ich kann mir vorstellen, daß ziemlich viele Leute eine Ahnung hatten – Anne Moresby auf jeden Fall. Sie hat von mir sogar Material verlangt, mit dem sie Thanet hätte belasten können. Ich habe mich natürlich geweigert, weil ich mich selbst damit belastet hätte, aber offensichtlich hat sie das Material trotzdem in die Finger bekommen. Ich weiß nicht wie. Ich vermute, daß auch Langton eine Ahnung hatte, was da ablief. Aber ich glaube, daß nur Thanet, ich selbst und Moresby genau Bescheid wußten. Deshalb ja auch die ganze Aufregung wegen Collins.«

»Wer?«

»Ein Kurator, dem Langton eine Stelle im Museum verschafft hatte. Er meldete gewisse Zweifel an einem Bild von Frans Hals an, das Moresby gekauft hatte. Das sorgte natürlich für Bestürzung, man fürchtete, daß bei einer genaueren Untersuchung der wahre Wert – und der wahre Preis – des Bildes ans Licht kommen würden. Also wurde mit ihm kurzen Prozeß gemacht. Thanet legte sich irgendeine Ausrede zurecht, um ihm Inkompetenz vorwerfen zu können, und schon stand er auf der Straße. Es gab dann wegen dieser Sache einen Riesenstreit im Museum, und dabei trat die schon lange schwelende Feindschaft zwischen Thanet und Langton deutlicher zu Tage, als es dem Klima förderlich war.«

Flavia nickte noch einmal. Noch eine Komplikation. Moresby im Zentrums des Geschehens, eine Art schwarzes Loch in der Mitte. Sie merkte plötzlich, daß sie über den Mann überhaupt nichts wußte. Viele negative Meinungen über ihn, aber keinen wirklichen Hinweis darauf, was ihn angetrieben hatte. Warum zum Beispiel arbeitete ein so reicher Mann so hart daran, das Finanzamt um so wenig zu betrügen? Zumindest relativ gesehen.

Barclay, der ihr nun schon viel weniger oberflächlich erschien als am Anfang, kratzte sich am Kinn und suchte nach einer Erklärung.

»Ich glaube, er war einfach so. Er war ein Geizkragen. Nicht in dem klassischen Sinn, daß er in einer Bruchbude gelebt und das Geld unter der Matratze versteckt hätte, sondern ein psychologischer Geizkragen. Er kannte den Wert des Geldes, und hätte alles getan, um das zu behalten, was er als sein Eigentum betrachtete. Sparen war seine Religion. Dabei war es egal, ob es um einen Dollar ging oder um eine Million. Oder eine Milliarde. Die Summe war nicht wichtig, es ging um das Prinzip. Er war ein Mann von Prinzipien. Jeder, der ihm sein Geld wegnehmen wollte, war sein Feind, und er tat alles, um ihn zu stoppen. Und dazu gehörte natürlich auch das Finanzamt.

Das heißt aber nicht, daß er gemein war, das war er nämlich nicht. Er konnte sehr großzügig sein, wenn er wollte. Solange nur er die Entscheidungen traf. Und kein anderer. Klingt das überzeugend?«

Vermutlich, erwiderte sie. Aber da sie noch nie so einen Menschen kennengelernt hatte, konnte sie es ihm nur glauben.

»War er ein rachsüchtiger Mann?«

»In welcher Hinsicht?«

»Ich meine, falls jemand ihm seiner Meinung nach Unrecht getan hat? War er nachtragend?«

Barclay warf den Kopf zurück und lachte. »Ob er nachtragend war? Haha. Ja, ich glaube, das kann man sagen. Das war er wirklich. Wenn ihm jemand auf die Zehen trat, verfolgte er ihn bis ans Ende der Welt, um sich zu rächen.«

»Auch vierzig Jahre lang?«

»Bis ins nächste Leben, und wenn nötig auch noch in das danach.«

»Dann wäre es doch nur wahrscheinlich«, sagte sie und holte zum entscheidenden Schlag aus, »daß jemand, der eine Affäre mit seiner Frau hat, Moresby umbringt, wenn der es herausfindet. Aus Angst vor den Folgen.«

Der Anwalt sah aus wie vom Blitz getroffen. Er öffnete weit den Mund, schloß ihn wieder und pfiff dann leise. »Na, hol mich doch...«

Hier brach er ab. Obwohl Flavia damit Gefahr lief, ihren psychologischen Vorteil zu verlieren, konnte sie sich nicht beherrschen. Sie hob die Hand.

»Wer oder was soll Sie holen?« fragte sie.

»Wie bitte?«

»Sie haben gesagt ›Hol mich doch‹ und dann aufgehört«, erklärte sie.

Barclay runzelte die Stirn, doch dann begriff er, worauf sie hinauswollte. Mit kurzen Worten erklärte er ihr die Bedeutung des Sprichworts. Flavia schrieb eifrig mit.

Dann war es für sie an der Zeit zu gehen. Lediglich ihre kleine Botschaft mußte sie noch an den Mann bringen. Sie hoffte nur, sie überzeugend genug vortragen zu können.

»Zum Glück ist dieser Fall schon fast abgeschlossen, und ich kann schon morgen oder übermorgen wieder heimfliegen. So schön es hier ist, freue ich mich doch wieder auf Italien«, sagte sie auf, wie sie hoffte, fröhlich beiläufige Art.

Barclay sah sie argwöhnisch an. »Was soll das heißen?«

»Der Mord. Er wurde auf Band aufgenommen.«

»Ich dachte, die Kameras wären ausgefallen?«

»Aber Streeter hatte in Thanets Büro eine Wanze versteckt. Auch er hatte den Verdacht, daß an den finanziellen Transaktionen in diesem Museum etwas faul war. Er glaubt, daß er den ganzen Vorfall wahrscheinlich auf Band hat. Sie wissen schon, eine Stimme, die sagt: ›Stirb, Moresby!‹ und dann ein dumpfer Schlag. Er wird es heute abend bei sich zu Hause der Polizei übergeben.«

13

Da Argyll sich in seinem gesunden Bein eine leichte Muskelzerrung zugezogen hatte, war er nicht mit Flavia zu Barclay gegangen. Er war statt dessen im Bett geblieben, hatte das Gipsbein hochgelegt und ferngesehen. Schon vormittags fernzusehen hatte etwas Sündiges, und Argyll genoß es sehr, obwohl die Programmauswahl eher dürftig war.

Genaugenommen war sie so dürftig, daß er schließlich bei der Predigt eines offensichtlich fundamentalistischen Priesters hängenblieb, der sich ausführlichst über Sünde und Geld ausließ. Im wesentlichen ging es darum, daß man nach Überzeugung dieses Priesters erstere tilgen konnte, indem man letzteres reichlich spendete, an ihn. Eine faszinierende Sendung, Argyll hatte so etwas noch nie gesehen, und es ärgerte ihn beinahe, als ein Klopfen an der Tür ihn aus seiner Versenkung riß.

»Herein«, rief er. »Ach Sie sind das«, fuhr er fort, als Jack Moresby den Kopf zur Tür hereinstreckte. »Schön, Sie zu sehen.«

Mit einem dümmlichen Grinsen im Gesicht trat Moresby ins Zimmer. »Wie geht's?« fragte er. »Ich hab' gehört, Sie hatten 'nen Unfall.«

Er musterte Argylls Gipsbein und klopfte darauf. »Nur das eine? Ziemliches Glück, nach allem, was ich gehört habe.«

»Kommt darauf an, wessen Glück Sie meinen.«

»Was wollen Sie damit sagen?«

»Mh? Ach, nichts. Ja, ich hatte wirklich Glück. Kann allerdings nicht sagen, daß ich jetzt besonders glücklich bin.«

Moresby nickte. »Hm. Trotzdem, Sie sind noch am Leben, und das ist das wichtigste. Hab' mir nur gedacht, ich seh' mal nach.«

»Sehr nett von Ihnen. Nehmen Sie sich was zu trinken, wenn Sie wollen.«

»Und, wie kommt die große Suche voran?« Moresby nahm sich ein Bier und setzte sich.

»Nach der Büste?«

»Ich hatte eigentlich eher an den Mörder meines Vaters gedacht.«

»Ach so. Ist für Sie wohl auch das Näherliegende. Die Antwort ist auf beide Fragen allerdings die gleiche. Der Endspurt hat begonnen.«

»Und wer sind die Favoriten?«

»Ihre Stiefmutter und Barclay. Aber ich vermute, das überrascht Sie nicht sonderlich.«

Moresby schluckte dies zusammen mit dem Bier und nickte weise. »Na, ich weiß nicht. Ich weiß wirklich nicht. Das scheint mir ein bißchen weit hergeholt zu sein.«

»Es geht um viel Geld. Leute haben schon mehr für weniger angestellt.«

»Aber sie wäre doch auch noch ziemlich reich gewesen, wenn er dieses größere Museum gebaut hätte.«

»Nicht, wenn er sich von ihr wegen Ehebruchs hätte

scheiden lassen. Und man wird Sie in dieser Sache wahrscheinlich als Zeuge aufrufen.«

»Hat man sie danach gefragt?«

Argyll nickte. »Sie leugnet es. Aber Morellis Leute haben eifrig gebuddelt. Es gibt deutliche Hinweise darauf, daß sie eine Affäre hat. Seine Schnüffeltruppe hat herausgefunden, daß sie des öfteren übers Wochenende weggefahren und mit einer anderen Person unter falschen Namen in Hotels abgestiegen ist. Aber wie haben Sie es herausgefunden?«

»Das war ganz einfach. Sie gehört zu dieser Sorte Mensch, es war offensichtlich, daß sie eine Affäre hatte, und ihr Dienstbote im Strandhaus hat gewisse Andeutungen fallengelassen. Außerdem habe ich gehört, daß sie über Interna des Museums erstaunlich gut informiert war. Mein Vater hat ihr nie etwas erzählt, also mußte es Barclay sein. Das alles zusammengenommen...«

»Ich verstehe.«

»Es wird also nicht auf mein Wort gegen das ihre hinauslaufen?«

»Anscheinend nicht.«

»Es sieht also nicht gut aus für sie?«

»Nein. Aber es scheint noch nicht ganz hieb- und stichfest zu sein, soweit ich das mitkriege. Ich kenne ja die Regeln und Vorschriften hier herüben nicht, aber wie's aussieht, will Morelli etwas Unangreifbares. Und er glaubt, daß er so etwas auch bald in die Finger bekommt.«

Plötzlich erwachte Moresbys Interesse. »Wirklich? Wie das?«

»Streeter erzählt überall herum, daß er ein Tonband gefunden hat. Von einer Wanze in Thanets Büro.«

»Tatsächlich? Und hat er das Band wirklich?«

Argyll grinste vielsagend. »Okay, dann ist es eben keine so gute Geschichte. Aber wir glauben, daß sie den Mörder vielleicht aus seinem Bau heraustreibt, wenn Sie wissen, was ich meine.«

»Das Band oder das Gerücht?«

»Heute abend wird es *chez* Streeter eine kleine Versammlung geben. So gegen neun«, sagte er, ohne auf Moresbys

Bemerkung einzugehen. »Man wird sich das Band anhören, das er dort aufbewahrt.«

Moresby nickte nachdenklich und stand auf. »He«, sagte er leise. »Ich habe Ihnen ein kleines Geschenk mitgebracht.«

Argyll liebte Geschenke, schon immer. Geschenke waren es fast wert, daß man für sie krank wurde. Mit Masern und Mumps und all den Kinderkrankheiten verband er nur schöne Erinnerungen. Er war eben dabei, seinem Besucher zu danken, als es noch einmal klopfte.

»Oh, verdammt«, sagte er. »Na, kommen Sie schon rein.«

Ein mausgrauer kleiner Mann trat ins Zimmer und nickte nervös. »Mr. Argyll, Sir? Sie erinnern sich wohl nicht mehr an mich?«

Er kam zum Bett und gab Argyll eine Visitenkarte.

»Na, dann geh' ich wohl besser«, sage Moresby widerwillig und trank den Rest seines Biers in einem Zug aus.

»Das müssen Sie doch nicht. Warten Sie einen Augenblick.«

»Nein, ist schon in Ordnung. Bis dann.«

Und damit verschwand er ziemlich schnell. Argyll wandte sich dem Fremden zu, der erwartungsvoll vor ihm stand. Er war ein wenig verstimmt. Moresby hatte vergessen, ihm sein Geschenk zu geben.

»Mein Name ist Ansty, Sir«, sagte der Mann und setzte sich. »Wir haben uns im Krankenhaus kennengelernt.«

Argyll sah ihn verständnislos an und warf dann einen Blick auf die Visitenkarte. Josiah Ansty, Rechtsanwalt. Plötzlich erinnerte er sich wieder.

»Ach ja. Sie sind derjenige, der mit diesem Autoverleiher in Streit geraten ist.«

Ansty nickte. »Dieses Schwein«, sagte er. »Ein aggressives Schwein. Hat mich angegriffen.«

»Na, wie auch immer. Was kann ich für Sie tun?«

»Es geht mehr darum, was ich für Sie tun kann. Ich vermute, daß Sie diverse juristische Probleme am Hals haben...«

»Nein, hab' ich nicht.«

»Oh. Aber das müssen Sie doch.«

»Hab' ich aber nicht. Und falls noch welche auftauchen

sollten, setze ich mich in die nächste Maschine und fliege zurück nach Italien. Wenn mich dann jemand verklagen will, muß er mich erst mal finden.«

Ansty setzte eine angemessen entsetzte Miene auf angesichts dieses unbekümmerten Umgangs mit dem Gesetz. Wie sollte ein Mann wie er bei solchen Klienten seinen Lebensunterhalt verdienen?

»Wie haben Sie mich überhaupt gefunden?« fuhr Argyll fort. »Ich habe Sie nicht gerufen.«

»Nun, ich habe zufällig den Polizeifunk mitgehört, als die Meldung von Ihrem Unfall durchgegeben wurde. Und das Krankenhaus hat mir Ihre Adresse gegeben. Also habe ich mir gedacht...«

»Kleiner Leichenschänder, was? Suchen Sie sich so alle ihre Klienten?«

»Einige. Heutzutage hat es keinen Sinn mehr, darauf zu warten, daß die Leute zu einem kommen. Man muß selber zu den Leuten gehen. Es gibt so viele, die gegen andere prozessieren könnten, aber sie denken überhaupt nicht dran.«

»Also, ich habe dran gedacht, aber ich will trotzdem nicht. Gehen Sie.«

»Aber bestimmt...«

»Nein...«

»Aber der ungenügende Sicherheitszustand des Wagens...«

»Es hatte nichts mit dem Sicherheitszustand zu tun. Jemand hatte die Bremsleitung gelockert. Es war ein Mordversuch, kein Unfall.«

Ansty machte ein betrübtes Gesicht, denn wie es aussah, ging ihm da ein lukratives Geschäft durch die Lappen.

»Trotzdem«, sagte er, sich an den letzten Strohhalm klammernd, »könnten Sie, parallel zu einer etwaigen Strafverfolgung, auf zivilrechtlichem Weg Schadenersatz einklagen.«

»Bis jetzt wurde noch niemand verhaftet«, erwiderte Argyll. »Wen soll ich denn verklagen? Außerdem sagt mir der Autoverleiher, daß die Versicherung völlig ausreicht. Ich will überhaupt niemanden verklagen. Nicht einmal Anne Morèsby; wenn man annimmt, daß sie hinter dem Ganzen steckt.«

»Glaubt das die Polizei?«

»Das scheint ihre gegenwärtige Theorie zu sein, ja.«

»In diesem Fall, Sir, kann ich Ihnen als Anwalt nur raten, unverzüglich einen Prozeß gegen sie anzustrengen. Ansonsten verpassen Sie Ihre Chance.«

»Wovon reden Sie den überhaupt?«

»Wenn ich mich richtig erinnere, hat Mrs. Moresby kein eigenes Vermögen. Ich kann mich noch gut an die Geschichten in den Zeitungen anläßlich ihrer Heirat erinnern. Sie kommt aus bescheidenen Verhältnissen. Alles Geld, das ihr zur Verfügung steht, stammt aus dem Vermögen ihres Mannes.«

Er sah Argyll an, der nur wütend zurückstarrte und offensichtlich nicht begriff, worauf er hinauswollte. Das ist der Grund, sagte sich Ansty, warum die Leute Anwälte brauchen. Früher oder später zeigt es sich, was ein professioneller Rat wert ist. Und dies hier war ein klassisches Beispiel.

»Stimmt das etwa nicht, Sir?«

Argyll zuckte die Achseln. »Wahrscheinlich schon. Soweit ich das weiß. Und was soll das?«

»In diesem Fall sind die Chancen auf Schadenersatz sehr gering, außer Sie strengen eine Zivilklage an, bevor ein Strafprozeß gegen sie eröffnet wird.«

»Ich verstehe nicht, was Sie meinen.«

Der Anwalt erklärte es ihm langsam und Schritt für Schritt, so als würde er ein Kind unterrichten oder zumindest einen Jurastudenten im ersten Semester.

»Ich gehe davon aus, der Staatsanwalt wird behaupten, daß sie Moresby getötet ...«

»Hat sie nicht. Verschwörung zum Mord oder so ähnlich. Aber reden wir nicht mehr davon.«

»...daß sie in den Mord an Moresby verwickelt war«, fuhr Ansty pedantisch fort, »mit der Absicht, sein Vermögen an sich zu reißen. Bei einer Verurteilung wird sie automatisch auch vom Erbe ausgeschlossen, denn nach dem Gesetz dürfen Verbrecher nicht von ihren Verbrechen profitieren. Ich kann Ihnen den Paragraphen zitieren, wenn...«

»Lassen Sie nur«, erwiderte Argyll. »Ich bin auch weiterhin nicht daran interessiert, jemanden zu verklagen.«

Trotzdem lehnte er sich in seine Kissen zurück und dachte

über die ganze Sache nach. Und plötzlich kam ihm ein sehr unangenehmer Gedanke. So unangenehm, daß ihm der kalte Schweiß ausbrach. Wenn etwas, das er angeblich wußte, eine so gigantische Erbschaft gefährdete, dann war es natürlich dringend geboten, ihn loszuwerden, das verstand er jetzt nur zu gut. Es half ihm nichts, wenn er herausfand, was er da gesehen oder gehört haben sollte, aber dennoch...

»Einen Augenblick mal«, sagte er. »Sagen Sie, haben Sie heute viel zu tun?«

Ansty, der bereits aufgestanden war, sah ihn traurig an und gestand dann in einem plötzlichen Anfall von Aufrichtigkeit, daß er schon seit Wochen nichts mehr zu tun hatte. Keine Fälle und keine Klienten, jetzt in diesem Augenblick.

»Gut«, sagte Argyll. »Ich will, daß Sie bei mir bleiben. Leisten Sie mir doch ein paar Stunden Gesellschaft. Wir können uns ein Mittagessen aufs Zimmer bringen lassen, wenn Sie wollen.«

Ansty setzte sich wieder. »Das ist sehr gastfreundlich von Ihnen«, erwiderte er. »Es würde mich sehr freuen.«

»Ich habe noch nie im Leben einen Menschen so viel essen sehen«, beklagte er sich vier Stunden später, nachdem endlich Flavia in Morellis Begleitung zurückgekehrt war. »Der Mann ist ein wandelnder Futterverwerter. Nicht einmal du ißt so viel.«

Argylls Nerven waren ein wenig angespannt. Die Gesellschaft dieses Anwalts war eine schwere Prüfung gewesen, und ihre Notwendigkeit linderte den Schmerz kein bißchen. Hätte er gewußt, daß Flavia so lange ausbleiben und Ansty so viel essen würde, hätte er vermutlich das Risiko des Alleinseins auf sich genommen.

Aber eigentlich konnte er sich nicht beklagen, denn er hatte dem Mann nicht gesagt, warum er so plötzlich dessen Gesellschaft wünschte. Und die letzten zwei Stunden waren auch gar nicht so schlimm gewesen: auf dem Bett zu sitzen, Bier zu trinken und sich die Regeln des Baseball-Spiels erklären zu lassen ist kein so übler Zeitvertreib. Er hatte gar nicht gewußt, daß das Spiel so kompliziert war. Faszinierend, wenn man es sich überlegte. Er konnte nur nicht verstehen, warum die Spieler in ihrer Unterwäsche herumliefen, und das konnte ihm auch Ansty nicht erklären.

Als Flavia und Morelli zurückkehrten, saßen Argyll und dieser mausgraue Mann mittleren Alters bei zugezogenen Vorhängen und inmitten leerer Bierdosen und Teller auf dem Bett und lachten dröhnend über einen schlecht getimten Spitball (danach gefragt, mußte Argyll allerdings gestehen, daß er sich weder daran erinnern konnte, was ein Spitball war, noch zwischen einem gut und einem schlecht getimten unterscheiden konnte).

»Kein Witz«, sagte er, nachdem er seine Ausführungen beendet hatte. »Ich hatte einen entsetzlichen Tag. Das Problem war, ich konnte mich nicht entscheiden, ob es einfach nur Paranoia war oder nicht. Aber solange dieser Mörder frei herumläuft, habe ich mir gedacht, gebe ich eine ziemlich gute Zielscheibe ab, falls er etwas in dieser Richtung vorhat. Ich weiß zwar immer noch nicht, warum man mich umbringen will, aber alles scheint darauf hinzudeuten. Wenn ich natürlich gewußt hätte, daß du die ganze Zeit bei Barclay warst, hätte ich weniger Angst gehabt, daß er plötzlich mit einer Pistole in der Hand zur Tür hereinplatzt.«

»Na, bei solchen Dingen geht man besser auf Nummer sicher.«

»Und von jetzt ab werden wir auf Sie aufpassen«, sagte Morelli mit besorgtem Stirnrunzeln. »Das Problem ist nur, in unserem Fall bringt uns das nicht weiter. Ein Beweis ist ein Beweis, und den haben wir noch immer nicht.«

»Dann können Sie also nur noch auf das Treffen heute abend hoffen, oder? Haben Sie alle besucht?«

Morelli nickte. »Wir haben es allen gesagt, und zwar so nebenbei wie möglich. Streeter macht Überstunden, er kommt also erst kurz vor neun nach Hause. Wir haben behauptet, daß er das Band in seinem Haus aufbewahrt. Sehr verführerisch.«

Argyll grinste. »Gut«, sagte er. »Ich glaube, ihr solltet noch etwas essen, bevor wir aufbrechen. Ein paar Sandwiches? Dann können wir gehen und dieses Gespenst einer Büste beschwören.«

Morelli machte ein verdutztes Gesicht. »Was soll das heißen?« fragte er.

»Hast du es ihm nicht gesagt?«

Flavia wurde verlegen. »Tut mir leid. Hab' ich vergessen. Wir haben den Fall nämlich bereits gelöst, müssen Sie wissen. Ich hoffe, Sie haben nichts dagegen.«

Morelli machte ein Gesicht, als hätte er sehr wohl etwas dagegen, und meinte, da der Fall sich in Los Angeles abspiele, und er Angehöriger der Polizei von Los Angeles sei (sie dagegen nicht viel mehr als geduldete Touristen), sollten sie sich doch vielleicht bemühen, ihn besser zu informieren.

»Ich hatte es wirklich vor. Aber die letzten Lücken konnte ich erst nach dem Gespräch mit Barclay schließen.«

»Und?« wollte Morelli wissen.

»Langton«, sagte sie entschlossen. »Es ist offensichtlich. Wegen der Kiste, wissen Sie. Die war nämlich leer.«

»Leer?« sagte Morelli und dachte dabei, daß er zuviel Zeit mit einsilbigen Fragen vergeudete.

»Leer. Sie steht im Keller des Museums. Gewicht 120 Pfund. Genausoviel wie sie nach Angaben des Transportzettels gewogen hatte, als sie den Bernini enthielt. Schlußfolgerung, sie war die ganze Zeit leer. Es gab keinen Diebstahl in Thanets Büro. Keine Büste wurde aus Italien herausgeschmuggelt, und egal, was aus Alberghis Haus in Bracciano gestohlen wurde, ein Papst Pius V von Bernini gehörte nicht zur Beute. Offen gesagt, ich zweifle allmählich, ob Alberghi diese Büste je hatte.«

»Und was in Gottes Namen sollte dann das Ganze? War das vielleicht nur ein Trick, um uns zu verwirren? Wenn ja, dann hat es sehr gut funktioniert.«

»Das müssen wir Langton fragen. Ich weiß nur, daß die ganze Sache ein Betrug war, und daß Langton der einzige ist, der ihn begangen haben konnte. Wollen Sie hören, warum?«

Ein weiteres Tablett mit Sandwiches und Bier traf ein, und sie mußten ihre Neugier einige Augenblicke lang zügeln. Doch nachdem der Zimmerkellner gegangen war und Flavia ein Pastrami-Sandwich verdrückt hatte, nahm sie den Faden wieder auf.

»Moresby hatte drei herausstechende Eigenschaften, die ihn zur Zielscheibe für diesen Betrug machten. Erstens, er war ein Kollektomane, wenn das das richtige Wort dafür ist. Zweitens, er ließ sich nicht gerne von einem anderen ausstechen, und drittens, er zahlte nicht gerne Steuern.«

»Keiner zahlt gerne Steuern«, bemerkte Morelli und sprach dabei aus eigener Erfahrung.

»Auf jeden Fall hat er 1951 auf dem italienischen Schwarzmarkt von di Souza eine Büste gekauft. Hat die Anzahlung hingeblättert, und das war's dann. Die Büste bekam er nie zu Gesicht. Wir wissen, daß sie konfisziert wurde, und vielleicht hat di Souza ihm das sogar gesagt, aber ich bezweifle stark, daß er ihm das geglaubt hat. Danach hat man von dieser Büste nie wieder was gehört; hätte das Borghese sie in seine Sammlung aufgenommen, hätte man das sehr leicht feststellen können. Moresby konnte nichts tun, ohne alle Welt wissen zu lassen, daß er in den Schmuggel von Kunstwerken verwickelt war, und deshalb mußte er die Sache auf sich beruhen lassen.

Nach diesem Erlebnis war Moresby auf der Hut vor Kunsthändlern, was ja oft nur vernünftig ist. Wie auch immer, als nächstes kam dann jedenfalls diese Frans-Hals-Affäre.«

Morelli runzelte die Stirn. Da mußte er etwas ausgelassen haben, zumindest konnte er sich nicht erinnern, diesen Hals je verhört zu haben.

»Jeder wußte, daß mit dem Bild etwas nicht stimmte, aber nur einer, ein junger Kurator namens Collins, hatte den Mut, das auch zu sagen. Er schlug eine eingehende Untersuchung vor und deutete an, daß der Preis viel zu hoch gewesen sei. Das Museum ist in Aufruhr. Und kurz darauf sitzt der Kurator auf der Straße.

Die Sache war schon sehr merkwürdig, wenn man es sich überlegt. Im großen und ganzen – das Moresby mag da vielleicht eine Ausnahme sein, aber ich glaube es eher nicht – sind Museen nicht gerade scharf drauf, Fälschungen zu besitzen. Wenn da einer beweisen kann, daß an einer Neuerwerbung etwas faul ist, klopft man dem normalerweise auf den Rücken. Der Kurator, von dem hier die Rede ist, war Experte für holländische Malerei des siebzehnten Jahrhunderts. Und er war natürlich Langtons Schützling.

Daß das Bild eine Fälschung war, bezweifle ich keinen Augenblick lang. Ich vermute, daß die ganze Geschichte ein früher Versuch war, Thanet hereinzulegen.«

Morelli, der die ganze Zeit zur Decke gestarrt, selbstversunken genickt und sich gefragt hatte, wann sie endlich ihre Beweise auftischen würde, horchte an dieser Stelle auf. »Wie kommen Sie zu diesem Schluß?« fragte er, während er sich vorbeugte, die Sandwiches musterte und sich schließlich für ein neues Bier entschied.

»Das Bild wurde nicht von Langton gekauft, ihm konnte es also nicht schaden, wenn es als Fälschung entlarvt wurde. Geschadet hätte es Thanet, der den Kauf genehmigt, und Barclay, der das Geld ausgezahlt hatte, und das hätte dazu geführt, daß man sich Moresby persönlich genauer angesehen hätte. Eine Ermittlung hätte ergeben, daß das Bild zwar nur 200.000 Dollar gekostet, Moresby aber in seiner Steuererklärung einen Kaufpreis von 3,2 Millionen angegeben hatte. Die Zahlen habe ich von Barclay. Man wäre dann sicher auch darauf gekommen, daß im Lauf der Jahre auf diese Art einige Millionen Dollar Steuern gespart worden waren. Moresby hätte ernste Schwierigkeiten bekommen und sich nur retten können, indem er Thanet und Barclay die Schuld zuschob. Übereifrige Untergebene. Sie wissen, wie so was läuft.«

»Hat aber nicht funktioniert«, gab Morelli zu bedenken.

»Nein. Thanet hat entschlossener gehandelt, als man ihm zugetraut hätte. Er hat sich diesen Kurator vom Hals geschafft, so schnell es nur ging. Also probiert Langton es noch einmal. Collins landet als Assistent im Borghese und entdeckt dort diese Akte über die Bernini-Büste. Da fallen natürlich einige Groschen. Langton kennt die Geschichte, wie Moresby um einen Bernini geprellt wurde, nur zu gut. Es kann nicht schwer für ihn sein, sich auszurechnen, daß Moresby hocherfreut sein würde, wenn er sie in die Finger bekommen könnte.

Es gibt natürlich einige Schwierigkeiten, nicht zuletzt das Problem, sich die Büste zu beschaffen und sie außer Landes zu bringen. Man entscheidet sich für di Souza als den armen

Unglücklichen, der den Kopf fürs Schmuggeln hinhalten muß, damit das Museum aus dem Schneider ist. Das befriedigt Moresbys Rachegelüste und ist ein zusätzlicher Anreiz für den Kauf der Büste.

Also fährt Langton nach Bracciano, um Genaueres in Erfahrung zu bringen, wird aber hinausgeworfen. Collins erzählt ihm, daß der alte Alberghi kürzlich verstorben sei, und er ruft daraufhin Colonello Alberghi an und findet heraus, daß niemand die geringste Ahnung hat, was alles im Haus ist. Langton weiß jetzt also, wenn es dort einen Bernini gibt, dann ist er der einzige, der sich dessen bewußt ist. Er inszeniert einen Einbruch, um die Büste in die Finger zu bekommen, aber ohne Erfolg. Kein Bernini. Womit er vor einem kleinen Problem steht.

Doch Langton ist kein Mensch, der sich von solchen Nebensächlichkeiten aus der Fassung bringen läßt. Wenn er zu dem Schluß gekommen ist, daß in dem Haus ein Bernini sein muß, so überlegt er, dann kommt auch jeder andere darauf. Langton ködert di Souza, indem er ihm ein paar Antiquitäten abkauft, und bezahlt ihn dann dafür, daß er die Kiste über den Atlantik schafft. Das Geld wird nach dem üblichen Schema überwiesen, wobei allerdings, will ich mal annehmen, zwei Millionen Dollar einen außerplanmäßigen Zwischenstopp auf Collins Bankkonto einlegen, bis man sie endgültig verschwinden lassen kann.

Langton ist kurz davor, nicht nur Moresby um zwei Millionen Dollar zu betrügen, sondern sich auch noch dessen Dank einzuhandeln und Thanet zu verdrängen. Der Haken bei der Sache ist nur, er muß dafür sorgen, daß niemand in die Kiste sieht. Da er schon öfters Sachen für das Museum gekauft hat, kann er ziemlich sicher sein, daß der Zoll ihr keine große Beachtung schenken wird. Aber um ganz sicherzugehen, verzögert er die Abholung der Kiste, bis er hört, daß Moresby sich kurzfristig für einen Besuch angesagt hat. Schließlich war er es, der die Kiste ungeöffnet in Thanets Büro stellen ließ und der behauptete, die Zeit sei zu knapp für eine Untersuchung. Dann mußte er nur noch das Sandwich auf die Kamera kleben und darauf warten, daß jeder die falschen Schlüsse zieht.«

Morelli rümpfte unbefriedigt die Nase. »Der hat doch nicht wirklich geglaubt, daß irgend jemand ihm das abnimmt, oder?«

»Aber wir haben es ihm geglaubt. Er mußte nur jeden von der Echtheit der Büste überzeugen, nachdem sie angeblich aus Thanets Büro verschwunden war. Und dazu brauchte er die aktive, wenn auch unwissentliche Mithilfe der italienischen Polizei. Genauer gesagt, die meine, der verdammte Kerl. Er weiß, daß wir diesen Einbruch in Bracciano untersuchen werden, und dann brauchen wir nur noch den Diebstahl mit dem Bernini in Verbindung zu bringen. Das Bindeglied lieferte Jonathan Argyll, der mich sofort anrief und so aufgeregt von einem Schmuggel quasselte, daß wir gezwungen waren, der Sache nachzugehen. Ich bin also ins Borghese-Museum gegangen. Nur einem Trottel wäre diese Verbindung nicht aufgefallen.«

Argyll hob etwas verwundert den Kopf, denn es überraschte ihn, sich selbst mehr oder weniger als Komplizen in einem großangelegten Betrug bezeichnet zu hören.

»Langton hat den Tizian erst sehr spät gekauft, erst als die Sache mit di Souza schon angelaufen war. Dann bestand er darauf, daß Argyll nach Los Angeles kommt. Daß dieser Tizian nicht in die Sammlung dieses Museums paßt, sieht ein Einäugiger...«

»Blinder.«

»Dann eben ein Blinder. Auf jeden Fall, wenn man davon ausgeht, daß das Museum eine einheitliche Akquisitionspolitik betreibt, ergibt das keinen Sinn. So wenig Sinn wie der Ankauf von di Souzas Skulpturen.

Der Tizian wurde nur gekauft, damit Argyll anwesend war, wenn der Schmuggel zur Sprache kam. Seine engen Beziehungen zu mir und zum italienischen Kunstraubdezernat waren schließlich kein Geheimnis. Kaum war die Büste verschwunden, rief Argyll mich schon an, und ich bin natürlich brav der Spur gefolgt, die man so geschickt für mich ausgelegt hat.«

Sie hielt inne und sah Argyll fragend an. Doch der nickte nur, diesmal hatte sie also alle idiomatischen Untiefen glücklich umschifft.

»Langtons sorgfältige Planung hat die Illusion eines überzeugenden Herkunftsnachweises für die Büste geschaffen. Wer sich die Mühe machte, konnte sie zu Alberghi, di Souza und dem Verkauf 1951 zurückverfolgen. Und dazu noch Alberghis enthusiastisches Gutachten von 1951. Wirklich ziemlich überzeugend, das Ganze.

Das Ergebnis war, daß ein paar Tage später die italienische Polizia anruft, die nationale Bedeutung und die unanzweifelbare Echtheit der Büste bestätigt und ihre Rückgabe fordert.

Wie kann man besser alle Welt davon überzeugen, daß die Büste wirklich gestohlen wurde und sie ein echter Bernini ist, als mit einem internationalen Rückgabeersuchen? Von Anfang an wurde die Polizei dazu mißbraucht, die Leute von ihrer Echtheit zu überzeugen.

Das Problem für Langton ist nun nicht, daß di Souza anfängt, sich zu beschweren, sondern daß es ihm so schnell gelingt, mit Moresby zu reden. Jonathan hat er gesagt, er könne beweisen, daß er die Büste nicht herausgeschmuggelt hat, und vermutlich wird er das Moresby ebenfalls sagen. Jetzt ist schnelles Handeln nötig. Der Rest ist klar.«

Sie sah sich selbstgefällig in der Runde um, zufrieden darüber, daß sie, von der tatsächlichen Verhaftung einmal abgesehen, den Fall abgeschlossen hatte. Morelli sah nicht so bewundernd drein, wie sie eigentlich erwartet hätte. Er war noch immer besorgt wegen der Beweise, und das sagte er ihr auch.

»Ach, das«, erwiderte sie leichthin, »das ist ganz einfach. Langton wird zwangsläufig heute abend bei Streeter auftauchen. Und dann nehmen wir ihn uns vor. Außerdem habe ich Bottando angerufen; er wird ins Borghese gehen und Collins die Daumenschrauben anlegen, bis er gesteht.«

»Weil wir gerade von Mr. Langton reden«, sagte Argyll. »Was ist eigentlich mit diesen Anrufen, die er nach dem Mord getätigt hat?«

»Mit denen ist alles in Ordnung«, sagte Morelli. »Die beiden Angerufenen bestätigen sie, und Streeters praktisches Telefon-Überwachungssystem bestätigt darüber hinaus die Zeit und die gewählten Nummern.«

Argyll machte ein enttäuschtes Gesicht, und Morelli sah schon wieder eine dieser nutzlosen, typisch europäischen Haarspaltereien auf sich zukommen. Um sie abzuwehren, öffnete er seine Aktentasche und zog einen Computer-Ausdruck heraus. »Hier«, sagte er. »Prüfen Sie es selbst nach, wenn Sie mir nicht glauben.«

Argyll nahm das Blatt. »Externe PABX-Nutzung« stand darauf. Mit anderen Worten, wer wann wo angerufen hatte. Allerdings nicht sehr hilfreich, was die fraglichen Anrufe betraf. Um 22 Uhr 10 ein Anruf bei einer Nummer, registriert unter dem Namen Jack Moresby. Um 22 Uhr 21 ein Anruf bei Anne Moresby vom selben Apparat aus. Was Langtons Angaben bestätige – leider. Er seufzte.

»Na schön. War ja nur so ein Gedanke. Was ist übrigens das?«

Er deutete auf die vorherige Zeile auf dem Ausdruck, ein Vermerk über einen Anruf, der um 21 Uhr 58 beim selben Apparat einging.

»Das ist der Anruf vom alten Moresby«, sagte Morelli, nachdem er nur kurz hingesehen hatte. »Mit dem er Barclay zu sich bestellte. Das paßt genau.«

Argyll kratzte sich am Kopf und sah sich das Blatt noch einmal an. »Moment mal«, sagte er. »Sind Sie sicher?«

»Aber ja. Wir haben es auf Video.«

»Das weiß ich. Aber wenn ich mich nicht täusche, kam dieser Anruf von außen.«

»Und?«

»Ein externer Anruf.«

Morelli sah ihn fragend an.

»Sind denn die Apparate des Museums nicht alle zu einem internen Netzwerk verbunden? Ich meine, in einem so hypermodernen High-Tech-Tempel...«

Morelli wirkte auf einmal sehr bestürzt. »Natürlich sind sie das«, sagte er nachdenklich. »Und die im Verwaltungstrakt ebenfalls. Auch das Telefon in Thanets Büro. Und das war ein externer Anruf. Verdammt...«

Argyll lächelte. »Noch ein guter Grund, zu Streeter zu gehen. Also los.«

14

Das Problem mit Streeters Haus war, daß es so offen, hell und luftig war. Häuser, bei denen Immobilienmakler und potentielle Käufer glänzende Augen bekommen, können für Polizisten, die diskret vorgehen wollen, ein absolutes Ärgernis sein. Joe Morelli kannte das Haus noch nicht und war deshalb tief enttäuscht.

»Hätten Sie sich denn keinen besseren Platz aussuchen können?« fragte er und massierte sich verärgert das Zahnfleisch. Diese verdammte Entzündung wurde immer schlimmer. Sehr viel schlimmer. Gleich morgen würde er etwas dagegen unternehmen. »Das ist ja ein Alptraum. Viel zu exponiert. Ich kann nicht mal mein Auto am Straßenrand parken, ohne daß es jemand bemerkt.«

Er blies die Backen auf und ließ langsam die Luft wieder heraus, während er überlegte, was er tun sollte. »Wissen Sie was? Ich stell' es in der nächsten Straße ab. Sie warten unterdessen im Haus, ich bin in ein paar Minuten wieder zurück. Die Verstärkung wird sich auch ziemlich unsichtbar machen müssen. Verdammt.«

Er ging zum Auto zurück.

»Schon erstaunlich, wie beruhigend ein Polizist sein kann«, sagte Argyll, als sie sich Augenblicke später in der Küche niederließen. »Ich bin ganz schön nervös, wenn er nicht da ist.«

Flavia nickte. Auch sie war ein bißchen nervös. Schließlich konnte die Sache ziemlich gefährlich werden. Es war zwar unbestreitbar die richtige Vorgehensweise, aber sie stand lange genug in lockerer Beziehung zur Polizei, um zu wissen, daß nie irgend etwas nach Plan läuft. Und es gab keinen Grund für die Annahme, daß die erste Regel der Polizeiarbeit in Kalifornien nicht ebenso zutraf wie in Italien. Morelli konnte – und hatte es auch getan – auf Hilfsmittel zurückgreifen, die die Möglichkeiten ihres Dezernats weit überstiegen; soweit sie es überblicken konnte, hatte er von Kampfhubschraubern bis zu Panzerabwehrraketen so ziemlich alles zur Verfügung. Doch das entsetzliche Gefühl in ihrer Magengrube blieb...

»Glaubst du, daß es funktionieren wird?« fragte Argyll.
»Sollte es eigentlich schon.«
»Glaubst du wirklich, daß er auf dieses Märchen mit dem Tonband hereinfällt? Ich weiß nicht, ob ich es würde. Es klingt so plump.«
»Es war deine Idee.«
»Ich weiß. Das heißt aber nicht, daß ich es auch für eine gute Idee halte.«

Morelli kam in die Küche, und er sah aus, als würde auch an ihm die Belastung nicht spurlos vorübergehen. Ein bißchen seltsam war das schon, wenn man bedenkt, daß er eigentlich Übung in solchen Unternehmen haben sollte. Aber da stand er, heftig schwitzend und bleich im Gesicht. Und zitternd. Man sah deutlich, daß er zitterte.

»Alles in Ordnung?« fragte Flavia mit besorgt gerunzelter Stirn.

Morelli nickte. »Geht schon«, sagte er. »Lassen Sie mir nur einen Augenblick Zeit.«

Unsicher und mit dem Tisch als Stütze, ließ Morelli sich auf einen Stuhl sinken.

»Sie sehen aber nicht gut aus«, bemerkte Argyll.

Morelli sah zu Argyll hoch, stieß einen spitzen Schrei aus und sank auf die Knie. Die beiden Europäer sahen ihn entgeistert an. Flavia beugte sich zu ihm hinunter.

»Ich glaube, es ist etwas mit seinen Zähnen«, sagte sie, zur Erklärung von Morellis unzusammenhängendem Stammeln.

»Tut sehr weh, mh?«

Noch ein Stammeln, diesmal ein etwas längeres.

»Er sagt, daß er in seinem ganzen Leben noch keine solchen Schmerzen gehabt hat.«

»Scharfer, stechender Schmerz, ein bißchen, als würde einem mit rotglühenden Nadeln ins Fleisch gestochen?«

Morelli gestikulierte zustimmend.

Argyll nickte. »Ein Abszeß«, sagte er bestimmt. »Sehr unangenehm. Die platzen manchmal einfach so auf. Hatte selber mal einen. Eine ganz vertrackte Geschichte, so was. Wissen Sie, daß sie einem dann meistens nicht einmal eine

Spritze geben können? Müssen den Nerv ohne Betäubung ziehen. Benutzen kleine Drähte mit Haken dran.«

Morelli schrie entsetzt auf und schwankte vor und zurück. Flavia schlug vor, daß Argyll die Einzelheiten wohl besser für sich behalte und sich lieber überlegen solle, was sie jetzt tun sollten.

»Ich glaube, er braucht einen Zahnarzt.«

»Aber wir jagen einen Mörder. Da können wir doch nicht einfach wegrennen, um ihn zu einem verdammten Zahnarzt zu bringen.«

»Dann Schmerzmittel. Starke, und jede Menge davon. Das könnte helfen. Er wird dann natürlich nicht mehr der Frischeste sein.«

Morelli stammelte etwas. Gemeinsam fanden sie heraus, daß er von einem Erste-Hilfe-Koffer in seinem Auto sprach. Sonderanfertigung für die Polizei, mit Schmerzmitteln und allem.

»Dann ist's ja ganz einfach«, sagte Flavia. »Ich geh' und hol' sie.«

»Allein gehst du nicht da raus.«

»Wir können ihn nicht hierlassen. Und er kann nicht gehen.«

»Dann nimm ihn mit.«

»Und dich hierlassen? Auf keinen Fall.«

»Wir können doch nicht alle gehen. Das hier soll schließlich ein Hinterhalt sein und keine Mai-Parade.«

Sie sah ihn unentschlossen an.

»Schau, es ist doch ganz einfach«, sagte er bestimmt. »Geh hinten raus, bring ihn zum Auto, laß ihn dort und komm zurück. Ich bleibe hier, und wenn irgendwas passiert, bin ich zur Tür raus, so schnell mich meine Krücken tragen. Und glaub mir, ich kann mich mit diesen Dingern inzwischen wirklich gut bewegen. Es dauert nur ein paar Minuten.«

Flavia war nicht sehr überzeugt, aber ihr fiel auch nichts Besseres ein. Die Schmerzen hatten aus dem ehemals so fähigen, verläßlichen Morelli ein zitterndes, stöhnendes Wrack gemacht, das fast nichts Menschliches mehr an sich hatte. Außerdem machte er ziemlich viel Lärm.

»Also gut. Aber denk dran, spiel nicht den Helden.«

»Jetzt hab dich nicht so. Und geh endlich. Wir können nicht den ganzen Abend hier rumstehen und diskutieren.«

Gemeinsam hoben sie Morelli hoch und führten ihn zur Hintertür. Es schien ihm schon etwas besser zu gehen; der erste, explosionsartig einsetzende Schmerz hatte ihn überrumpelt, doch jetzt war daraus ein beständiges Ziehen geworden, das er ertragen konnte. Solange man nichts von ihm verlangte.

»Mach die Tür nicht auf, solange ich draußen bin«, sagte Flavia, als sie hinaustaumelten.

»Bestimmt nicht«, versprach Argyll.

Mut ist ja schön und gut, sagte er sich, als er einige Minuten später über seine Lage nachdachte, aber ob er unbedingt das vernünftigste ist? Wenn er ehrlich mit sich selbst war, mußte er zugeben, daß er eigentlich nur hiergeblieben war, um Flavia zu beeindrucken. Und sollte man nicht eine Grenze ziehen zwischen Mut und Tollkühnheit? Wenn zum Beispiel Morelli seine Waffe dagelassen hätte, wäre das etwas ganz anderes. Argyll hatte zwar noch nie eine in der Hand gehabt, aber er war überzeugt, er würde schon drauflosballern können, wenn nötig.

Aber was soll's, dachte er sich, Morelli hat seine Waffe ja nicht dagelassen. Und wenn wirklich etwas passierte, würde er nicht viel ausrichten können. Nicht mit nur einem gesunden Bein.

Und daraus folgt, dachte er, während er auf die Tür zuhumpelte und nach dem Knauf griff, ich bringe mich nur unnötig in Gefahr, wenn ich allein hierbleibe.

Die Tür ging sehr leicht auf, genaugenommen ging sie sogar schneller auf, als er daran zog. Es hatte im selben Augenblick jemand auf der anderen Seite nach dem Knauf gegriffen. Als er den Knauf drehte, tat das auch der andere, und als er von innen die Tür aufzog, schob der andere sie von draußen auf.

Beide war gleichermaßen überrascht, als sie sich nach Beendigung dieses Manövers gegenüberstanden.

Bei Argyll übernahmen sofort die in vielen Jahren antrainierten Reflexe das Kommando. Von frühester Kindheit an hatte man ihm beigebracht, wie wichtig Höflichkeit und Freundlichkeit sind.

»Na, aber hallo! Was für eine Überraschung. Kommen Sie doch rein. Fühlen Sie sich wie zu Hause.«

Was soll man denn sonst zu seinem Mörder sagen?

Trotz der ersten Regel der Polizeiarbeit hätte immer noch alles nach Plan laufen können, wenn Morelli nicht gezwungen gewesen wäre, seinen Wagen aus Gründen der Diskretion in einer anderen Straße zu parken. Das kleine Viertel war schachbrettartig angelegt, und viele Leute hatten mehr Autos als Garagenplätze. Ein ziemlich häufiges Problem, in Rom ist es das gleiche, wenn nicht sogar noch schlimmer. Morelli hatte nur ein paar Straßen entfernt einen Parkplatz für seine riesige Limousine finden können, und so brauchten sie einige Minuten, um dorthin zu gelangen. Am Auto angekommen, ließ Morelli sich auf den Vordersitz fallen und Flavia wühlte in seinem Erste-Hilfe-Koffer.

»Also wissen Sie, recht wohl fühle ich mich nicht dabei, Jonathan allein im Haus zu lassen«, sagte sie und warf ein Päckchen Pflaster auf den Boden. »Der bringt es fertig und läßt sich beim Teekochen von einem Stromschlag töten. Er hat nämlich das Talent, sich immer in Schwierigkeiten zu bringen. Wie wär's damit?«

Sie hielt ein Röhrchen in die Höhe. Nutzlos. Als würde man mit einem Luftgewehr auf ein Schlachtschiff schießen.

Sie suchte weiter. »Ich meine, überlegen Sie nur. Unfälle, versuchter Mord. Kann nicht mal über die Straße gehen, ohne von einem purpurroten Lieferwagen überfahren zu werden. Und das da?«

»Das nützt auch nichts«, murmelte Morelli. »Was meinen Sie mit purpurrotem Lieferwagen? Wer hat das gesagt?«

»Er hat es Ihnen gesagt, oder etwa nicht? Dann müssen wir eben das nehmen«, fuhr sie fort und hielt mit leicht sadistischem Funkeln in den Augen eine kleine Spritze in die Höhe. »Ein bißchen stark, aber was anderes ist nicht da. Mund auf.«

»Nichts von der Farbe«, sagte Morelli. »Von der Farbe hat kein Mensch was gesagt. Nie. Zumindest nicht mir.«

»Na und?«

»Na ja«, sagte er, sichtlich um eine deutliche Aussprache bemüht. »Auf der Herfahrt war eine Weile ein purpurroter Lieferwagen hinter uns. Ich habe mir nichts dabei gedacht. Und jetzt parkt er in der nächsten Straße.«

Mit der Spritze in der Hand starrte sie ihn verständnislos an. »O Gott«, sagte sie dann.

»Und wenn Sie sich die Autonummer ansehen und mir diese Akte da vom Rücksitz geben, kann ich Ihnen wahrscheinlich sogar sagen, wem er gehört...«

Aber Flavia hatte keine Zeit für solche Einzelheiten. Sie gab ihm die Spritze in die Hand, griff unter sein Jackett und schnappte sich seine Pistole. Dann sprang sie aus dem Auto.

»Warten Sie auf mich«, rief er ihr nach.

»Keine Zeit«, rief sie zurück.

Und sie rannte, als hinge ihr Leben davon ab. Ihres tat es zwar nicht, aber Argylls, und so sauste sie um Kurven, sprang über Hecken, stolperte beinahe über Wasserschläuche, zertrampelte Blumenbeete, alles nur um Sekunden, ja Sekundenbruchteile der Zeit zu sparen, die sie von dem Haus trennte.

Was konnte Argyll denn schon tun, um sich zu verteidigen? Er hatte keine Chance. Er hatte keine Waffe, hatte ein Bein in Gips, und Gewalt war nicht gerade seine Stärke.

Auch nicht ihre, aber daran dachte sie im Augenblick kaum. Sie hatte die Überraschung auf ihrer Seite und eine Waffe in der Hand. Das mußte reichen. Was hatten sie ihr in diesem Selbstverteidigungskurs beigebracht, zu dem Bottando sie geschickt hatte? Alles wie weggeblasen. Das zeigte, wie nutzlos diese Kurse waren.

Ein Profi hätte ihr wahrscheinlich zu einem etwas behutsameren Vorgehen geraten. Voraberkundung, wie es beim Militär heißt. Zum Fenster schleichen, nachsehen, was los ist, das Ziel lokalisieren, den Angriff planen. Ein Augenblick ruhigen Nachdenkens kann Leben retten.

Aber Flavia ließ sich von ihrem Instinkt leiten, und hätte den Rat eines Profis wahrscheinlich auch in den Wind geschlagen, wenn er ihr eingefallen wäre. Anstatt sich behutsam anzuschleichen, rannte sie zum Haus, so schnell sie ihre Beine trugen. Anstatt umsichtig die Lage zu erkunden, stürmte sie auf die Hintertür zu und warf sich mit solcher Gewalt dagegen, daß sie aufsprang.

Und anstatt geduldig die Situation einzuschätzen und ihr Ziel zu lokalisieren, ging sie auf dem Küchenboden in die Knie, hob die Waffe mit beiden Händen und richtete sie auf eine Gestalt, die über einem bewegungslos neben der Wohnzimmertür liegendem Körper stand.

»Weg von ihm«, schrie sie, so laut sie konnte.

Und betätigte den Abzug.

»Also eins muß ich dir sagen«, seufzte Argyll, nachdem er sich von dem Schreck erholt hatte. »Ich danke Gott für Sicherungshebel. Obwohl Töten durch Zu-Tode-Erschrecken fast so wirkungsvoll ist wie ein Schuß.«

Als Flavia plötzlich auftauchte, hatte er sich gerade beglückwünscht. Aber ihr unerwartetes Erscheinen und die Waffe – vor allem diese Waffe: ziemlich groß und auf ihn gerichtet – versetzte seiner Selbstgefälligkeit einen kleinen Dämpfer. Er hechtete zur Seite und stieß sich dabei den Ellbogen an einem Beistelltischchen an. Genau am Musikantenknochen, wo's besonders wehtut. Die Tränen stiegen ihm in die Augen.

Er lag auf dem Boden, hielt sich den Ellbogen und schnappte nach Luft, und Flavia, völlig außer Atem von ihrem Sprint, mit höllisch schmerzender Schulter von ihrem Angriff auf die Tür und sprachlos vor Entsetzen darüber, daß sie Argyll beinahe den Kopf weggeblasen hätte, ließ sich aufs Sofa fallen und keuchte. Auch das war etwas, das man ihr in diesem Kurs beigebracht hatte, das fiel ihr jetzt wieder ein. Immer den Sicherungshebel lösen. Nur gut, daß sie nicht sonderlich aufgepaßt hatte.

»Also, was ist passiert?« fragte sie nach einer Weile.

Er überlegte einen Augenblick lang und versuchte sich zwischen Wahrheit und Märchen zu entscheiden. Doch unter den gegebenen Umständen hielt er eine gewisse Bearbeitung der Fakten durchaus für zulässig. Deshalb unterschlug er, daß er schon beinahe hinter ihnen hergelaufen wäre, weil er allein zu große Angst hatte.

»Ich war in der Küche und hörte plötzlich jemanden an der Tür. Also hab' ich mich dahinter versteckt. Ich hab' zwar vermutet, daß du es bist, aber ganz sicher war ich nicht. Auf jeden Fall ist dann er hereingekommen, hat mich gesehen und sofort die Pistole gezogen.«

»Und dann?«

»Ich hab' ihn getreten. Du weißt schon, im Zweifelsfall und so. Hätte wahrscheinlich nicht viel geholfen, wenn nicht der Gips gewesen wäre. Der muß sich vorgekommen sein, als hätte 'ne Lokomotive ihn angefahren. Er ist zu Boden gegangen, aber sofort hinter der Pistole hergekrabbelt. Also bin ich hin und hab' ihm mit meiner Krücke eins über den Schädel gegeben.

Ich hatte Angst, daß er aufwacht, während ich was suche, mit dem ich ihn fesseln kann, und ich wollte ihn nicht gerne allein lassen. Deshalb hab' ich einfach dagestanden und mir überlegt, was ich tun soll, als du reingekommen bist und mich beinahe umgebracht hast.«

»Tut mir leid.«

»Schon in Ordnung. Die gute Absicht zählt.«

»Nur noch eine Kleinigkeit«, sagte sie.

»Was?«

Sie deutete auf die liegende Gestalt. »Wer ist das?«

»Ach, er. Tut mir leid.« Er drehte die Gestalt um, damit Flavia das Gesicht sehen konnte. »Ich hab' ganz vergessen, daß ihr euch nie begegnet seid. Flavia, darf ich vorstellen, Jack Moresby.«

15

Als schließlich der letzte der Eingeladenen erschienen war, hatte die Atmosphäre im Streeters Wohnzimmer beinahe schon wieder etwas Fröhliches. Nun ja, nicht ganz. Anne Moresby, die mit ihrer absurden Limousine für Aufregung in der Nachbarschaft gesorgt hatte, war nicht charmanter als sonst. Samuel Thanet hatte Säcke unter den Augen von der Größe vollbepackter Reisetaschen, James Langton sah aus, als wäre er bereit, jeden Kampf aufzunehmen, und sogar David Barclay konnte gewisse Befürchtungen über das Bevorstehende nicht verbergen.

Morelli war wenige Minuten nach Flavia wieder aufgetaucht und hatte geholfen, so gut er konnte. Eigentlich recht bewundernswert – der Mann hatte sich die Spritze mit dem Schmerzmittel geschnappt und sich die ganze Ladung in den Gaumen injiziert. Ganz allein. Schon bei dem Gedanken lief es Argyll kalt über den Rücken. Schlimm genug, wenn der Zahnarzt es tut. Dann hatte er seine Dienstflinte aus dem Kofferraum geholt und war hinter Flavia hergelaufen. Dabei wurde er von einer Einheit seines Begleitschutzes beobachtet, die ihm sofort folgte. Eine weitere Einheit forderte Verstärkung an, und kurz darauf sah die Straße vor dem Haus beinahe aus wie ein Schlachtfeld. Grimmig dreinblickende Männer, die in Funkgeräte sprachen und mit Maschinenpistolen durch die Gegend liefen, und alles, was sonst noch dazugehörte. Das rief natürlich die Geier auf den Plan, und binnen einer halben Stunde war auch die gesamte Presse vor Ort. Den Anwohnern konnte das ganz und gar nicht gefallen. Beim nächsten Jahrestreffen des Nachbarschaftskomitees würde es harte Worte zu diesem Thema hageln.

Zu allem Überfluß kam der ganze Aufwand auch noch ein wenig zu spät. Zu diesem Zeitpunkt war nämlich bereits alles vorbei. Aber, so Morelli, so etwas mache sich gut in den Nachrichten, und er müsse schließlich an seine Beförderung denken.

Nicht, daß der Detective sehr gesprächig war; in der Eile hatte er es mit dem Schmerzmittel ein wenig zu gut gemeint, und jetzt fühlte sich die untere Hälfte seines Kopfes an wie ein Eisblock. Aber die Schmerzen waren verschwunden. Sein Sprachvermögen allerdings auch.

Als Erklärungen gefordert waren, konnte er deshalb nur unverständlich murmeln und schließlich mit Gesten zu verstehen geben, daß Flavia das Reden übernehmen würde. Er zog es vor, seine Kräfte für die Reporter vor der Tür aufzusparen.

»Wenn man darüber nachdenkt, ist es im Grunde genommen ziemlich simpel«, sagte Flavia, die eigentlich viel lieber ins Hotel zurückgegangen wäre und in aller Ruhe über die Geschichte nachgedacht hätte. Schließlich war es noch nicht allzu lange her, daß ihre ausführliche Interpretation des Vorgefallenen sich als ein bißchen unzutreffend erwiesen hatte. Ihr Verstand arbeitete auf Hochtouren, um den Grund herauszufinden.

»Es waren zwei voneinander unabhängige Fälle, die zufällig parallel liefen. Hat man das einmal erkannt, wird der Rest einfach. Das Problem war, daß wir von der Annahme ausgingen, die beiden Teile – die Büste und der Mord – hätten miteinander zu tun.

Fangen wir mit dem Mord an Moresby an. Wie Sie wissen, haben wir eben seinen Sohn verhaftet. Wir hatten dem Mörder eine Falle gestellt, indem wir ein Gerücht über ein fiktives Tonband verbreiteten. Leider fiel er nicht darauf herein, aber er wußte, daß Jonathan Argyll hiersein würde. Er folgte uns, sah Morelli und mich weggehen, um das Schmerzmittel zu holen, und erkannte natürlich sofort seine Chance, Jonathan allein anzutreffen. Er mußte Argyll unbedingt töten, doch Gott sei Dank wollte der ebenso unbedingt am Leben bleiben.

Aber warum Argyll töten? Ganz einfach. Nachdem Jonathan die Party im Museum verlassen hatte, ging er zum Essen und schlenderte dann zu seinem Hotel zurück. Er muß das Lokal etwa vierzig Minuten nach dem Mord verlassen haben, und etwa zehn Minuten später überquerte er eine Straße. Dabei schwebte er wie immer in höheren Regionen und wurde deshalb beinahe überfahren.

Aber da er in Rom lebt und dauernd auf diese Art sein Leben riskiert, schenkte er dem Vorfall keine besondere Beachtung. Nur eine Nebensächlichkeit, aber immerhin erzählte er es Jack Moresby, mit dem er sich auf der Party ein wenig angefreundet hatte. Typisch, sagte er, von einem Lieferwagen überfahren zu werden. Und noch dazu von einem purpurroten.

Moresby fährt, wie sich herausstellt, einen purpurroten Lieferwagen, und als Alibi für die Mordzeit gibt er an, daß er nach Hause gegangen und dort geblieben sei. Es würde ihm sehr schaden, wenn jemand sagen könnte, er habe ihn etwa fünfzig Minuten danach in der Gegend gesehen. Was hatte er denn dort zu suchen? Er saß also auf einer Zeitbombe. Schon die kleinste Bemerkung konnte die Leute auf dumme Gedanken bringen. Es war zwar nur ein kleines Risiko, aber schon das kleinste war zu groß. Deshalb lockerte er die Bremsleitung, während Argyll in einem Restaurant in Venice zu Mittag aß. Ich hatte immer Schwierigkeiten, mir Anne Moresby mit einem Schraubenschlüssel in der Hand unter einem Auto vorzustellen. Es ist irgendwie nicht ihr Stil. Auf jeden Fall, das Ergebnis war ein gebrochenes Bein, und er hatte noch Glück, daß es nicht sein Hals war.«

Argyll starrte Moresby böse an. Moresby zuckte die Schultern.
»Das müssen Sie erst beweisen«, sagte er lakonisch.
»Zurück zum Wesentlichen. Wie hat der Sohn den Vater getötet und warum? Wir gingen immer davon aus, daß er vom Tod seines Vaters nicht profitieren würde. Aber er hätte davon profitiert, wenn man seine Stiefmutter wegen Mordes verurteilt hätte.

Verurteilte dürfen aus ihren Verbrechen keinen Nutzen ziehen. Wären Barclay und Anne Moresby wegen Verschwörung zum Mord aus Gewinnsucht verurteilt worden, hätte sie nichts geerbt. Das Vermögen wäre dann an den nächsten Verwandten gegangen, an Jack Moresby nämlich. Das Testament schloß ihn nicht ausdrücklich von der Erbschaft aus, es erwähnte ihn nur nicht. Und da klar war, daß sein Vater seine Meinung nie ändern würde, war das für ihn die einzige Möglichkeit, an das Geld zu kommen.

Der Mord war eindeutig im voraus geplant und zum Teil auch vorbereitet. Doch der Tag kommt schneller, als Jack erwartet, denn er erfährt, daß sein Vater die Stiftung für das Große Museum ins Leben rufen will. Er geht zu der Party im Museum – obwohl er sich dort normalerweise nicht einmal als Toter sehen lassen würde –, um herauszufinden, was abläuft. Durch Argyll und andere erfährt er, daß sein Vater die nötigen Papiere schon sehr bald unterzeichnen will – Moresby junior muß also noch in derselben Nacht zur Tat schreiten oder einigen Milliarden Dollar auf Wiedersehen sagen.

Also fängt er sofort an, seine Vorkehrungen zu treffen. Argyll gegenüber deutet er zum Beispiel an, daß seine Stiefmutter eine Affäre mir Barclay hat, und daß sein Vater es weiß...«

»Aber das stimmt nicht«, warf Barclay dazwischen.

»Das sagen Sie«, erwiderte Morelli.

»Aber hören Sie...«

Flavia hob die Stimme, denn sie wollte den sowieso schon ziemlich dünnen Faden nicht verlieren. »Jack Moresby«, sagte sie und wartete dann, bis sie wieder die ungeteilte Aufmerksamkeit aller hatte, »hört di Souza sagen, er wolle, daß Moresby sich die Büste in Thanets Büro ansieht, und erkennt darin seine Chance.

Er verläßt die Party, wobei er sich bewußt reihum von allen verabschiedet. Er geht aber nur zu seinem Lieferwagen, holt die Pistole und wartet. Als di Souza herauskommt, läuft er die Treppe zum Büro hoch, tötet seinen Vater, steigt dann in sein Auto und fährt heim.«

»Einen Augenblick mal«, sagte Thanet und hob etwas zögernd die Hand. »Das ist ja alles sehr interessant, aber ich glaube nicht, daß es paßt.«

»Und warum nicht?« fragte Flavia, etwas verärgert darüber, daß man sie mitten in ihrer Argumentation unterbrach.

»Wegen der Kamera. Wenn Jack, wie Sie andeuten, erst eine halbe Stunde vor der Tat beschlossen hat, seinen Vater in meinem Büro zu ermorden, wie kommt es dann, daß die Kamera über zwei Stunden zuvor außer Funktion gesetzt wurde? Das läßt doch auf eine viel längerfristige Planung schließen.«

»Nein, das tut es nicht«, erwiderte sie. »Aber dazu komme ich später. Sie werden schon sehen. Hat sonst noch jemand irgend welche Punkte, die er geklärt haben will?«

Schweigen.

»Gut. Wo bin ich stehengeblieben?«

»Du hast gerade Moresby erschossen«, sagte Argyll.

»Ach ja. Auf jeden Fall, alles andere ist so passiert, wie in den einzelnen Aussagen angegeben. Nach einem Anruf von Arthur Moresby macht Barclay sich auf den Weg zum Verwaltungstrakt, entdeckt die Leiche, rennt zurück, um die Polizei zu rufen, und alle anderen stehen herum und warten auf ihr Eintreffen, bis auf Langton, der, umsichtig und rücksichtsvoll wie er ist, diese beiden Anrufe tätigt.«

Genau das war der Schwachpunkt der Geschichte, Flavia wußte das und Jack Moresby ebenfalls. »Ja, aber mein Alibi«, sagt er. »Langton rief mich an und ich war zu Hause. Zehn Minuten nach Entdeckung der Leiche – und der Mord kann doch nur ein paar Minuten davor begangen worden sein. Weil mein Vater doch Barclay angerufen hat.«

Flavia warf ihm einen finsteren Blick zu und Argyll ebenfalls.

»Natürlich«, sagte letzterer. »Und wenn Barclay tatsächlich von Ihrem Vater angerufen worden wäre, könnten Sie ihn nicht getötet haben, weil Sie sonst nicht mehr rechtzeitig nach Hause gekommen wären, um Langtons Anruf entgegenzunehmen. Aber er war zu diesem Zeitpunkt bereits tot. Sie haben angerufen. Das dürfte nicht allzu schwer gewesen sein. Kinder können ihre Eltern sehr leicht nachmachen – sie haben oft den gleichen Akzent, die gleiche Satzmelodie und die gleichen sprachlichen Eigenheiten. Sie haben Ihren Vater erschossen, sind nach Hause gefahren und haben angerufen. Die Aufzeichnungen beweisen es. Der Anruf, mit dem Barclay ins Büro bestellt wurde, kam über eine externe Leitung. Deshalb konnte er unmöglich aus Thanets Büro gekommen sein. Und deshalb konnte es nicht Ihr Vater gewesen sein.«

Flavia sah ihn dankbar an. Eine sehr schlüssige Erklärung, dachte sie. Und so treffend formuliert.

»Von da an tritt die Polizei in Aktion«, fuhr Flavia gelassen fort, als wäre ihr dieser Punkt die ganze Zeit schon klar gewesen. »Die Beamten hören, daß die Stiftungspapiere noch nicht unterzeichnet sind, sie hören von diese Affäre, sie hören, daß Moresby es wußte, sie hören, daß er ein rachsüchtiger Mann war, sie können annehmen, daß er alles andere als glücklich darüber war, und schließlich finden und identifizieren sie die Waffe.

Dank Jacks sorgfältiger Planung schienen Anne Moresby und Barclay das Mittel, das Motiv und die Gelegenheit zum Mord an Moresby zu haben. Jack Moresby dagegen hatte allem Anschein nach nichts von alledem.

Das Problem war, daß von Anfang an alles in die falsche Richtung lief, und zwar wegen der Büste. Die Polizei erscheint, und so ziemlich das erste, was die Beamten entdecken, ist die leere Kiste. Verständlicherweise nehmen sie an, daß es eine Verbindung zwischen dem Mord und dem Diebstahl gibt, und alle verschwenden unendlich viel Zeit damit, herauszufinden, worin diese Verbindung besteht. Die Kamera wird zu früh außer Funktion gesetzt, wie Mr. Thanet richtig bemerkt hat, die Büste verschwindet. Die Frage ist, wo ist Hector di Souza?«

An dieser Stelle wurde ihre Schilderung erneut von einem verächtlichen Schnauben von Moresby unterbrochen, der sich mit einem amüsierten Grinsen im Gesicht in seinem Sessel zurücklehnte. Er sah wirklich sehr zuversichtlich aus, so sehr, daß es Flavia beinahe unheimlich wurde. Es wäre ihr viel lieber gewesen, wenn er sich, zitternd vor Angst, zu einem Geständnis bereit erklärt hätte. Aber offensichtlich war er aus härterem Holz geschnitzt.

»Erwarten Sie wirklich, daß irgend jemand Ihnen diesen Unsinn abnimmt? Wollen Sie damit vielleicht vor die Geschworenen treten?«

Sie sah ihn so gehässig an, wie sie nur konnte, und versuchte dann, ihre Geschichte wiederaufzunehmen. Doch allmählich hatte sie das Gefühl, den Boden unter den Füßen zu verlieren. Bis zu diesem Punkt war ihre Argumentation nichts anderes als eine Übung in kreativer Spekulation gewesen, in der Hoffnung, daß sich etwas Handfestes ergeben würde, das die Verhaftung von Jack Moresby ermöglichen würde. Sie war sich, wie jeder andere auch, bewußt, daß die Beweislage alles andere als solide war. In Italien würde sie keinen Bestand haben, geschweige denn in Amerika. Und das schlimmste war, daß Moresby das ebenfalls wußte.

»Aus Gründen, die wir jetzt übergehen können, wissen wir bereits, daß die Büste nicht gestohlen wurde und daß dieser scheinbare Diebstahl Teil eines Plans war, mit dem Langton Thanet stürzen und sich selbst bereichern wollte.«

An diesem Punkt begann Langton, wie Jack Moresby böse zu schauen und verächtlich zu schnauben.

»Es war nicht schwer für Langton, herauszufinden, was da

vor sich ging. Ganz offensichtlich wollte Jack Moresby, daß die Polizei ihr Augenmerk auf seine Stiefmutter richtete, und ebenso offensichtlich würde Hector di Souza zum Hauptverdächtigen werden.«

»Sehr schmeichelhaft«, bemerkte Langton sarkastisch. »Obwohl ich sagen muß, daß ich nicht ganz verstehe, wie ich das herausfinden konnte, wenn die Polizei trotz intensiver internationaler Zusammenarbeit solche Schwierigkeiten hatte.«

»Erstens«, erwiderte sie spitz, »weil Sie wußten, daß die ganze Geschichte mit der Büste Quatsch war. Zweitens, weil Sie, wie die Videoaufzeichnung beweist, vor dem Museum waren, als der alte Moresby in den Verwaltungstrakt ging und Jack Moresby die Party verließ. Jonathan pflegte in seinen Rauchpausen auf demselben Marmorblock zu sitzen wie Sie. Und wenn er deutlich sehen konnte, wer im Verwaltungstrakt ein- und ausging, dann konnten Sie es ebenfalls.

»Beweisen Sie es«, sagte Langton. Jack Moresby schenkte ihm ein komplizenhaftes Lächeln.

»Langton sah Jack Moresby den Verwaltungstrakt verlassen und begriff natürlich sofort, was passiert war«, fuhr Flavia unbeirrt fort. »Er erkannte auch, daß di Souzas Anwesenheit den Plan zum Scheitern bringen würde. Denn Hector di Souza würde nun zum Hauptverdächtigen werden. Und es dämmerte ihm darüber hinaus, daß Hector mehr über diese Büste wußte, als er gedacht hatte.

Was ist nun mit Hector? Irgendwie weiß er, daß es sich bei dem Inhalt der Kiste auf keinen Fall um die Büste handelt, die 1951 kurz in seinem Besitz war. Ich kann mir vorstellen, daß der alte Moresby ihn nach Rom zurückschickt, damit er sich dort die Beweise beschafft. Er mag zwar di Souza nicht besonders, aber das sieht aus wie ein Betrug durch einen engen Vertrauten. Hector eilt ins Hotel zurück, bereitet alles für die Abreise vor und bucht sich einen Platz auf der Zweiuhrmaschine.

Sowohl Langton wie Jack Moresby haben großes Interesse daran, di Souza aus dem Weg zu schaffen. Ihn zu töten würde bedeuten, daß er nichts über die Büste aussagen könnte und daß Anne Moresby und Barclay zu Hauptverdächtigen würden.«

Auch das war reine Spekulation. Jeder Anwalt würde Hackfleisch daraus machen.

»Ich vermute, im wesentlichen ging es in dem Telefongespräch darum, daß entweder Sie, Mr. Moresby, verhaftet würden oder di Souza, daß aber auf keinen Fall ein Verdacht auf Mrs. Moresby oder Barclay fallen würde, wenn Sie nicht schnell etwas unternehmen. Wollen Sie mir das bestätigen, Mr. Langton?«

»Nein«, sagte er unkooperativ und lächelte dann Moresby kameradschaftlich an. Flavia machte unverdrossen weiter.

»Unterdessen packt Hector, der ja noch nicht weiß, daß der alte Moresby bereits tot ist, in aller Eile seine Sachen – wobei er sein Zimmer in einer für ihn sehr untypischen Unordnung hinterläßt – und macht sich zur Abreise bereit. Jack Moresby, von Langton bereits alarmiert, ruft di Souza an, hört, daß der das Land verlassen will, und bietet ihm an, ihn zum Flughafen zu fahren. Ein Gefallen für einen Freund seines Vaters. Vor allem unter diesen Umständen. Er fährt wie der Teufel, um noch vor der Polizei im Hotel zu sein, und in seiner Hast überfährt er beinahe Argyll kurz vor dem Hotel. Eine Stunde später ist di Souza wahrscheinlich schon tot und zwei Stunden später in dem Fleckchen Erde begraben, wo er gefunden wurde.

Moresbys Problem ist, daß di Souzas Verschwinden die Polizei in ihrer Überzeugung, der Spanier sei ihr Mann, nur noch bestärkt. Ein deutlicher Hinweis ist jetzt nötig. Also deponiert er die Waffe in der Nähe der Leiche und ruft die Polizei an, um ihr zu sagen, wo sie liegt.

Eigentlich recht offensichtlich. Wer hat denn je von einem einigermaßen intelligenten Mörder gehört, der eine identifizierbare Waffe bei der Leiche hinterläßt? Doch die Polizei läßt sich tatsächlich in die Irre führen.

Alles entwickelt sich hervorragend. Moresby ist tot, di Souza in Belastungsmaterial gegen Anne Moresby verwandelt, und die Büste verschwunden, wobei die italienische Polizei jeden Tag deutlicher ihre nationale Bedeutung herausstreicht. Außerdem, kann ich mir vorstellen, gibt es eine stillschweigende Übereinkunft zwischen dem jungen Moresby und Langton, daß ersterer weiterhin das Museum finanzieren und Langton als Direktor einsetzen wird. Oder es geht einfach um Bargeld.

Zur Sicherheit fliegt Langton so schnell wie möglich nach Italien zurück, für den Fall, das Moresby auf den Gedanken kommt, sich eines weiteren möglichen Zeugens zu entledigen. Solange Langton außer Reichweite ist, wird Moresby sich an die Abmachungen halten.

Alles perfekt und wunderbar. Aber dann beginnt die Geschichte auszufransen. Wie? Erstens, weil der Mordversuch an Jonathan fehlschlägt und weil er wegen meiner Ankunft hierbleibt und nicht mit der ersten Maschine nach Italien zurückfliegt, wie es jedes vernünftige Unfallopfer, dem ein Schadenersatzprozeß droht, tun sollte.«

Moresby war während dieser Schilderung sehr ruhig geblieben und schien kaum besorgt. »Sie mit Ihrer Falle heute abend«, sagte er. »Damit kommen Sie nicht sehr weit, wenn Sie nichts anderes zu bieten haben. Und wie ich das sehe, haben Sie nichts anderes. Vielleicht habe ich die Waffe gestohlen, aber das müssen Sie beweisen. Vielleicht habe ich Argyll beinahe überfahren, aber das müssen Sie ebenfalls beweisen. Vielleicht habe ich meinen Vater nachgemacht, aber das kann auch ein anderer gewesen sein. Es gibt eine Menge Lieferwagen in allen möglichen Farben in Los Angeles. Vielleicht habe ich versucht, Argyll zu töten, aber die Leitung kann sich auch von allein gelöst haben. Vielleicht habe ich meinen Vater getötet, vielleicht aber auch nicht. Das ist alles ein bißchen fadenscheinig.«

»Und heute abend?«

»Ich war eingeladen und kam etwas zu früh. Kam zur Tür herein und wurde in den Bauch getreten.«

»Mit einer Waffe?«

»Viele Leute in Los Angeles tragen eine Waffe.«

An dieser Stelle legte Morelli die Stirn in Falten, und das sicher nicht nur wegen seines Zahnfleischs. In dem Blick, den er Flavia zuwarf, war deutlich seine Angst zu erkennen, daß der Fall ihm in den Händen zerbröselte. Er war überzeugt, daß

Moresby versucht hatte, Argyll zu töten, und daß Argyll kaum eine andere Wahl gehabt hatte, als ihn zuerst zu treten, aber es schwächte ihre Argumente. Ein ernsthafter, beweisbarer Mordversuch wäre viel befriedigender gewesen, bei allen Unannehmlichkeiten für Argyll.

»Ich glaube, ich gehe jetzt nach Hause«, sagte Moresby mit ruhiger Zuversicht. »Wenn Sie mir die Handschellen lösen wollen. Und ich an Ihrer Stelle würde es nicht riskieren, mich noch einmal zu belästigen. Es gibt Gesetze darüber, und ich vermute, daß mein Anwalt Ihnen morgen früh einiges dazu zu sagen haben wird.«

Wäre es nicht so riskant gewesen, hätte Morelli vor Enttäuschung mit den Zähnen geknirscht. Moresby hatte recht, früher oder später mußten sie ihn gehen lassen. Er hatte sogar schon angefangen, widerwillig in seinen Taschen nach den Schlüsseln zu kramen.

»Was zum Teufel haben Sie denn mit meinem Haus gemacht?« kam plötzlich eine empörte Stimme von der Tür. Sie drehten sich um und sahen einen rotgesichtigen Streeter, der mit offenem Mund die Verwüstung betrachtete. Es war wirklich ein ziemliches Durcheinander. Der Rasen war von Autoreifen und Polizeistiefeln aufgewühlt, bei Argylls Selbstverteidigungsübung war einiges Geschirr in Scherben gegangen, die Türen waren bei weitem nicht mehr so sicher wie zuvor, und überall lagen Bücher und Einrichtungsgegenstände verstreut.

Streeter hatte noch kaum sein Auto geparkt, als schon ein Nachbar auf ihn losmarschiert kam und protestierte.

»Mr. Streeter«, sagte Morelli, froh um die Ablenkung. »Sie sind spät dran.«

»Natürlich bin ich spät dran. Das hätten Sie sich doch denken können, oder? Ich konnte ja wohl kaum vor Thanet kommen.«

Morelli kniff die Augen zusammen, er verstand nicht so recht, was der Mann meinte.

»Von was reden Sie denn?«

»Ich mußte warten, bis er sein Büro verlassen hatte. Ich konnte schließlich nicht einfach hineinplatzen und es in seiner Anwesenheit mitnehmen.«

»Was mitnehmen?«

»Das Band.«

»Was für ein Band?«

»Das Band, das ich mitbringen sollte. Aus Thanets Büro.«

Ein langes Schweigen folgte, in dem Morelli, Flavia und Argyll nur ungläubig den Kopf schüttelten.

»Wollen Sie damit sagen, daß Sie sein Büro wirklich abgehört haben?«

»Natürlich. Ich weiß nur nicht, wie Sie das herausgefunden haben. Ich habe die Wanze vor ein paar Monaten installiert, ich hatte nämlich schwerwiegende Bedenken wegen gewisser finanzieller Angelegenheiten...«

»Aber warum zum Teufel haben Sie uns das nicht gleich gesagt?«

»Na ja, es ist doch illegal«, erwiderte er lahm und wenig überzeugend.

»Ich glaub's einfach nicht«, sagte Morelli mit schwerer Zunge, die er dem Schmerzmittel verdankte. »Sind Sie wirklich so ein ... Ach, was soll's. Und was ist dann auf dem Band?«

Mit wichtigtuerischer Miene gab Streeter es dem Polizisten.

»Ich würde sagen...«, begann er, doch Morelli schnitt ihm das Wort ab.

»Seien Sie still, Streeter«, sagte er, borgte sich von einem Streifenpolizisten einen Walkman, steckte sich die Ohrhörer in die Ohren und lauschte. Das Schweigen schien endlos, und daß Morelli gelegentlich kicherte, grinste, die Stirn runzelte und die Angehörigen des Museums mit Argwohn, Mißfallen und sogar mit einem Anflug von spöttischer Boshaftigkeit ansah, linderte die Spannung auch nicht. Offensichtlich war das Band sehr interessant. Schließlich schaltete er es aus, nahm die Ohrhörer ab und sah sich mit tiefster Zufriedenheit in der Runde um.

»Gut«, sagte er fröhlich zu zwei Polizisten, die in der Ecke standen. »Nehmt ihn mit und beschuldigt ihn des Mordes an seinem Vater. Für den Augenblick reicht das. Den an di Souza können wir dann später noch hinzufügen. Und ihn« – er zeigte auf Langton – »können Sie einbuchten wegen versuchten Betruges und Verschwörung zum Mord.«

Moresby aus dem Haus zu schaffen und in ein Polizeiauto zu verfrachten, dauerte länger als es sollte. Er wollte nicht gehen, und er war ein ziemlich kräftiger Mann. Um seine Abneigung zu überwinden, mußten die Polizisten ziemlich viel schubsen und zerren, doch die Arbeit schien ihnen Spaß zu machen. Schließlich ging Moresby ab, gefolgt von einem Fernsehteam.

»Warum beschuldigen Sie mich des Mordes?« fragte Langton mit verständlicher Besorgnis, als die Aufmerksamkeit sich dann auf ihn richtete. »Ich habe doch keinem Menschen etwas getan.«

»Das ist das Gesetz. So ist es eben.«

»Das ist doch lächerlich. Sie können nichts beweisen.«

»Wenn Sie Moresby um diese Büste betrogen haben, folgt alles andere ganz natürlich.«

»Wenn«, erwiderte Langton. »Aber ich bleibe bei meiner Geschichte. Ich habe sie von di Souza gekauft, und was mich angeht, hat di Souza sie gestohlen. Sie können nicht beweisen, daß die Kiste leer war.«

Flavia lächelte freundlich. »O doch, das können wir.«

»Wie denn?« fragte er zynisch.

»Wir wissen, wo die Büste ist.«

»Wirklich?«

»Ja.«

»Wo?«

»Noch in Italien. Und natürlich haben wir Collins verhaftet.«

»Aber als Gegenleistung für seine Bereitschaft zur Mitarbeit...«, sagte Morelli, um das Eisen zu schmieden, solange es heiß war.

Langton überlegte. »Könnte ich mich einen Augenblick mit Ihnen unterhalten, Detective?«

Er und Morelli gingen in die Küche, um die Sache zu besprechen. Langton war offensichtlich ein Mensch, der sofort erkannte, wenn sich ihm eine Chance bot, und auch beherzt zugriff. Einmal ein Händler, immer ein Händler, das geht einem in Fleisch und Blut über. Und er war offensichtlich der Ansicht, daß man eine einmal getroffene Entscheidung so schnell wie möglich in die Tat umsetzen sollte. So feilschten die beiden nach allen Regeln der Kunst: Stimmen wurden erhoben, es wurde heftig gestikuliert, Forderungen wurden ausgetauscht und Zugeständnisse gemacht.

Am Ende einigte man sich darauf, daß Langton bezeugen würde, Jack Moresby beim Verlassen des Verwaltungstraktes beobachtet zu haben, daß er detailliert aussagen würde über das Telefongespräch, das zu di Souzas Tod führte, und daß er die zwei Millionen Dollar zurückerstatten würde, die er versehentlich auf ein Schweizer Konto überwiesen hatte.

Im Gegenzug versprach Morelli, dafür zu sorgen, daß das Gericht seine tiefempfundene Reue und Zerknirschung wohlwollend zur Kenntnis nimmt und nicht auf dem Vorwurf beharrt, Langton habe Moresby zum Mord an di Souza angestiftet. Eine Gefängnisstrafe war zu erwarten, aber keine sehr lange. Alles sehr zufriedenstellend.

Währenddessen standen Thanet und Barclay im Wohnzimmer, starrten zum Fenster hinaus und feilschten ebenfalls. Sie hatten plötzlich sehr viel zu besprechen.

»Ich bin froh, das mit dem Bernini zu hören«, sagte Thanet schließlich und durchquerte mit zufriedener Miene das Zimmer. »Das erspart uns die Peinlichkeit, die Büste zurückschicken zu müssen.«

»Die Büste nicht. Aber di Souza könnten Sie zurückschikken«, sagte Argyll. »Unter den gegebenen Umständen wäre das ja wohl das mindeste.«

»Ja, ich glaube, das sollten wir. Ich bin sicher, Barclay wird das Geld zur Verfügung stellen. Wir haben im Augenblick nämlich keinen Cent. Solange das alles nicht geklärt ist.«

»Sie werden auch dann keinen Cent haben, wenn alles geklärt ist«, warf Anne Moresby dazwischen, die etwas abseits auf dem Sofa saß. »Ich werde das Museum nämlich trotzdem schließen.« Auch wenn die Bemühungen anderer sie vor unzähligen Jahren im Gefängnis bewahrt hatten, viel gütiger schien sie das nicht gemacht zu haben.

Doch eigenartigerweise hatte diese Bemerkung nicht die gewohnte Wirkung auf Thanet. Er sah sie interessiert an und warf dann Barclay einen Blick zu.

»Ich glaube nicht, daß das eine vernünftige Entscheidung ist, Mrs. Moresby«, sagte Barclay,

»Warum nicht?« fragte sie.

»Wegen der Umstände. Wenn Sie in der Sache vor Gericht gehen, wird das Museum kämpfen. Und es hat gute Aussicht auf Erfolg.«

»Aber es hat doch absolut nichts in der Hand.«

»Ich glaube, wenn vor Gericht herauskommen würde, daß Sie Ihren Liebhaber überredet haben, Thanets Büro abzuhören, um Material für eine Erpressung in die Hand zu bekommen...«

Morelli und Flavia wechselten Blicke. *Streeter?* Na ja, warum nicht? Eine Affäre hatte sie auf jeden Fall, die beiden waren alte Studienkollegen, sie hatte ihm einen Job besorgt, und er war als Spion sehr nützlich. Kein Wunder, daß er so bestürzt ausgesehen hatte, als dieses Thema ein paar Tage zuvor zur Sprache kam. Noch ein Fehler, dachten sie gleichzeitig. Anne Moresby sah sehr wütend aus, und Streeter machte ein ziemlich dümmliches Gesicht.

»Nur weiter«, sagte sie.

»Mr. Thanet hat einen Vorschlag gemacht...«

»Und der wäre?«

»Eine Milliarde für das Museum, und der Rest für Sie. Damit müßten doch sogar Sie auskommen. Und Sie verzichten auf Ihre Stellung als Treuhänderin der Museumsstiftung.«

Diese Bemerkung wurde mit Schweigen aufgenommen.

»Und Sie geben das Große Museum auf?« fragte sie nach einer Weile.

Thanet nickte bedauernd. »Wir haben keine andere Wahl. Mit einer Milliarde kann man heutzutage keine großen Sprünge mehr machen.«

»Na, wenigstens einmal siegt die Vernunft.«

Sie dachte eingehend nach, kalkulierte Risiken und Kosten und suchte nach Alternativen. Schließlich nickte sie. »Okay. Abgemacht.« Auch eine sehr entschlußfreudige Person.

Thanet lächelte, und Barclay ebenfalls. Beiden war sehr daran gelegen, daß ihre Rolle in der Steueraffäre nicht ans Licht kam. Und dies schien der geeignetste Weg, sie geheimzuhalten.

Zugegeben, die Rettung ihrer beider Karrieren hatte Anne Moresby eben ein Vermögen gekostet, das sie ansonsten zweifellos bekommen hätte, aber heutzutage ist eben nichts mehr billig.

»Bringen Sie die Sache so schnell wie möglich hinter sich«, fuhr sie fort. »Und dann will ich von diesem ganzen Museum nichts mehr wissen.«

»Das dauert natürlich seine Zeit«, sagte Barclay, der dabei an seine Honorare dachte.

»Und das führt mich, so fürchte ich, zu dem zweiten Punkt, den ich ansprechen muß«, sagte Thanet entschuldigend und machte wieder einmal ein betrübtes Gesicht.

»Und der wäre?« fragte Argyll, da diese Bemerkung an ihn gerichtet zu sein schien.

»Geld. Es ist alles eingefroren, müssen Sie wissen.«

»Wie bitte?«

»Bis die Vermögensverhältnisse geklärt sind. Das Geld wird von Nachlaßverwaltern kontrolliert. Wir kommen da nicht so einfach heran.«

»Und?«

»Und deshalb muß ich Ihnen leider mitteilen, daß wir Ihren Tizian nicht werden kaufen können. Wir können ihn nicht bezahlen. Ich fürchte, wir müssen das Geschäft rückgängig machen.«

»Was?«

»Es wird nichts daraus. Wir wollen ihn nicht. Das heißt, wir wollen ihn natürlich schon, aber wir können ihn uns nicht leisten. Nicht im Augenblick.«

»Sie wollen den Tizian nicht?« fragte Argyll, und sein Erstaunen wurde zunehmend größer.

Thanet nickte bedauernd und hoffte, er würde nicht gleich verprügelt werden.

»Ich weiß, daß Sie das in Ihrer Karriere zurückwirft...«

Argyll nickte. »Mit Sicherheit«, sagte er.

»Und ich weiß, daß Ihr Arbeitgeber nicht allzu glücklich darüber sein wird...«

»Nein, das wird er wirklich nicht. Er wird sich sehr darüber aufregen.«

»Wir bezahlen natürlich die Rücktrittsgebühr, wie im Vertrag vereinbart. Wenn wir wieder Geld haben.«

»Sehr freundlich von Ihnen«, sagte Argyll, seltsam gutgelaunt.

»Und ich werde natürlich Sir Edward Byrnes und dem Vorbesitzer alles erklären, damit es keine Mißverständ...«

»Nein!« unterbrach ihn Argyll scharf. »Das werden Sie nicht. Sie erklären nichts. Überlassen Sie das mir.«

Doch dann packte er, von seinen Gefühlen übermannt, Thanets Hand und schüttelte sie kräftig. Es hat viel für sich, wenn man Entscheidungen aus der Hand genommen bekommt. Das macht es viel leichter, das Unausweichliche ohne Bedauern oder Zweifel zu akzeptieren. »Vielen Dank«, sagte er zu dem verblüfften Direktor. »Sie haben mir eben eine große Last von den Schultern genommen.«

»Wirklich?« fragte Thanet vorsichtig.

»Ja, wirklich. Natürlich habe ich bei der Sache einen riesigen Pfusch gebaut...«

»Aber *Sie* haben doch nichts verpfuscht«, sagte Thanet, um ihn zu trösten.

»O doch. Schrecklich. Was für eine Zeitverschwendung.«

»Also so weit würde ich wirklich nicht gehen...«

»Natürlich würden Sie das. Und Byrnes wird sich denken, will ich einen solchen Kerl wirklich als Leiter meiner Galerie? Dann schon lieber den aus Wien. Der ist zwar langweilig, aber wenigstens verläßlich. Glauben Sie das nicht auch?«

Thanet hatte inzwischen aufgegeben und starrte ihn nur noch verständnislos an.

»Dann muß ich eben in Rom vergammeln. Ohne Arbeit, ohne Wohnung, ohne Geld, und der Kunstmarkt ist auch im Keller. Wie entsetzlich.« Und strahlte glücklich.

Flavia hatte diese Unterhaltung mit großem Interesse verfolgt. Nicht jeder Mensch sieht mit solcher Befriedigung seine Karriere den Bach hinuntergehen. Und weil sie genau wußte, warum er so glücklich war, wurde ihr ganz sonderbar zumute.

Doch Sentimentalität beiseite, es war ein hoher Preis, den er da für ihre Gesellschaft bezahlte. So schmeichelhaft es auch für sie sein mochte. Argylls Problem war sein Mangel an Raffinesse.

Er ließ sich viele gute Gelegenheiten durch die Lappen gehen, weil er im Grunde genommen viel zu nett war, um wirklich entschlossen zu sein.

Sie beschloß deshalb, selbst für ein solches Tüpfelchen auf dem i zu sorgen. Als Zeichen der Zuneigung.

»Es kann natürlich sein, daß Sie es sich im Verlauf des nächsten halben Jahres anders überlegen und den Tizian dann doch wollen«, sagte sie mit sanfter Stimme. »Für ein bißchen mehr als Sie diesmal geboten haben, schließlich müssen Sie ja mit einrechnen, was Jonathan an Zeit und Mühen investiert hat. Daß er zum Beispiel Leib und Leben riskiert hat, um Ihr Museum zu retten.«

Thanet gab zu, daß es möglich sei, obwohl er es eher bezweifle. Ein halbes Jahr ist eine lange Zeit. Erstaunlich, was man da alles vergessen kann. Vor allem, da er dieses Bild eigentlich nie haben wollte.

»Aber das müßte dann natürlich hundertprozentig korrekt ablaufen«, sagte sie, fast wie zu sich selbst. »Ich meine, keine Mauscheleien mit der Einkommensteuer. Schließlich muß Jonathan an den Ruf denken, den er bei Sir Edward genießt. Haben Sie gewußt, daß es allgemein heißt, Byrnes sei der einzige ehrliche Händler im ganzen Kunstgeschäft? Er haßt zwielichtige Geschäfte. Wenn er je erfahren würde, was Sie hier... Ich meine, er wäre imstande, es dem IRS zu sagen, nur um seinen guten Ruf zu schützen. Es heißt doch IRS, oder?«

Thanet nickte nachdenklich. IRS war richtig. Daß der ihm die Hölle heiß machte, konnte er im Augenblick wirklich nicht gebrauchen. Allein schon bei dem Gedanken, daß diese kaltäugigen Fieslinge in seinen Büchern schnüffelten, lief es ihm kalt über den Rücken. Auch konnte es dann passieren, daß Anne Moresby es sich noch einmal überlegte. Und da er nur zu gut wußte, daß hier von einer beim Ankauf automatisch anfallenden Unkostenpauschale die Rede war, nickte er.

»Zehn Prozent über dem Ursprungspreis?« schlug er vor.

»Fünfzehn«, korrigierte ihn Flavia würdevoll.

»Na gut, fünfzehn.«

»Und eine sofort fällige zehnprozentige Rücktrittsgebühr, zahlbar direkt an Jonathan.«

Thanet verbeugte sich zustimmend.

»Natürlich zuzüglich Zinsen.«

Thanet öffnete den Mund, um zu protestieren, sah aber dann ein, daß es nicht der Mühe wert war. Flavia lächelte ihn charmant an, aber er sah, daß in ihren Augen eine äußerst bösartige Mischung aus Fröhlichkeit und Entschlossenheit funkelte. Die ist sehr wohl imstande, dachte er, dem IRS einen Besuch abzustatten, bevor sie das Land verläßt.

»Also gut. Ich glaube, wir verstehen uns. Ist das zu Ihrer Zufriedenheit, Mr. Argyll?«

Argyll, der bis jetzt nur dagestanden und sich über die an diesem Abend etwas zu verwirrend bunte Vielfalt des Lebens gewundert hatte, konnte nichts anderes mehr tun, als mit einem Nicken sein Einverständnis zu geben.

»Ach übrigens«, fuhr Flavia beiläufig fort. »Wer behält eigentlich jetzt für Sie den Markt in Europa im Auge? Langton wird wohl kaum mehr in der Lage sein, den Finger an den Puls zu halten, wenn man so sagen darf?«

Thanet kannte sie nun schon ein wenig und er wußte, worauf sie hinauswollte. Also schwieg er und wartete resigniert auf den nächsten Schlag.

»Sie brauchen einen Agenten, der Sie auf dem laufenden hält. Keinen festen Angestellten oder einen, der ausschließlich für Sie arbeitet, sondern einfach jemanden, der drüben für Sie Augen und Ohren offenhält. Gegen ein Pauschalhonorar. Glauben Sie nicht auch?«

Thanet nickte und seufzte.

»Sie haben natürlich vollkommen recht«, sagte er. Wenigstens ertrug er seine Niederlage mit Anstand. »Und ich hatte gehofft, daß Mr. Argyll...«

»Was? O ja«, erwiderte der. »Mit Vergnügen. Wirklich. Wenn Ihnen damit gedient ist.«

»Und jetzt einen Drink«, sagte Morelli, nachdem schließlich alle gegangen waren. Er hatte sie zur Hintertür hinaus, über den Zaun und quer durch den Garten des Nachbarn bis zu seinem Auto geschleust, damit sie der Presse nicht in die Hände fielen. Nur schade um die Kaktussammlung des Nachbarn. Es würde Jahre dauern, bis das Viertel Streeter verziehen hatte. Aber vermutlich blieb der sowieso nicht mehr lange hier wohnen.

»Das sollten Sie aber nicht. Nicht mit all dem Zeug in Ihrem Blut.«

»Ich weiß. Aber ich brauche einen. Und Ihnen schulde ich einen.«

Eine schäbige Bar voller schäbiger Leute. Sehr nett.

»Prost«, sagte Morelli hinter einem Bier hervor.

»*Salute*«, erwiderte sie und hob ihr Glas. »Schon komisch, daß Streeter das Büro tatsächlich abgehört hat. So ein Schnüffler.«

»Ja, sehr interessant. Typisch für die Machenschaften in diesem Museum.«

»Inwiefern?«

»Also«, begann der Detective, »wie Sie gehört haben, war er Anne Moresbys Liebhaber. Er wußte besser als jeder andere, daß die Moresbys kein zärtlich liebendes Paar waren, und er hatte den Verdacht, daß Anne hinter den Morden steckte. Er wollte natürlich verhindern, daß sie verhaftet wurde, und deshalb hielt er das Band versteckt, weil er glaubte, es würde sie belasten.

Das Problem war, daß wir sie trotzdem ins Visier genommen hatten, und dann kam diese Geschichte mit dem Liebhaber als Komplizen auf den Tisch. Es gab keine Videoaufzeichnung von Streeter für den Zeitpunkt des Mordes. Er wußte, daß Anne Moresby ein perfektes Alibi hatte, und allmählich kam ihm der Verdacht, daß man ihm die Sache in die Schuhe schieben wollte.

Also wechselte er die Seiten. Anstatt sie zu beschützen, beschloß er jetzt, sie zu belasten, bevor sie ihm etwas anhängen konnte. Und der letzte Rest Unentschlossenheit verschwand, als Argyll vorschlug, er solle das Band herausgeben. Er glaubte, Argyll hätte herausgefunden, daß das Band wirklich existierte. Ich weiß nicht, wer da dämlicher war, er oder wir.«

»Also wenn man es sich überlegt, ein Ausbund an Tugend ist keiner von denen, oder?« sagte Argyll. »Ich meine, Steuerhinterziehung, Mord, Betrug, Ehebruch, Diebstahl. Da schiebt man sich gegenseitig Verbrechen in die Schuhe, schnüffelt sich gegenseitig aus, Leute werden gefeuert. Ich glaube, die haben sich verdient.«

Ein längeres, nachdenkliches Schweigen folgte. Dann lächelte Morelli und hob noch einmal sein Glas. »Vielen Dank. Ich weiß nicht, ob wir ihn ohne Ihre Hilfe geschnappt hätten. Irgendwann vielleicht schon. Aber Ihre Bemerkung über die Büste hat Langton zum Reden gebracht. Wie haben Sie eigentlich herausgefunden, wo sie ist?«

Sie zuckte die Achseln. »Das hab' ich gar nicht. Keine Ahnung, wo sie ist.«

»Nicht die geringste?«

»Keinen Schimmer. Das hab' ich nur erfunden. Ich wollte ihn ärgern.«

»In diesem Fall hatten wir Glück.«

»Eigentlich nicht. Schließlich hing nicht allzu viel davon ab. Das Tonband reicht doch, um Moresby zu überführen.«

Morelli schüttelte den Kopf. »Vielleicht, aber ich bin froh um jede Kleinigkeit.«

»Warum haben Sie eigentlich so gegrinst, als Sie das Band abgehört haben?«

Der Amerikaner prustete vor Vergnügen. »Ich habe Ihnen doch erzählt, daß wir Thanet in Verdacht hatten, es mit seiner Sekretärin zu treiben, oder?«

Flavia nickte.

»Na ja, das hat er wirklich. In seinem Büro. Sehr leidenschaftlich. Und als ich das hörte, habe ich mir vorgestellt, wie ich mich amüsieren werde, wenn das Band im Gerichtssaal vor allen Leuten abgespielt wird.«

Argyll sah die beiden mit einem betretenen Grinsen an. »Das war nicht gerade eine berauschende Vorstellung, was?«

»Wieso?«

»Wir haben uns dreimal den Falschen als Mörder ausgesucht. Wir haben uns bei Anne Moresbys Liebhaber getäuscht. Man hat versucht, mich zu ermorden, und ich habe es gar nicht gemerkt. Moresby war von allen der einzige, den ich für einigermaßen okay gehalten habe. Wir haben einen Diebstahl erfunden, und am Ende konnten wir den richtigen Mörder nur überführen, weil Streeter mich vollkommen mißverstanden und Flavia Langton eine haarsträubende Lüge erzählt hat. Und wir wissen immer noch nicht, was mit dieser Büste passiert ist.«

Morelli nickte zufrieden. »Ein Fall wie aus dem Lehrbuch«, sagte er.

16

Hector di Souza wurde zweimal begraben. Einmal nach einem Requiem in Santa Maria sopra Minerva mit vollem Chor, Dutzenden von Trauergästen – darunter ein echter Kardinal, denn für die hatte Hector immer schon eine Schwäche gehabt – und einer solchen Menge golddurchwirkter Meßgewänder, daß man fast eine Sonnenbrille brauchte. Freunde, Kollegen und Feinde waren in großer Zahl erschienen, alle in festlichen Gewändern, und Weihrauch wurde verbrannt, als würde er aus der Mode kommen. Hector hätte es sehr gefallen. Die Prozession zum Grab war angemessen feierlich, die Grabstelle schicklich grün, und der Leichenschmaus danach zur allgemeinen Zufriedenheit. Nur ein Grabstein fehlte noch. Wahnsinnig teuer, diese Grabsteine.

Das zweite Mal wurde er in den Büchern des Moresby Museums begraben. Argyll schickte ihnen eine kombinierte Rechnung für den Rücktransport von di Souza und seiner Antiquitäten nach Italien und hörte nie wieder etwas von der Sache. Der Buchenholzsarg verschwand unter der Rubrik Porto und Verpackung ungewollter Güter und die Messe unter Verwaltungsausgaben. In gewisser Weise stimmte das natürlich, aber sehr poetisch war es nicht.

So gemein die Museumsleute in der Vergangenheit miteinander umgegangen waren, der Schock der jüngsten Ereignisse schien sie ein wenig zur Besinnung gebracht zu haben. Langtons Entfernung und Streeters Entscheidung, sich nun ganztägig seinen Beratungsgeschäften zu widmen, brachten so viel Sonne in Samuel Thanets Leben, daß er beinahe zuvorkommend wurde. Was Argyll betraf, hielt er natürlich Wort.

Binnen zwei Wochen erhielt Argyll einen Scheck über die Rücktrittsgebühr und einen vorausdatierten Kaufvertrag für den Tizian. Mit Byrnes kam er zu einer Übereinkunft bezüglich zukünftiger Aufträge, und seine Rückkehr nach London wurde mit keinem Wort mehr erwähnt. Und nach knapp drei Monaten begannen auch die Schecks mit seinem Pauschalhonorar für seine Tätigkeit als Agent des Moresby mit schöner Regelmäßigkeit einzutreffen. Keine großen Beträge, nach den Begriffen des Kunsthandels, aber mehr als genug, um davon leben und noch etwas übrigbehalten zu können.

Was blieb, war das Problem der Unterkunft. Die Wohnungsknappheit in Rom ist chronisch seit den Tagen der Renaissance-Päpste, und es ist nicht zu erwarten, daß sich daran bis zum Ende des nächsten Jahrtausends etwas ändert. Am Ende zog er bei Flavia ein, bis sich etwas Eigenes finden würde. Aber diese praktische Lösung war etwas unaufrichtig, denn beide warteten gespannt darauf, was passieren würde. Zu ihrer beider Verblüffung funktionierte es erstaunlich gut, und schließlich tat Argyll nicht einmal mehr so, als suchte er noch. In häuslichen Dingen war Flavia ein ausgesprochenes Schwein – sie hatte in ihrem ganzen Leben keine einzige hausfrauliche Tugend entwickelt. Aber das machte nichts, weil Argyll auch nicht gerade einen Putzfimmel hatte.

Nachdem diese Wohnprobleme gelöst waren, stürzte Flavia sich wieder mit Eifer und fröhlicher Unbekümmertheit in die Arbeit. Bottando war sowohl froh über die Veränderung wie auch stolz auf seine richtige Diagnose ihrer schlechten Laune. Neben anderen Routinearbeiten verhörte sie Collins im Borghese, nahm seine Aussage über seine Verbindung mit Langton auf, brachte ihn dazu, den Einbruch bei Alberghi zu gestehen, beschlagnahmte in seiner Wohnung, was von der Beute noch übrig war, schickte es – zusammen mit der strengen Ermahnung, von nun an besser darauf aufzupassen – an den rechtmäßigen Besitzer zurück, und setzte den törichten jungen Mann in ein Flugzeug nach Kalifornien, damit Morelli sich ein wenig mit ihm unterhalten konnte. Sie überredete Bottando, keine Anklage gegen ihn zu erheben. Es habe keine Zweck, rachsüchtig zu sein, das schaffe nur unnötigen Papierkram und sie bezweifle, daß er so etwas je wieder tun werde. Zumindest nicht in Italien, nicht bei den Vermerken in seinem Paß.

Und dann war Trüffelsaison, für jeden vernunftbegabten Menschen einer der Höhepunkte des Jahres. Schwarze, weiße und gefleckte. Hauchdünn geschnitten und so großzügig, wie es das Portemonnaie erlaubt, über frische Pasta gestreut. Dafür lohnt es sich, einige hundert Kilometer zu fahren, damit man sie ganz frisch auf den Tisch bekommt. Vor allem zu einem Restaurant, das so gut ist, daß es in keinem Führer und keiner Zeitschrift erwähnt wird, und das außerhalb der kleinen Stadt in den umbrischen Hügeln, wo es seit einer Generation Geschmacksnerven verwöhnt, kaum jemand kennt.

Flavia wollte zu Anfang nicht einmal Argyll verraten, wo es sich befand, doch schließlich brachte er es aus ihr heraus und beschloß, seine Rückkehr zur vollen Mobilität zu feiern, indem er sie zum Essen einlud. Und auf der Fahrt dorthin fiel ihr ein, was sie ihm zum Geburtstag schenken sollte. Er war einunddreißig und begann allmählich, sein Alter zu spüren. Es ist die Zeit im Leben, in der sich auch der Optimistischte mit den ersten Anzeichen späterer Senilität konfrontiert sieht.

Ein köstliches Mahl aus Trüffeln, Pilzen und Frascati linderte allerdings ein wenig sein Leiden am Tal der Tränen, das er mit so beängstigender Geschwindigkeit durchschritt, und er war in viel besserer Stimmung, als er sich einige Zeit später auf den Beifahrersitz von Flavias Auto hievte und sie ihre nicht sehr zielstrebige Rückreise antraten.

Gemäß seiner kalifornischen Entscheidung unterließ er es nicht nur, ihr Fahrtempo zu kritisieren, sondern er schaffte es sogar, bei ihren Überholmanövern nicht zusammenzuzucken. Aber er hielt es nicht für verboten zu fragen, wohin sie eigentlich fuhren, auch wenn das eine Überraschung sein sollte.

Sie lächelte nur und fuhr weiter. Erst als sie in die Straße nach Gubbio einbogen, beschlich ihn eine Ahnung, doch er behielt sie für sich. Es wäre schade, die Überraschung zu verderben.

Er hatte allerdings recht. Flavia parkte in der Nähe des Stadtzentrums, führte ihn durch einige Seitenstraßen und klopfte schließlich an eine Tür. Signora Borunna öffnete und lächelte, als Flavia sich für die Störung entschuldigte.

Das Lächeln war nicht mehr so freundlich wie bei ihrem ersten Besuch; es wirkte im Gegenteil etwas traurig, was Flavia beunruhigte. Aber sie wurden ins Haus gebeten, und Flavia erklärte, sie sei hier, um auf das Angebot einer Skulptur zurückzukommen. Selbstverständlich, um sie zu kaufen.

»Da wird sich Alceo aber sehr freuen, meine Liebe«, sagte sie leise. »Ich werde ihn sofort holen. Er ist in dem Café unten an der Straße.«

Sie ging zur Tür und zögerte dann.

»Signorina, bitte«, sagte sie und drehte sich zu ihnen um. »Ich muß Sie etwas fragen.«

»Aber natürlich«, erwiderte Flavia, etwas verwundert über das Verhalten der Frau.

»Es ist wegen Alceo, müssen Sie wissen. Er ist nicht mehr derselbe, seit er gehört hat, was mit dem armen Hector passiert ist. Er fühlt sich, na ja, er fühlt sich irgendwie schuldig.«

»Aber warum um alles in der Welt sollte er sich denn schuldig fühlen?« fragte Flavia noch verwirrter.

»Genau das ist es ja. Ich frage mich, ob Sie sich vielleicht seine Geschichte anhören könnten. Und ihm sagen, daß er nichts Schlimmes getan hat. Ich weiß, es war unverzeihlich, aber er hat es doch mit den besten Absichten...«

»Signora, ich verstehe kein Wort von dem, was Sie sagen.«

»Ich weiß, aber es wäre gut, wenn Alceo sein Herz ausschütten könnte. Und wenn Sie vielleicht die Güte aufbringen könnten, ihm zu verzeihen...«

»Ich kann mir nicht vorstellen, was es zu verzeihen gibt. Aber ich höre ihm gern zu.«

Signora Borunna nickte, offensichtlich ein wenig beruhigt, und ging weg, um ihren Mann zu holen. In der Zwischenzeit schlenderte Argyll im Wohnzimmer herum und betrachtete die Arbeiten des Mannes. Wunderschön seien sie, meinte er. Obwohl sie neu seien, würde er sehr gerne eine davon haben. Ein großartiges Geschenk, sagte er und drückte Flavia dankbar.

»Ich möchte nur wissen, was in Signora Borunna gefahren ist«, bemerkte Flavia, als Argyll eine Madonna in die Höhe hielt und meinte, sie zu bekommen, wäre die Vollendung seines Lebens. »Als ich das erste Mal hier war, war sie noch so fröhlich.«

»Du wirst es gleich erfahren«, erwiderte er, als die Tür aufging und das Paar eintrat, sie zuerst und er hinter ihr her schlurfend.

Borunna hatte sich sehr verändert, sein Gesicht war grau und eingefallen, und er schien in wenigen Monaten um ein Jahrzehnt gealtert zu sein. Alt sah er jetzt aus und keineswegs mehr glücklich. Die stille Zufriedenheit war verschwunden.

Von Kindheit an hatte man Flavia beigebracht, daß es unhöflich ist, einem Menschen in den Siebzigern zu sagen, daß er schlecht aussieht. Sie beschränkte sich deshalb darauf, ihn zu begrüßen und Argyll vorzustellen. Und sie unterließ es auch, die Madonna zu erwähnen – das mußte warten. Aber was genau sollte sie ihm sagen?

Zum Glück half Borunna ihr weiter. Mit niedergeschlagenen Augen ließ er sich in einen Sessel plumpsen, seufzte tief und begann an ihrer Stelle das Gespräch.

»Ich vermute, Sie wollen ein volles Geständnis«, sagte er bedrückt.

Sowohl Argyll wie Flavia waren inzwischen vollkommen perplex. Sie setzte sich und sagte erst einmal gar nichts, weil sie das für das beste hielt.

Er nahm das als Zustimmung und fuhr fort. »Also, eigentlich bin ich froh. Vor allem jetzt. Ich habe mich schrecklich gefühlt, seit ich erfuhr, daß Hector getötet wurde. Ich hätte Ihnen damals schon alles sagen sollen. Aber ich wollte ihn doch schützen. Wenn ich daran denke, daß ich ihn hätte retten können...«

»Vielleicht sollten Sie ganz von vorne anfangen«, schlug Flavia vor, weil sie hoffte, dann vielleicht etwas mehr zu verstehen.

»Ich hatte doch die besten Absichten«, sagte er. »Ich wußte, daß Hector die Büste verlieren würde, aber im Vergleich mit einer Gefängnisstrafe oder der Deportation schien mir das noch ein ziemlich glimpflicher Ausgang zu sein. Wissen Sie, ich dachte, daß er damit einverstanden sein würde. Und das wäre er auch gewesen, wenn ich es nicht so furchtbar vermasselt hätte. Ich habe ihn provoziert, müssen Sie wissen. Meine Boshaftigkeit war an allem schuld.«

»Und was genau meinen Sie damit?« fragte Flavia und sah hilfesuchend zu Signora Borunna hoch.

Er seufzte schwer, rieb sich die Augen, dachte lange und gründlich nach und hatte sich schließlich so weit, daß er mit seiner Geschichte beginnen konnte. »Hector kam zu uns, gleich nachdem er von der Schweizer Grenze zurückgekehrt war. Er war in einem furchtbaren Zustand. Vollkommen durchgedreht. Sein Leben sei zu Ende, sagte er. Die Büste sei konfisziert worden, er habe das Geld, das er dafür bekommen hatte, bereits ausgegeben, und jetzt werde ihm wegen Schmuggelns der Prozeß gemacht.«

»Sie meinen damals 1951, oder?«

»Natürlich.«

»Wollte mich nur vergewissern. Fahren Sie fort.«

»Er befürchtete, daß das erst der Anfang war. Was, wenn sie nachforschten, woher die Büste stammte? Ich erinnerte ihn daran, daß er behauptet hatte, sie bei einer privaten Versteigerung gekauft zu haben. Das habe er auch, erwiderte er. Aber er wisse nicht, wie sie zu dieser Versteigerung gekommen sei. Was, wenn sie gestohlen worden war? Er wisse es nicht, er wisse nur, wem man die Schuld in die Schuhe schieben werde.

Wir brauchten einen ganzen Abend, um ihn zu beruhigen. Er war sehr durcheinander. Nie wieder, sagte er, werde er so etwas Törichtes tun.

Und es sah so aus, als würde er wirklich nicht ungeschoren davonkommen. Etwa zwei Wochen später erhielt er zwei Briefe. Der eine war vom Borghese, und darin wurde ihm mitgeteilt, daß die Untersuchung abgeschlossen und die Echtheit bestätigt sei, und er möge doch bitte vorbeikommen, damit man alles weitere besprechen könne. In dem zweiten informierte ihn die Polizei, daß die Unterlagen in diesem Fall an das Büro des Staatsanwalts weitergeleitet worden seien, das ihn rechtzeitig über alle gegen ihn zu unternehmenden Schritte in Kenntnis setzen werde. Und wie Sie wissen, bedeutet das, daß sie Schritte unternehmen würden.

Hector war halb wahnsinnig vor Sorge. Und um ehrlich zu sein, uns trieb er damit auch beinahe in den Wahnsinn. Ich meine, er war ja kein schlechter Mensch. Wenn er ein wirklicher Gauner gewesen wäre, wäre er mit der Sache ganz anders umgegangen. Er war einfach zu leichtsinnig gewesen und wurde erwischt, das ist alles.

Er tat mir leid. Uns beiden, meiner Frau und mir. Vor allem sie wollte unbedingt, daß wir versuchen, ihm zu helfen. Die beiden waren ja so gute alte Freunde. Und dann hatte ich eine Idee.«

Hier verfiel er wieder in ein selbstversunkenes, depressives Schweigen. Flavia saß gelassen da und wartete, daß er sich daraus löste und weitererzählte.

Nach einer Weile tat er das auch und sah sie dabei zum ersten Mal richtig und mit einem beinahe spöttischen Blick an.

»Es war eine gute Idee. Ich ging in die Bibliothek und fand dort ein Bild dieser Bronzekopie der Büste in Kopenhagen...«

»Ach, daher kennen Sie die«, warf Flavia ein.

»Ja, genau. Ich sah mir das Bild sehr sorgfältig an und machte Skizzen. Dutzende. Und dann ging ich in meine Werkstatt im Vatikan.

Viel Zeit hatte ich nicht, ich konnte deshalb nicht mein Allerbestes geben, aber das Ergebnis war trotzdem ganz passabel. Ich benutzte alte Marmorfragmente, die bei der Reparatur von Bombenschäden übriggeblieben waren. In drei Tagen hatte ich genug für meine Zwecke. Ich ließ mir im Borghese einen Termin geben und ging mit meinem Skizzenblock und meinen Fragmenten hin.

Im Museum führte man mich in das Büro eines kleinen Mannes. Ich muß sagen, ich mochte ihn von Anfang an nicht. Er war einer dieser arroganten Snobs, denen man hin und wieder begegnet. Einer von denen, die über die Bildhauerkunst in Verzückung geraten, den Bildhauer aber verachten. Ich war damals Kommunist und in diesen Dingen vielleicht ein bißchen überempfindlich. Es machte mich nur noch entschlossener, vor allem, als sich herausstellte, daß das der Mann war, der Hectors Bernini begutachtet hatte.

Also frage ich ihn: ›Sind Sie fertig?‹

›Ja, natürlich‹, antwortet er.

›Und was halten Sie davon?‹

›Ich weiß zwar nicht, was Sie das angeht, aber wenn es Sie interessiert, es ist ein sehr gutes Stück. Eins der besten Frühwerke des Meisters. Es wäre ein Skandal gewesen, wenn es dem Land verlorengegangen wäre.‹

›Ich bin mir sicher, Hector hatte nicht die Absicht...‹

›Signor di Souza ist ein Schuft und ein Verbrecher‹ sagt er in gehässigem Ton. ›Ich beabsichtige, persönlich dafür zu sorgen, daß er seine gerechte Strafe erhält. Erst heute morgen habe ich mich mit dem Staatsanwalt darüber unterhalten, und er stimmt mir voll und ganz zu. Diesen Untaten muß ein Ende bereitet werden. Eine drakonische Bestrafung wird andere abschrecken.‹

Sie sehen also, es sah nicht gut aus für Hector. Dieser Mann hatte es auf ihn abgesehen. Ich muß gestehen, ich haßte ihn. Wie er schon vor mir stand, so elegant und gutangezogen. Der mußte sich nicht mühsam sein Essen zusammensuchen, mußte sich keine Sorgen machen, wo er die nächste Mahlzeit herbekam. Er mit seiner Familie und seinen Verbindungen und seinem Geld brauchte sich keine Gedanken um seinen Lebensunterhalt zu machen. Und wie selbstsicher er war. Wie selbstgerecht.

›Dann hat die Büste Sie also beeindruckt?‹ frage ich.

›Ja‹, erwidert er. ›Ich habe mir Bernini zur Lebensaufgabe gemacht, und ich habe noch nie ein schöneres Exemplar gesehen.‹

Also sage ich: ›Na, das schmeichelt mir aber. Vielen Dank. Ich muß sagen, ich war auch sehr zufrieden damit. Obwohl man sich ja nicht selber loben soll.‹

›Was wollen Sie damit sagen?‹

›Was glauben Sie, was ich damit sagen will? Diese Büste stammt von mir. Ich habe sie gemacht. In meiner Werkstatt. Das ist überhaupt kein Bernini.‹

Das hat ihn erst einmal ganz schön aus der Fassung gebracht. Aber er wollte es mir nicht glauben. ›Sie?‹ fragte er mit einem höhnischen Feixen in der Stimme. ›Ein gewöhnlicher Arbeiter? Sie erwarten doch wohl nicht, daß ich Ihnen ein solches Lügenmärchen abkaufe?‹

›Ein gewöhnlicher Arbeiter mag ich ja sein‹, erwidere ich, schon anständig wütend. ›Aber ein außergewöhnlicher Bildhauer, wenn ich so sagen darf. Gut genug, um einen Mann zum Narren zu halten, der sich den Meister zur Lebensaufgabe gemacht hat, wie Sie so schön sagten.‹

Wissen Sie, Signorina, an Hector dachte ich zu diesem Zeitpunkt schon gar nicht mehr. Ich wollte es nicht auf mir sitzen lassen, daß man mich einen gewöhnlichen Arbeiter nennt. Ursprünglich wollte ich ihn ja nur dazu bringen, daß er Hector in Ruhe läßt. Aber jetzt war ich entschlossen, ihn zu demütigen. Er glaubte mir noch immer nicht, also hole ich meine Skizzen hervor und zeige sie ihm. Dann lege ich ihm meine Fragmente auf den Tisch. Eine Nase, ein Ohr, ein Kinn. Sie wissen schon. Das sind Vorübungen, erzähle ich ihm. Um dann später bei der Büste alles richtig zu machen.

Man sah deutlich, wie er immer unsicherer wurde und seine Arroganz ihn verließ. Er sah sich die Skizzen an – und ich bin ein ziemlich guter Zeichner – und dann die Marmorstückchen, die ich bearbeitet hatte, und seine Besorgnis stand ihm ins Gesicht geschrieben. Vielleicht, dachte er. Nur vielleicht. Sie dürfen nicht vergessen, was für ein Chaos damals in der Welt der Kunst herrschte. Kurz zuvor war diese Van-Meegeren-Geschichte passiert, bei der die berühmtesten Experten die entsetzlichsten Fälschungen für echt erklärt hatten. Und alle lachten über sie. Dieser Alberghi war kein Mann, der sich gern zum Gespött der Leute machte.

Also tischte ich ihm weiter meine Geschichte auf. Ich tat alles, um ihn davon zu überzeugen, daß ich die Büste für Hector gemacht hatte, und er sie an einen Trottel in der Schweiz verkaufen wollte, der glaubte, damit ein Schnäppchen zu machen. Daran war nichts Illegales, für die Ausfuhr moderner Kunstwerke brauchte man keine Genehmigung. Und dann kommt das Borghese daher und erklärt die Büste für echt. Vielen herzlichen Dank, sage ich. Eine deutliche Wertsteigerung. Hector wird sich freuen.

Und an diesem Punkt ging ich zu weit, weil ich es ihm gar zu dick hinreiben wollte. Er reißt den Kopf hoch und sagt: ›Was?‹

Und ich sage: ›Na ja, in Ihrem Brief an Hector haben Sie die Büste für echt erklärt. Und eine Büste mit einer solchen Bescheinigung...‹

›Sie werden diesen Brief nicht benutzen‹, sagt er wütend.

Doch ich grinse ihn bloß an. ›Versuchen Sie doch, uns davon abzuhalten‹, sage ich, und er erwidert: ›Das werde ich.‹

Und dann ruft er einen Museumswärter zu sich, und wir drei gehen ins Nebenzimmer. Wo der Bernini stand. Es war das erste Mal, daß ich die Büste sah, und sie war wirklich schön. Alles, was Alberghi und Hector gesagt hatten, stimmte. Offensichtlich echt. Das konnte ich schon auf den ersten Blick sehen. Ein wirklich wunderbares Stück...«

Wieder hielt Borunna inne, und als er dann weitererzählte, merkte man deutlich, daß er jedes Wort, das aus seinem Mund kam, haßte.

»Auf jeden Fall, Alberghi zeigt auf die Büste und befiehlt dem Wärter, sie hochzuheben. Der Mann tut das, obwohl sie ziemlich schwer ist, und Alberghi führt ihn hinaus. Durch das ganze Museum gehen sie und dann in einen kleinen Innenhof, wo gerade ein paar Arbeiter mit Reparaturarbeiten beschäftigt sind, und dort stellt der Wärter die Büste auf den Boden. Ich bin ihnen nämlich gefolgt, müssen Sie wissen. Alberghi geht zu einem der Arbeiter und läßt sich von dem einen schweren Vorschlaghammer geben. Und bevor ich etwas dagegen tun konnte ...«

»Was ist passiert?«

»Was glauben Sie? Er schlug nur einmal zu, aber mit sehr viel Kraft. Genau auf den Kopf. Die Wucht des Schlages breitete sich im Marmor aus und die Büste zersprang. Ein Dutzend Stücke, vielleicht noch mehr, und Hunderte von Splittern. Irreparable Schäden. Ich stand regungslos da und starrte auf das, was er getan hatte. Alberghi warf den Hammer weg und kam zu mir.

›So, Bildhauer‹, sagte er mit seiner gehässigen Stimme. ›Soviel dazu. Das haben Sie davon, wenn Sie versuchen, mich übers Ohr zu hauen. Jetzt nehmen Sie Ihre Arbeit und verschwinden Sie.‹

Und er staubte sich die Hände ab und marschierte davon.

Wenn ich ihn nicht so gereizt hätte, wäre er wahrscheinlich nie auf den Gedanken gekommen, die Büste zu zerstören. Ich weiß nicht, warum ich es getan habe. Ich sammelte die am wenigsten beschädigten Stücke zusammen, aber damit war nichts mehr anzufangen.«

Wieder entstand eine lange Pause, denn Borunna hatte offensichtlich keine Lust mehr weiterzureden, und Flavia wußte nicht, was sie sagen sollte.

»Wie bedauerlich«, bemerkte Argyll nicht gerade geistreich. Borunna warf ihm einen Blick zu.

»Bedauerlich? Ja. Aber das Problem ist...«

»Ja?«

»Ich weiß nicht, wie ich es Ihnen sagen soll. Sie werden mich für ein Ungeheuer halten...«

»Ausprobieren.«

»Ich fühlte mich glücklich.«

»Glücklich?«

»Ja. Als dieser Vorschlaghammer auf die Büste niedersauste und dieses wunderschöne Stück zerschmetterte, da jubelte ich innerlich. Für mich war es ein Triumph. Ich kann es nicht erklären. Und seitdem fühle ich mich schuldig.«

Er sah sie an, als könnte sie ihn von der Sünde dieses Glücksgefühls freisprechen. Aber sie sah sich dazu nicht imstande.

»Und Hector wurde in Ruhe gelassen?«

»O ja. Es wurde nie Anklage erhoben. Alberghi war der Ansicht, daß Hector zu seiner Verteidigung natürlich vorbringen würde, daß es sich bei der Büste nur um eine Kopie gehandelt habe, und damit wäre möglicherweise er, Alberghi, zur Zielscheibe des Spottes geworden. Hector hatte ja noch den Brief. Also erfuhr Hector nur, daß man die Büste konfisziert habe. Und damit hatte es sich.«

»Sie haben es ihm nie gesagt?«

»Wie hätte ich ihm das sagen können? Es hätte ihm das Herz gebrochen. War ich doch schon am Boden zerstört. Und Maria meinte, am besten wäre es, die ganze Sache zu vergessen. Also habe ich es vergessen, bis Sie aufgetaucht sind. Ich hätte Ihnen damals schon alles sagen sollen. Da ich wußte, daß die

Büste in Amerika nicht echt sein konnte, ging ich davon aus, daß Hector wieder einmal etwas gedreht hatte. Aber wenn ich etwas gesagt hätte, wäre er wenigstens noch am Leben.«

»Ist es das, was Ihnen am meisten Kummer bereitet?«

Er nickte.

»Dann kann ich Sie beruhigen«, sagte Flavia sanft. »Als ich bei Ihnen war, war er bereits tot.«

»Ich glaube, er hat es gewußt«, ergänzte Argyll. »Und deshalb wollte er die Büste untersuchen. Und genaugenommen wurde er deswegen getötet. Wenn er es nicht gewußt hätte, hätte er nie darauf bestanden, mit Moresby allein zu sprechen, und dann wäre er dem Mörder nicht im Weg gewesen. Er wollte nach Italien zurückkehren, um sich von Ihnen bestätigen zu lassen, was wirklich passiert ist.«

»Aber wie hätte er es denn wissen können...«

Flavia hob den Kopf und sah an Borunna vorbei zu seiner Frau, die in der Tür stand. Sie erinnerte sich an alles, was sie gehört hatte. Di Souzas Ruf als Frauenheld. Die junge Frau allein mit ihm, während ihr Mann auswärts arbeitete. Daß Borunna seine Frau durch di Souza kennengelernt hatte, daß er oft nach Hause gekommen war und die beiden zusammen vorgefunden hatte, daß sie sich so nahegestanden hatten, daß sie so versessen darauf war, Hector zu helfen. Und sie verstand vollkommen, warum Borunna so glücklich gewesen war, als dieser Vorschlaghammer Hectors Kopf zertrümmerte. Ganz natürlich.

Aber sie sah auch die Angst im Gesicht der alten Frau, daß sie, Flavia, das jetzt zur Sprache bringen würde, und sie erinnerte sich an die Traurigkeit und gleichzeitig die Hingabe in ihrem Blick, als sie ihr gestand, daß sie sich große Sorgen um Alceos Gemütszustand mache.

»Wahrscheinlich hat er es über seine Kontakte zum Borghese herausgefunden«, sagte sie schnell. »Ich weiß zwar nicht wann, aber offensichtlich hat er den Schlag ziemlich gut weggesteckt. Ihnen schien er auf jeden Fall nicht böse gewesen zu sein.«

»Sie glauben also nicht, daß es etwas geändert hätte, wenn ich es Ihnen gleich gesagt hätte?«

»Nein«, antwortete sie bestimmt. »Wenn das alles ist, was Ihnen Sorgen macht, dann kann ich Sie beruhigen. Sie haben mir das Entscheidende gesagt. Die ganze Geschichte hätte absolut nichts geändert. Ich muß gestehen, was mit der Büste passiert ist, ist ein ziemlicher Schock für mich, aber das ist lange her. Was haben Sie eigentlich mit den Stücken gemacht?«

Ermuntert von Flavias tröstenden Versicherungen, löste Borunna sich langsam und zögerlich aus seiner Schwermut. Die vollständige Genesung würde einige Zeit und die Zuwendung einer liebenden Frau brauchen. Aber wenigstens der erste Schritt zur Rückkehr in die Normalität war getan. Die Fragmente der Büste, sagte er, seien in einer Kiste in seiner Werkstatt bei der Kathedrale. Wenn sie sie sehen wollten, werde er sie ihnen zeigen. Aber erst nachdem sie sich eine seiner Figuren ausgesucht hätten.

»Von uns beiden«, ergänzte seine Frau. »Als Zeichen unseres Dankes.«

Da Argyll sich bereits entschieden hatte, und Flavia mit seiner Wahl mehr als zufrieden war, war diese Sache schnell erledigt. Also gingen die vier, Argyll mit der in eine alte Zeitung eingewickelten Madonna unter dem Arm, und das alte Paar händchenhaltend wie zwei jung Verliebte, langsam durch die schmalen Gassen zum Bauhof.

Die Kiste steckte unter Stapeln von Zeichnungen, Werkzeugen und einer dicken Staubschicht, der Deckel war beeindruckend schwer und der Inhalt war bedeckt mit alten Blättern. Aber unter all dem kam die Ursache ihrer jüngsten Probleme zum Vorschein. Borunna nahm die Stücke eins nach dem anderen heraus, legte sie auf eine Bank und arrangierte sie so, daß man erkennen konnte, wie die Büste ausgesehen hatte.

Der Großteil des Gesichts war erhalten, aber er hatte natürlich recht, die Büste war wirklich irreparabel. Etwa die Hälfte war verschwunden und der Rest stark angeschlagen.

Die vier sahen sich die Bruchstücke eine Weile schweigend an.

»Wirklich schade«, sagte Flavia schließlich, doch das war so selbstverständlich, daß keiner darauf einging.

»Das Problem ist, ich habe nie gewußt, was ich damit tun

soll«, sagte schließlich Borunna. »Es wäre ein Verbrechen, die Stücke einfach wegzuwerfen, aber ich weiß nicht, was ich sonst tun soll.«

Sie starrten das zerstörte Meisterwerk noch ein wenig länger an, und dann hatte Argyll einen Geistesblitz. Sauber eingepaßt in einen senkrechten Marmorblock, würde das Gesicht fast makellos aussehen. Wenn zuvor von einem Experten restauriert. Dazu eine hübsche Inschrift.

»Wollen Sie sich immer noch bei Hector entschuldigen?« fragte er.

Borunna zuckte die Achseln. Das sei zwar jetzt ein bißchen spät, meinte er, aber ja. Wie?

Argyll hielt das Marmorgesicht ins Licht der Herbstsonne.

»Glauben Sie nicht auch, daß man daraus einen wunderbaren Grabstein machen könnte?«

SERIE PIPER

SP 5586

SP 5587

Ein neues Gemälde von Raffael wird nicht alle Tage entdeckt. Pech für den Kunsthistoriker Argyll, daß die Profis vom Kunsthandel ihm seine Entdeckung streitig machen. Doch Argyll läßt nicht locker – bis er und die Leute vom italienischen Kunstraubdezernat feststellen, daß mit diesem Bild nichts so ist, wie es scheint, und niemand eine reine Weste hat, nicht einmal die Manager des Nationalmuseums. Und irgendwer ist dabei bereit, über Leichen zu gehen...

Venedig – Stadt der Künste, Stadt der Verliebten. Stadt aber auch unsäglicher Verbrechen, wie der Gärtner der Giardinetti Reali eines Morgens feststellen muß. In den Blumenrabatten liegt eine Tote – Professor Louise Masterson, Mitglied eines Komitees von Tizian-Experten. Ein Fall für Flavia di Stefano vom Staatlichen Italienischen Kunstraubdezernat – und für den leicht gehemmten englischen Kunsthistoriker Jonathan Argyll, der diese Gelegenheit nutzen möchte, sich bei der schönen Flavia beliebt zu machen...

»*Mr. Innes' wunderbar kultivierter Stil –
er gleicht den delikaten Pinselstrichen
eines Malers – macht die Lektüre bis zum Ende
zum reinen Vergnügen.*«
Daily Telegraph

Serie Piper 5567

Serie Piper 5566

Serie Piper 5513

**Michael Innes
Appleby und
Honeybath**

Serie Piper 5510

Ein Meisterwerk englischer Kriminal- und Schauerliteratur – mit einem Schuß exotischen Abenteuers.

**Michael Innes
Lord Mullions
Geheimnis**

Serie Piper 5519

PIPER